Die Fäden des Schicksals

luna imperfekta

Anna Timantonius

ISBN: 9798425063779

Contents

Die Fäden des Schicksals

LUNA IMPERFEKTA

Anna Timantonius

Band 1

Prolog

Der Mond, er leuchtet so wunderschön in einem hellen Elfenbein. Irgendwie erscheint er heute größer, strahlender als sonst, seine Krater sind nicht mehr zu sehen, da sein Licht alles überstrahlt. Ich spüre eine Anziehungskraft, die nicht alltäglich ist. Denn Mond und seine Gebilde habe ich schon oft betrachtet, er war schon immer faszinierend, aber heute ist es, als würde mich etwas rufen, ein Drang, dem ich mich nicht widersetzen kann. Es zieht mich zum Fenster hin, raus aus meinem warmen Bett. So stelle ich meine Füße auf den kalten Boden, „Hmmm sehen irgendwie verändert aus", kleiner und kindlicher, ich betrachte meine Hände und sehe an mir hinunter, keine Rundungen oder weibliche Kurven. Ich bin wieder ein Kind, plötzlich spüre ich eine unglaubliches ziehen an meinem Denken, meinem gesamten Sein. Willenlos, einen Schritt nach dem anderen wage ich mich vor, ich spüre, dass der Boden unter meinen kleinen Füßen immer kälter wird. Ein leichter Windhauch, weht aus den undichten Fensterecken her, umspielt mich und zieht mich zu sich. Ein dunkler Nebel, nur ein leichter Hauch von nichts aber dennoch da, kriecht auf mich zu, ich kann mich dem nicht entziehen und stehe wie angewurzelt da. Ein Verlangen in mir bewegt meine kleine Hand darauf zu, ich möchte ihn mit meinen Fingern berühren und sehen, ob ich ihn durchdringen kann. Ich berühre ihn und sofort durchzuckt mich ein elektrischer Impuls, durchflutet mich und eine Urangst nimmt Besitz von mir. Sie verstärkt sich durch eine fremde Stimme, die ich deutlich in meinem Kopf höre und riesige Augen, die ich überdeutlich vor mir sehe. Sie flüstert mir zu „du gehörst mir."

1.

Dara

Ein lautes Geräusch lässt mich hochfahren, kerzengerade und benommen sitze ich im Bett, bis mir klar wird, wo dieses Geräusch herkommt, es ist mein Wecker. Er dringt penetrant durch meine wirren Gedanken. Immer noch durcheinander drücke ich ihn weg und schüttle den Kopf. So lange war es nun nicht mehr vorgekommen, diese Träume, die mir aus der Kindheit sehr gut in Erinnerung sind, da sie mich fast um den Verstand gebracht haben. Keiner konnte mir erklären, wo diese Träume herkommen, nachdem sie mich fast für verrückt erklärt hätten, habe ich aufgehört darüber zu sprechen. Meine Pflegeeltern konnten mit all dem nicht wirklich viel anfangen und somit wurde ich von einem Psychodoktor zum Nächsten gebracht. Als man mir dann Tabletten gab, um diese nächtlichen Angstzustände aus zu schalten, habe ich aufgehört davon zu erzählen und glaubhaft immer wieder beteuert, dass diese nicht mehr aufgetreten sind. So lange hatte ich es wiederholte, wie ein Mantra, dass ich es schon selber glaubte. Bis zur heutigen Nacht.

Mit klopfendem Herzen und einer Gänsehaut vom Scheitel bis zum Zeh gehe ich ins Bad, um alles Erträumte fort zu waschen, ich kann nur hoffen, dass eine kalte Dusche hilft. Gut zwanzig Minuten später bin ich so weit wieder ganz ich selbst und blicke in den Spiegel. Mit der Hand wische ich ein Stück frei und betrachte mich, die Nacht hat Spuren hinterlassen. „Verdammt noch mal“ da hilft nur etwas Schminke, um die dunklen Augenringe zu verdecken. Nachdem ich mir gefühlt ein Kilogramm Concealer ins Gesicht gelatscht habe sehe etwas Frischer aus. Meine Haut erscheint heute noch heller als sonst, eigentlich bin ich immer ganz hell, ich bekomme einfach keine Farbe. Ein Seufzen entkommt mir, nicht mal einen Hauch, noble Blässe nennen es manche, doch ich wäre froh wenigstens etwas Bräune zu bekommen. Meine Augenlider wirken etwas fliederfarben, durchscheinend, was dieses Strahlende blau meiner Iris nur verstärkt. Es blitzt ein silberner Schimmer auf. Was war denn das, ich reibe mir die Augen, doch es ist nichts Ungewöhnliches mehr zu sehen. Mein Haar ist leicht gewellt, weißblond und Kinn lang, wenigstens muss ich hier nicht viel machen, trotz allem habe ich das Gefühl nicht richtig zu sehen, obwohl ich keine Sehschwäche habe. Aber das war schon immer so. Ich seufze „Doch alles wie immer.“ Und gehe zurück in mein Schlafzimmer und werfe einen Blick in meinen Schrank.

Ich bin heute neben der Spur und hänge meinen Gedanken nach, viel zu spät nehme ich das nervtötende Läuten meines Smartphones war. „Mann, wo ist denn dieses blöde Ding“ nach längeren Suchen entdecke ich es unter dem Bett, muss wohl runtergefallen sein, als ich hochgeschreckt bin. Das Display zeigte an, dass mein allerbester Freund anruft. „Wenn ich ihre Hoheit daran erinnern darf, ist heute Uni, wo bleibst du denn? Ich warte schon eine halbe Ewigkeit auf dich!“ Herrscht er mich an, er schlägt einen Ton an, der mich echt auf die Palme bringt. „Komm ja schon, war nicht so fit heute Morgen“ antworte ich etwas genervt, ich kann es echt nicht ab, wenn ich so betitelt und angeherrscht werde.

Aber ich kann ihn ein klein wenig verstehen, nachdem ich auf die Uhr geblickt habe. Ich könnte mir keinen besseren Freund wünschen als Ciaran. Immer begleitet er mich, egal was für Unsinn ich mir wieder in den Kopf setzte. Ich kenn ihn schon immer und er ist nach wie vor an meiner Seite, ganz so wie ein großer Bruder. Hmm, irgendwie kann ich gar nicht sagen, wann er in mein Leben getreten ist, er war immer da.

Fünf Minuten später bin ich vor der Türe, Ciaran wartet im Auto, einem großen schwarzen SUV und sah wie immer zum Anbeißen aus, zwar hatte ich nie solche Gefühle für ihn, aber ich kann die Blicke der Frauenwelt gut verstehen.
Er hatte schwarzes Haar, dass etwas länger war und perfekt gestylt nach dem Motto „Out of Bed“, es umspielt sein kantiges Gesicht mit den hohen Wangenknochen und den unfassbar dunklen Augen, in denen man sich verlieren konnte und die einem direkt in die Seele blickten. Mit seinen 190 cm und der dazu passenden athletischen Figur konnte er als Model durchgehen. Um sein Kinn liegt ein Drei-Tage-Bart, der in ziemlich männlich wirken lässt. Eigentlich ist er zum Rest der Welt die Arroganz in Person, aber nicht zu mir. Die Härte, die um seinen Mundwinkel liegt, verschwindet erst, als ich mich auf den Beifahrersitz platziere und die Autotür zuziehe. Sofort nimmt er seine Sonnenbrille ab und schenkt mir ein atemberaubendes Lächeln. Andere würden jetzt zu sabbern beginnen, für mich hat es nicht diese Wirkung.
„Willst du vielleicht irgendwann mal pünktlich zur Uni kommen?“ Fragt er mich ernst und mit einem Vorwurf in der Stimme, doch da wuschelte mir durch die Haare. „Mann lass das, heute ist einfach nicht mein Tag, ok“ fahre ich ihn genervt an, worauf er mich etwas nachdenklich anblickt und mich mustert wie mit einem Röntgenblick, die verdeckten Augenringe sind ihm nicht entgangen. „Was ist los?“ Mit dem Ton, den er anschlägt, brauchte ich mir keine Ausreden ausdenken. „Hab schlecht geträumt, aber ich will auf keinen Fall jetzt mir dir drüber reden!“ Er blickte mich noch einen Moment an, seufzte resigniert und fährt dann los.
Die Fahrt über wechselten wir kein Wort, irgendwie bekomm ich den Traum nicht aus meinen Gedanken aber auch Ciaran schweigt. An der Uni angekommen fragte er mich aber dann „Sehen wir uns zum Mittagessen?“ „Klar und es tut mir leid, dass

ich vorhin so ruppig war" es tut mir wirklich leid. Er konnte ja immerhin nichts dafür und erträgt eigentlich immer meine Launen „Ich warte hier auf dich, wenn du raus kommst!" Ich nicke nur, da ich nicht mehr herausbringe, und steige aus.

Die Hitze schlägt mir entgegen und so entschließe ich mich, meinen Hoodie auszuziehen. Eigentlich mag ich es nicht, wenn ich in engen Klamotten herumlaufe aber da ich meine Wäsche mal wieder nicht gemacht habe, musste ich ein enges Tanktop drunter anziehen. Ich bin zwar im reinen mit meinem Körper, aber die Blicke der anderen sind mir unangenehm. Wäre ich größer, könnte ich, als Model durchgehen aber so geht das mit meinen einen Meter sechzig nicht, möchte ich aber auch gar nicht. Ich kann essen, was ich will, worum mich sicher viele Mädchen beneiden, ich nehme nicht zu. Als ich das Haus verließ, fiel mir die plötzliche Hitze gar nicht auf. Es war Mitte Juni aber für diesen Monat zu heiß für halb 9 morgens. Die Müdigkeit macht mir immer noch zu schaffen und so will ich nicht gleich zum Uni-Eingang, sondern hole mir noch einen Becher Kaffee. Ich liebe den Geschmack von Milchkaffee, ein wohliger Schauer breitet sich aus, als die ersten Tropfen des geliebten Getränks in meinen Bauch ankommen. Nun aber ohne Umwege in den Hörsaal. Gerade noch rechtzeitig geschafft in den Raum mit den aneinander gereihten Stühlen, der trotz des Morgens immer etwas muffig ist.
Ich blicke mich um und sehe, wie der Dozent auch schon den Hörsaal schließt. Da nur mehr in der vorderen Reihe Platz ist, muss ich mich dort setzen, obwohl ich es gar nicht ertragen kann, eine solche Menge an Menschen hinter mir zu haben. Ich schlag meinen Ordner auf und konzentriere mich auf die Vorlesung.
Was ist heute nur mit mir los? Es fällt mir zunehmend schwerer, dem Stoff zu folgen, ich gebe mir sonst nie viel Mühe und sauge trotzdem alles auf wie ein Schwamm. Etwas stimmt nicht, ich fühle es deutlich auf meiner Haut, es prickelt. Mein Blick schweift durch den vollen Raum, aber ich kann keinen meiner

Mitstudenten ausmachen, keiner zeigt Interesse an mir. Die ganze Stunde lang, quält mich immer wieder eine Gänsehaut, die ein nervöses Kribbeln in mir zurücklässt. Das ist nicht auszuhalten, ich muss hier schleunigst weg, nur wohin? Ich bin schon fast zur Tür hinaus, da trifft/ mich der nächste Schauer, verdammt was ist das. Dort rein, denk ich mir noch und lauf auf die Toilette zu und muss mich am Waschbecken festhalten. Schwer atmend beuge ich mich darüber, mir ist so heiß und meine Hände schwitzen, ich wasche sie. Ich bespritze mein Gesicht und meinen Nacken damit. Ich blicke hoch und schaue in den zerkratzen, leicht angelaufenen Spiegel. Da, wieder dieses Aufblitzen, dass an flüssiges Metall erinnert. Ich reiße die Augen auf, doch so plötzlich es gekommen war, ist es auch schon wieder weg. Ich sehe nur mein all bekanntes Spiegelbild, was mich etwas enttäuscht, ich möchte diesen Glanz noch mal sehen. Das Gefühl, dass dies irgendwie mit meinem Traum zusammenhängt, lässt mich auf eine Art und Weise nicht mehr los. Etwas stimmte nicht mit mir. Immer noch ist meine Haut erhitzt, ich will nicht zurück in meinen Hörsaal. Wohl das beste wenn ich mir eine Cola mit viel Eis hole.

Von weiten sehe ich den Garten durch die hohe Glasfront und gehe geradewegs darauf zu. Dort im Schatten eines Baumes steht eine Bank, die echt einladend auf mich wirkt. Kurzerhand beschließe ich, mich dort nieder zu lassen. Die Bank ist aus solidem hellem Granit gefertigt, sie fühlt sich angenehm kühl an. Endlich kühlt mein erhitzter Körper etwas ab und ich kann wieder klarer denken. Was war nur los heute? Liegt es an den Temperaturen oder daran das bald wieder Vollmond sein soll, zu dieser Zeit bin ich immer etwas sensibler, ich hab das Gefühl, mehr ich selbst zu sein, ist aber nur so ein Gefühl. Es sind viele Studenten hier im Garten und ich mustere sie ganz unbewusst, wobei mein Blick immer wieder an einer Person hängen bleibt, muss ein neuer Student sein, denn eigentlich bin ich schon eine Zeit lang an der Uni und kenn die meisten vom Sehen oder manche sind so unscheinbar das ich sie nicht beachte.

Doch diese Person hatte etwas an sich, ich sehe nur seinen Rücken, mit den breiten Schultern und den längeren blonden durch die Sonne gesträhnten Haaren, die zu einem verwegenen Knoten am Kopf gebunden waren. Einen Blick auf sein Profil kann ich nur leicht seitlich erhaschen, so sehe ich nur einen kurzen blonden Bartschatten. Kein Wunder, dass so viele Frauen um ihn herum stehen und immer wieder lachen oder auf sich aufmerksam machen wollen. Es zieht mich zu ihm, ich spüre es in meinem Inneren, dieses Ziehen wird immer mächtiger, ohne es wirklich beeinflussen zu können, stehe ich auf und mache einen Schritt auf ihn zu, doch da blockierte mir jemand die Sicht. Breite Schultern, dunkle Haare und eine defensive Körperhaltung. Er wirkte wie ein Fels. Ich muss den Kopf in den Nacken legen, um in sein Gesicht blicken zu können. „Hey was soll das!" Herrsche ich ihn an, als abrupt das Gefühl der Anziehung weg war und mir die Sicht auf diesen jungen Mann nimmt. Es dauerte einen Moment, bis ich begriff, wer da vor mir steht. Ciaran versperrte mir die Sicht und packte mich an den Schultern, dreht mich herum und schiebt mich über den gepflasterten Weg zu seinem Auto. Perplex folgte ich seinem Geschiebe bis wir vor seinem Auto ankommen. „Steig ein" sagt er schroff. Was hat der nur für ein Problem, ich kann es nicht verstehen und will schon aufmüpfig dagegen protestieren, nur lies sein Blick es nicht zu.
Boa was fällt dem den nur ein. Schon wieder überkommt mich diese Gänsehaut und die nächste Hitzewelle flutet durch meinen Körper, das ist zu viel, mir wird schwindelig und meine Beine geben nah. Doch mein überfürsorglicher Freund ist zur Stelle, fängt mich auf und einen Augenblick später beförderte er mich schon auf den Beifahrersitz. Ciaran startet den Motor, der dunkel zu brummen beginnt, ich lege meine erhitzte Stirn an die kalte Fensterscheibe und blicke noch mal zum Campus. Ein Blick aus hellbraunen Augen, ein Blick, der so funkelte, als sei er flüssiges Gold, trifft mich. Meine Welt gerät aus den Fugen und es wird schwarz.

2.

Ciaran

Verdammt noch mal, das war richtig knapp. Ich hätte sie nicht alleine lassen dürfen.

Heute Morgen reichte ein Blick und ich wusste, dass mit Dara irgendetwas nicht stimmt. Daraus hätte ich meine Schlussfolgerungen ziehen müssen und sie abschirmen. Ich bin so ein Idiot und dann habe ich viel zu spät seine Aura wahrgenommen.

Eigentlich wollte ich erst Mittag wieder zu ihr. Jedoch hatte mein Bauchgefühl recht. So sorgfältig hab ich den Schleier über sie gelegt. Er hat dieser Welt sehr viel Energie gekostet und bis jetzt auch gut funktioniert. Ich darf nicht zulassen, dass sie jetzt mit diesem Abschaum in Berührung kommt, es hängt so viel für mich davon ab. „Du gehörst mir" kommt es gepresst und nur sehr leise von meinen Lippen.

Ich brauche sie und auch später ihre Macht. Was mit dieser Welt passiert ist mir so was von egal, wenn die Zeit gekommen ist, verlassen wir diese durch ein Portal und dann erklär ich ihr alles. Mein Blick wird immer wieder von ihr angezogen, sie wirkt so zerbrechlich und verletzlich, in ihrem Tanktop sieht man ihre grazile Figur. Nur magische Wesen können den Schleier, der über ihr, wie eine zweite Haut liegt, durchblicken. Was ich sehe lässt mich schlucken. Sie ist das schönste Geschöpf zwischen

Himmel und Erde. Gnade dem, der sie außer mir begehren sollte. Doch den Göttinnen sei Dank, sieht sie keiner so wie ich. In Ihrer wahren Erscheinung.

In diesem Moment kommen wir an meinem Haus an. Ich stelle den Motor ab und atme durch. So lange halte ich mich schon zurück und spiele ihren besten Freund. Lange kann und will ich das auch nicht mehr. Ich bin trotz alledem ein Mann und noch dazu sehr egoistisch. Es fällt mir schwer, mich zu zügeln, da ich sie so entspannt sehe. Ihre Atmung hat sich wieder beruhigt, doch ihre Haut wirkt noch etwas erhitzt. Ich kann die Hitze förmlich schmecken. Ihre Haut, die sonst so makellos in einem hellen Elfenbein erstrahlt, hat einen leichten rosa Glanz bekommen. Verdammt sie sieht so heiß aus und ich muss sie berühren. Vorsichtig streiche ich ihr in paar Haare aus dem Gesicht hinter ihr Ohr, dabei spüre ich den leichten feuchten Film, der noch an ihrer Stirn ist. Ich lecke meine Finger ab und mir läuft ein Schauer den Rücken runter und sammelt sich in meiner Mitte. Ihre spitzen Ohren lassen erahnen, was sie eigentlich ist. Ich bin ihr viel zu nahe und der Zustand in dem sie sich befindet, lässt Fantasien in mir aufsteigen, die ich unterdrücken muss. Besser ich steige aus, ich brauch wieder etwas Klarheit und das geht in diesem engen Raum nicht, überall hängt ihr Duft. Sie riecht ganz speziell nach Reinheit und ein wenig nach ihrem Lieblingsduschgel, sie liebt Kokos. Aber die entscheidendste Duftnote ist ihre aufkeimende Macht, ich schmeck es deutlich, nicht mehr lange und sie wird mir gehören. Ich sehne mich nach Kälte, ich steige aus und eine warme Böe bläst mir entgegne. Ich richte meinen Blick in die Wolken, dabei konzentriere ich mich auf meine Atmung und die innere Stärke.

Es fällt mir schwer, mich heute zurückzunehmen, doch ist es notwendig. Ich balle die Fäuste und konzentriere mich abermals, jetzt klappt es besser. Nach einigen langsamen Atemzügen komme ich zur Ruhe und umrunde das Auto. Sie wirkt so verletzlich. Ich fasse unter ihre Kniekehlen und bette vorsichtig ihren Körper an eine Brust. Sie seufzt leise auf. Was mir ein Lächeln auf die Lippen zaubert. Sie fühlt sich so verdammt gut an. Zart, aber trotzdem ihre Haut und die darunter liegenden Muskeln sind fest. Durch ihre Herkunft ist sie mit einer begnadeten Figur gesegnet, ich halte sie im Arm, doch hätte ich sie gerade wieder viel lieber in einer anderen Position. Rittlings auf mir, mit leicht geöffneten Lippen, die mir ihre Erregung zeigen. Scheiß, aus mit diesem Kopfkino. Ich werde heute noch auf eine dieser elenden Studentenpartys gehen und irgendein Flittchen mit nach Hause nehmen. Mein angestautes Verlangen muss irgendwo hin, sonst dreh ich noch durch und Fall über Dara her. Was äußerst schlecht zu diesem Zeitpunkt und nicht sehr förderlich wäre.

Ich erlaube mir keinen weiteren dieser Gedanken, erst wenn ich es einer besorge, werde ich mir wieder diese Gedanken erlauben. Hört sich arschlochmäßig an wenn ich beim Vögeln an eine andere denke, aber sie wird schon auf ihre Kosten kommen.

Schnellen Schrittes gehe ich ins Haus und lege Dara auf dem Sofa ab. Danach brauche ich etwas Abstand und gehe zum Sideboard, auf dem mehrere teure Spirituosen stehen, ich fülle meinen Tumbler zwei Finger breit mit meinem Lieblingswhiskey ein. Er breitet Vorfreude, alleine von seinem Duft. Ich schwenke die goldene Flüssigkeit etwas im Glas und setze es an meine Lippen. In einem Zug trinke ich es leer und genieße das Brennen das gerade meinen Magen erreicht und somit die andere Hitze etwas in den Hintergrund drängt. Ich merke, wie Dara sich zu bewegen beginnt, und drehe mich zu ihr herum.

Dara

Langsam öffne ich die Augen, wo bin ich, ist mein erster Gedanke und reiße die Augen auf, blicke mich um und es dauert einen Moment bis sich meine Augen scharf stellen. Hmm ich liege auf Ciarans Sofa. Ich drehe meinen Kopf noch etwas Richtung Polster. Kann gar nicht anders sein, den ich rieche seinen unverkennbaren Duft. Er riecht immer gut, es erinnert mich immer an Urlaub. Eine Mischung aus Morgenfrische, Wasser und einem teuren Parfum, das seine Herbe Note dezent in Einklang mit den anderen Komponenten bringt. Erinnert an Fernweh.

Ohje das Aufrichten gelingt mir mehr schlecht als recht, mein Gehirn muss durch die Hitze zu Pudding geworden sein, denn ich kann keinen klaren Gedanken fassen. Ich starre an die Wand und plötzlich fällt mir wieder alles ein. In meinem Kopf sehe ich Augen aus purem Gold so intensiv, ein Augenblick, der alles andere still stehen ließ. Eine phänomenale Anziehung ging von ihnen aus. Warum hatte dieser Kerl so eine Wirkung auf mich, ich mach mir nicht viel aus schönen Gesichtern, den einen schönen Mann hat man nicht alleine. Ich bin auch in keiner Weise oberflächlich, aber dieser Kerl hat mein Hirn in eine wabbelige Masse verwandelt.

Hätte mich Ciaran nicht weggebracht, Moment mal was bildet er sich überhaupt ein, ist er in der Annahme er könne mir vorschreiben, was ich zu tun habe oder nicht. Ich verenge die Augen zu schlitzen und gifte ihn an. Es dauerte nur einen Moment, bis Ciaran an meine Seite tritt und einen Sicherheitsabstand wahrt. Meine Blicke sind vernichtend. „Na, wie geht's dir?“ Fragte er mit einem sehr aufmerksamen Blick. „Was war da los“ antworte ich mit einer Gegenfrage. Ciaran mustert mich, wobei er sich etwas angespannt über die schönen geschwungenen Lippen fährt, und bleibt mir eine Antwort schuldig. „Warum hast du mich dort fortgebracht?“ Frage ich weiter drauf los, diese Verschwiegenheit geht mir so richtig auf den Keks und es ist eindeutig, dass

irgendwas nicht stimmte. „Dara, du hattest einen Schwächeanfall, vielleicht weil du zu wenig geschlafen hast“ kommt es sehr lahm von ihm, den Mist kann er gleich bleiben lassen. „Lüg mich nicht an!“ Ich spüre Wut in mir aufkeimen und werfe ihm Blicke des Todes zu. „Du kannst doch nicht ernsthaft glauben, dass ich dir das abnehme, sag mir, was los war. Wer war das?“ Meine Stimme bekommt einen leicht hysterischen Unterton, wenn ich wütend bin. „Ich hab dir nur geholfen sonst nichts, jetzt komm mal wieder runter und sei etwas dankbarer“ maulte Ciaran in einem hoheitsvollen Ton zurück. Jetzt lässt er tatsächlich den arroganten Arsch raushängen, das kann ich am aller wenigsten ab.
Ich gifte ihn wütend an und ernte eben solche Blicke, keiner von uns wird nachgeben, wo wir gerade bei einer Pattsituation sind. Das bringt alles nichts aber ich weiß, irgendwann wird er sich schon versprechen. Ich muss einlenken, sonst erfahre ich nie die Wahrheit. Männer sind so subtil und begreifen nicht, wie wir an alles kommen. Doch ganz kann ich meinen Ärger nicht runterschlucken und so kommt bissig „Na dann besten Dank! Kannst du mich jetzt bitte nach Hause bringen?“. „Geht’s dir den wieder besser?“ Kommt prompt als Gegenfrage und er musterte mich genau. Wie macht er das, er sieht mich so intensiv an, dass ich nur noch ein Nicken zustande bringe, futsch ist meine Selbstsicherheit, was mich echt unglaublich frustriert. „Alles klar dann ab mit dir ins Auto“ forderte er mich auf. Leicht schwankend bewege ich mich zum Auto. Irgendetwas stimmt nicht, aber ich bemühe mich, mir nichts anmerken zu lassen, und steige ein. Ciaran erzählt mir schon in einem netten Plauderton, dass er sich noch auf eine Party blicken lässt. Ich lasse mich von der Erzählung seines Tages auch auf etwas andere Gedanken bringen. So verging die Autofahrt relativ schnell und ich kann endlich aussteigen. Ich winke ihm noch, als ich an der Haustüre ankomme, und er fährt los.

Langsam steige ich die Stufen hoch, bis in den zweiten Stock zu meiner Wohnungstür und lasse mich von innen dagegen fallen.

Einen Moment muss ich durch Atmen und zu Hause ankommen, ich versuche meine Gedanken zur Ruhe zu zwingen. Klappt leider gar nicht, aufgewühlt streife ich durch meine kleine Wohnung. Es sind grad mal 45 Quadratmeter, die aus einer Wohnküche, einem kleinen Schlafzimmer mit angrenzendem Badezimmer besteht. Ich versteh nicht, was mit mir los ist, schon wieder spüre ich einen dünnen Schweißfilm auf meiner Stirn, irgendwas will mir mein Körper mitteilen, doch ich kapiere es nicht.

Am beste ich nehme noch mal eine kalte Dusche. Ich betrete mein kleines Badezimmer und blicke wie aus Reflex in den Spiegel. Jetzt wär ich vor Schreck ausgerutscht, ich halte mich am Waschbecken fest und lehne mich ganz nah an mein Spiegelbild an. Wie kann das verdammt noch mal sein, ich schließe immer wieder meine Augen und öffne sie mal schnell, mal langsam. Aber es verändert nichts an der Tatsache das sie nicht mehr in diesem bekannten Blau strahlen nein sie sind Silber, doch nicht irgendwie grau oder so, sondern wie flüssiges Metall glänzen sie.

„Wie kann das nur sein“ hauche ich meinem Spiegelbild zu, doch es starrt mich ungläubig und geschockt an. Meine Knie geben nach und ich lasse mich auf den Boden gleiten. Ich starre auf meine Knie, die ich mit meinen Armen umfasse. Ich bin doch nur eine ganz durchschnittliche junge Frau, schon klar ich hatte als Kind komische Fantasie, aber wer hat die denn nicht? Ich bin nicht der auffällige Typ, hab mich immer sehr zurückhalten und war schüchtern. Vielleicht ist jetzt die Zeit für die Klapse gekommen.

Eine Gänsehaut überkommt mich bei dem Gedanken, unter Drogen an ein Bett gefesselt zu sein. Irgendwas muss doch verkehrt bei mir sein, zuerst dieser Traum, dann dieses Unwohlfühlen, dieser Fremde, der eine unglaubliche Wirkung auf mich hatte, Ciarans Reaktion die keines Wegs nur meiner angeblichen Schwäche galt und jetzt die Veränderten meiner Augen. Ein bisschen viele Ungereimtheiten für bloßen Zufall. Egal wie oft ich alles im Kopf durchgehe, ich komme nicht weiter, komplett fertig mit beginnenden Kopfschmerzen schleppe ich mich in mein Schlafzimmer und lasse mich so, wie ich bin aufs Bett fallen. Wie auf Knopfdruck fallen mir die Augen zu und ich bin eingeschlafen.

Ciaran

Noch mal nach Hause fahren interessiert mich nicht, ich geh jetzt so auf die Party. Ich greife hinter den Beifahrersitz und siehe da, ich finde tatsächlich noch ein frisches Shirt. Ich zerr es mir über den Kopf und schlüpfe abwechselnd mit den Armen hinein, auf das werden die Mädchen wieder abfahren. Das Shirt sitzt wie eine zweite Haut und lässt an meinem Oberkörper nichts der Fantasie über, es zeigt meinen durchtrainierten Körper. Liegt bei mir, den Göttinnen sei Dank, auch an meiner Art.

Eine viertel Stunde später parke ich mein Auto auf dem Rasen vor der Studentenverbindung. Einige der anwesenden Studenten drehen sich abrupt um, da der Tiefe Klang meines SUV sie erschreckt hat. Entlockt mir immer wieder ein Grinsen, wenn ich sie aufscheuchen kann. Sie hatten mich nicht kommen sehen, bei diesem Tempo. Die Vollbremsung hat ihre Gesichter entgleisen lassen.

Ich betrete das Haus und muss immer noch grinsen. Hier kann ich wirklich meinen inneren Bastard raushängen lassen. Ich weiß, nach was oder wem ich Ausschau halten muss. Ich setze meine arroganteste Miene auf und benehme mich überheblich, einige der älteren Studenten kenn ich und nicke ihnen nur zu. Genauso kennen sie mich und wissen, wie ich bin. Doch diese Tussen fliegen trotzdem auf mich.

Eine geeignete Kandidatin hat sich schnell gefunden. Ihre blonden Haare reichen ihr bis knapp über die Schulter, sie trägt ein Top das grad mal ihre Brüste so bedeckt, ah wie ich sehe auch ohne BH, sie freut sich anscheinen über mein Erscheinen, wie man überdeutlich sehen kann denn dieser Stoff lässt nichts der Fantasie über, genau so wenig der Stofffetzen der anscheinen ein Rock sein solle. Ich lass mich von ihr bequatschen und nicke ab und an oder schüttle den Kopf an passender Stelle, denn Sinn dessen, was sie mir gerade erzählt, hab ich spätestens beim nächsten ihrer Atemzüge schon wieder vergessen. Ergab ihr Ge-

quatsche überhaupt Sinn? Sie reden alle immer viel, wenn sie nervös sind, denn meine Aura macht sie definitiv nervös, auch wenn sie nicht wissen warum.
Nur bei einer lass ich diese Aura nicht durchkommen und schon hängen meine Gedanken bei Dara und an ihrem makellosen Körper irgendwie vergleiche ich immer jede mit ihr aber keiner wird ihr gerecht.
Jetzt hab ich aber genug von diesem oberflächlichen Gerede und spiele einen meiner Trümpfe aus. Da ich bis jetzt eher grimmig und unnahbar dreingeblickt habe, warte ich den nächsten passenden Moment ab und schenke dieser Schnepfe mein schönstes Lächeln, ihre Wangen röten sich augenblicklich und als ich dann noch eins drauf setze und sie mit einer Hand an mich ziehe und ihren Ausdruck sehe, muss ich lachen.
Der Klang meines Lachens, dieses tiefe Timbre lässt sie erschaudern, ich spüre ihre Gänsehaut am Rücken und sehe ihr tief in die Augen. Ihre Wangen röten sich noch mehr und ihr Blick wird glasig. Checkpot war wieder ein Leichtes sie rumzukriegen. Ich weiß, dass sie sich schon nach mir verzehrt. Sie ist willenlos und ich ziehe sie hinter mir her in den oberen Stock zu den Schlafzimmern. Ich kenn diese Jungs so gut, dass sie mir immer wieder ihre Zimmer gerne überlassen.
Ich schiebe die Kleine in das Zimmer und schließe hinter uns ab. Sie sieht mich mit großen blauen Augen an, doch sie gehören leider nicht zu Dara, die ich am liebsten an ihrer Stelle vögeln will. Schon alleine der Gedanke an sie, wie sie wohl aussehen würde, an der Stelle dieser Schnepfe lässt mich hart werden. Ich küsse sie ohne Rücksicht, damit sie kein Wort mehr sagt. Meine Hände erkunden diesen Körper und meine Gedanken sind bei Dara. Ich weiß genau auf was sie stehen und im Handumdrehen dreh ich sie um und schiebe ihren Rock hoch. Ich öffne meine Hose und will sie gerade nehmen, da überkommt mich ein seltsames Gefühl, irgendwas stimmt bei Dara nicht.
Ich fühle es. Mit einem Ruck ziehe ich mich wieder an. Diese Tussi dreht sich schwer atmend um und blickt mich verwirrt und flehend an. Mein finsterer Blick, bringt sie umgehend zum

Schweigen, noch bevor sie überhaupt den Mund aufmachen kann. Ich stürme aus dem Zimmer und lass sie einfach wortlos zurück. Verdammt noch mal.

3.

Dara

Ich stehe im Wald, mein Freund und ständiger Begleiter, der Mond leuchtet voll, in seinem schönsten silbernen Licht. Es erstrahlt alles um mich herum. Ich blicke mich um, irgendwie saugen die Bäume und Farne alles Licht auf und leuchten in den schönsten Neonfarben. Der ganze Wald erscheint mir fremd, aber seltsam nah, ich spüre das Licht auf meiner Haut, es fühlt sich erstaunlich warm an und ich schaue an mir herab. Ich trage eine schulterfreie Korsage aus weißer Seide die aber durch irgendetwas Festem verstärkt wird. Es glitzert und ich sehe feine Diamanten, die eingearbeitet wurden. Ich habe noch nie etwas Schöneres getragen. Dazu eine enge aber geschmeidige weiße Hose und weiche Stiefel, die sich perfekt an meine Füße anpassen, leicht aber robust, es ist eine Uniform oder ein Jagdgewand, kommt mir in den Sinn. Ich sehe genauso aus wie die Heldinnen aus meinen Fantasieromanen, die ich so gern lese und muss schmunzeln.

Über meine Schulter spüre ich einen Riemen laufen und blicke mich etwas um. Ein Köcher aus robustem Leder, seltsam, keine Pfeile und auch kein Bogen, der dazugehörig wäre.

Ich bewege mich langsam durch den Wald und erblicke zwischen den gigantischen Bäumen einen Weg. Wie alles andere leuchtet auch dieser, ich blicke mich um, ich entscheide mich

kurzerhand ihm zu folgen.
Nach einiger Zeit höre ich leise Geräusche, diese müssen von den Tieren kommen. Umso länger ich mich hier bewege, desto mehr höre und sehe ich. Meine Sinne sind aufs Äußerste geschärft. Aus weiter Entfernung kann ich einen Hirsch erkennen, schneeweiß schimmert sein Fell und er trägt ein gewaltiges Geweih, wenn man das so bezeichnen kann. Es ändert ständig seine Erscheinung, ich staune als ich erkenne, dass es blaue Flammen sind. Er wirkt so prachtvoll, anmutig und atemberaubend. Spätestens jetzt hab ich begriffen, dass ich mich in einem Traum befinde. Plötzlich blickt sich der Hirsch nervös um und jagt davon. Ich spüre eine Gänsehaut, die mit einem kalten Schauer den Rücken entlang einhergeht. Ein Gefühl der Angst, nur weiß ich nicht, woher dies jetzt kommt und blicke mich mit laut klopfendem Herzen um.
Ein metallisches Klirren durchbricht diese eigenartige Stille, die seit der Flucht des Hirsches vorherrscht. Noch eines, ich zucke zusammen, es muss irgendwo ein Kampf stattfinden. Meine Füße bewegen sich wie von selber und ich werde immer schneller, wusste gar nicht, dass ich so schnell laufen kann. Vor mir taucht eine Lichtung, auf die hell erstrahlt, als würden Blitze einschlagen. Ich zucke zusammen und halte kurz inne. Ich bin fast bei der Lichtung, nur wenige Schritte fehlen und ich kann mir ein Bild von dem Kampf machen. Zweifel lassen mich innehalten, bevor ich aus dem Schatten der Bäume trete und mich umsehe. Was sollte ich schon ausrichten? Ich trag keine Waffe, davon mal abgesehen, dass ich keine führen könnte. Ich nehme all meinen Mut zusammen, die Neugier siegt und ein Gefühl helfen zu müssen überkommt mich. Ich trete in das Mondlicht und erblicke die Lichtung.
Mir stock bei dem Anblick der Atem am liebsten würde ich gleich wieder kehrtmachen da sich meine Nackenhaare bei der Aussicht auf Gefahr aufstellen. Fünf Männer kämpfen mit wildem Geschrei gegen einen Gegner an. Man sieht dem einzelnen Kämpfer an, dass er sich bald am Ende seiner Kräfte ist, ich sehe nur seinen Rücken, der sich schweratmend immer wieder hebt,

seine Haare fallen schulterlang schweißnass herab. Ich stocke, da mir dieser Rücken aus irgendeinem Grund bekannt vorkommt. Ich weiß nicht, was ich machen soll. Die Überzahl der Männer kämpfen ihn zu Boden, noch hat mich keiner entdeckt, ich stehe trotzdem wie angewurzelt da und mich überkommt eine solche Macht, ich möchte diesem Krieger helfen. Die Männer entwaffnen ihn und stoßen ihn unsanft auf die Knie, in diesem Moment hebt er seinen Blick und endlich sehe ich in sein Gesicht. Seine Augen wie flüssiges Gold. Die Erkenntnis, da er mich entdeckt hat, trifft ihn am Boden wie ein Blitz und seine Züge entgleisen. In diesem Moment werde ich auch von den Angreifern entdeckt. Der Krieger am Boden bäumt sich gegen die Männer, die ihn festhalten. „Nein, meine Königin verschwinde, so schnell du kannst!“ Schreit er verzweifelt in meine Richtung. Eine Kraft sammelt sich in mir und ich spüre, wie sie in meinem linken Arm fließt. Gespannt blicke ich an meinem Arm hinunter und spüre im selben Moment dass sich meine Finger von alleine um etwa kühles schließen. Ich halte einen silbernen Bogen in der Hand und spüre sein Gewicht, er fühlt sich wie eine natürliche Verlängerung meines Armes an, er scheint bei meinen Gedanken leicht zu vibrieren. An meinem Rücken raschelt etwas, ich lasse einen kurzen Blick nach hinten schweifen und sehe goldene Pfeile in meinem Köcher. Wie aus Reflex bringe mich mit einer fließenden Bewegung in Schussstellung, wobei ich einen Pfeil einlege und sie Sehne spanne.

Nein, ich schrecke hoch, verdammt es war nur ein Traum, „Nur ein Traum“ wie besessen schreie ich diese Worte fast heraus. Mein Puls rast und ich habe immer noch das Gefühl, das Gewicht des Bogens in meinen Fingern zu spüren, Sie kribbeln, weshalb ich sie reibe und versuche dieses Gefühl wegzubekommen.
Durchgeschwitzt und zitternd sitze ich auf meinem Bett, es hatte sich so real angefühlt, mein Mund ist ausgetrocknet und ich sehne mich nach einem Glas Wasser. Draußen ist es schon dunkel und der Mond leuchtet Silber und voll, sofort spüre ich Angst. Sie kriecht meinen Rücken hoch. Hastig stehe ich auf und

drücke auf den Lichtschalter.
Dieser Traum lässt mich nicht los. Meine Kleidung ist durchgeschwitzt und klebt unangenehm feucht an meiner Haut. Schnell ziehe ich die Sachen aus und suche meinen Morgenmantel. Ich schlüpfe mit dem linken Arm hinein, doch mein Blick bleibt hängen. Moment was ist das. Ich betrachte meinen Arm, ein leichter silbriger Schimmer liegt darauf, ich hebe meinen Arm vor mein Gesicht, um ihn mustern zu können. Ein feines Rankenmuster schlingt sich meinen Arm hinauf, es verblasst je länger ich darauf starre. Bin ich denn jetzt komplett bescheuert. Geschockt blicke ich aus dem Fenster, dicke Wolken schieben sich gerade vor den Vollmond. Es sieht so aus, als würde es durch das silberne Licht des Mondes leuchten. Das kann nicht sein, in diesem Moment zieht die Wolke vorbei und der Mond ist wieder zusehen.
Meine Theorie gehört überprüft und so halte ich meinen Arm ins Mondlicht. Diese filigranen Linien leuchten in einem wunderschönen Silber auf. Dem Fenster gegenüber steht mein Schrank, an dem ein mannshoher Spiegel befestigt ist, ich drehe mich so um, damit ich mich im Spiegel betrachten kann, und verfolge das Muster auf meiner Haut. Ich keuche auf und muss feststellen dass dieses Muster, sich bis über meine Schulter schlängelt und erst am Schulterblatt in einer wunderschönen Blume endet.
Wie kann den das alles nur sein, ich eigentlich kein großer Fan von Tattoos und würde mir selber keines machen lassen, doch jetzt schlängelt sich diese Muster und ich kann es nur ungläubig im Spiegel betrachten. Wie ist das möglich, träume ich immer noch. Nein, definitiv nicht.
In mich gekehrt schlüpfe ich vollständig in meinen Morgenmantel und gehe ins Wohnzimmer, da hilft nur stärkeres. Ich brauche etwas um meine Nerven zu beruhigen, so hole ich mir ein Glas und schenke mir zwei Finger breit Wodka ein.
Mein Kopf fühlt sich wie in Watte gepackt an und so leere ich das Glas in einem Zug. Das Brennen in meinem Inneren beruhigt mich etwas, es lenkt von den Ereignissen kurz ab.

Um so mehr schrecke ich hoch, als es an meiner Tür geklingelt hat. Mein Puls hatte gerade seine normale Geschwindigkeit zurückerlangt, nun ja, jetzt ist er wieder bei 180 Schlägen Minimum angelangt. Wer zum Teufel noch mal steht mitten in der Nacht vor meiner Wohnungstüre. Ich brauche ein paar Atemzüge und bewege mich nur langsam auf die Eingangstüre zu. Vielleicht verschwindet dieser Störenfried wieder, wenn ich nicht gleich aufmache. Doch falsch gedacht wieder klingelt es und ich schrecke erneut hoch, jetzt bin ich sauer und reiße die Wohnungstüre auf.

Ciaran

„Was machst du um diese Uhrzeit bei mir?" fragte sie mich vorsichtig, obwohl ihr Gesichtsausdruck Bände sprach, der einen anderen Ton hätte erahnen lassen. Ich gebe ihr keine Antwort und trete ein und bewege mich ganz selbstverständlich auf ihr Sofa zu, ist mein zweites Zuhause.

Wusste ich es, irgendwas stimmt nicht, auf dem Tisch steht ein leeres Glas, das nach Alkohol riecht, sie hatte anscheinend wieder einen dieser Träume, auch wenn sie es abstreiten wird. Ganz genau nehme ich sie unter die Lupe, sie will mir nicht in die Augen sehen. Ich atme tief ein, halte ihn kurz und sage dann etwas sanfter „Dara ich weiß das heute Nacht etwas passiert ist". Ertappt schlägt sie ihre Arme ums sich und setzte sich mir gegenüber in einen gemütlichen Ohrensessel.

Sie fummelt die ganze Zeit am Saum ihres Morgenmantels herum. „Irgendwas stimmt mit mir nicht" seufzte sie. „Was genau stimmt nicht?" Bohrte ich nach. „Ich habe es noch nie jemanden erzählt, in meiner Kindheit hatte ich immer richtig schlechte Träume, Albträume, diese waren so real für mich, aber als ich mit meinen Pflegeeltern darüber sprach, brachten sie mich darauf hin zu einem Psychiater, er diagnostizierte mir eine Persönlichkeitsstörung, weil mich meine leiblichen Eltern nicht wollten. Er versucht, mich mit Tabletten ruhig zu stellen, ich war so neben der Spur durch diese und habe danach nie wieder darüber gesprochen. Ich sagte, dass ich es mir nur ausgedacht hatte und irgendwann waren sie dann auch wirklich weg."

„Waren?" Frage ich und sah sie durchdringend an. „Es ist so" begann sie und atmete tief durch „Seit gestern sind sie wieder da, aber nicht nur das, sie mich mal genau an!" Sie hebt das Kinn an und blickt mir in die Augen. Okay jetzt weiß ich, was ich da gespürt habe. Das Ende dieser Welt ist schon sehr nahe.

Den Schleier, den ich über sie gelegt und der durch die letzte Magie dieser Welt gespeist wird, geht zu neige. Es war ein notwendiges Übel, sonst wäre der Abschaum dieser Welt noch viel früher auf sie aufmerksam geworden, wenn ich daran denke, dass es ein übles Ende mit meiner zukünftigen Regentschaft nehmen kann, steigt purer Hass in mir auf. Ich muss zusehen, dass ich mich im Griff behalte, sie darf es noch nicht herausfinden, erst wenn der Tag des jüngsten Gerichtes für diese Welt gekommen ist, werde ich mit ihr in meine Welt reisen und sie wird dort mir gehören und mit ihr auch ihre Macht. Bei diesen Gedanken überkommt mich ein leichter Schauer. Geduld, nur noch ein wenig, der nächste Neumond kommt und ich werde mit ihr weg sein.

Doch jetzt muss ich mich wieder zusammen reißen und ihr antworten. Klar ist mir aufgefallen, dass sie jetzt ihre wahre Augenfarbe sehen kann. Jedes magische Wesen in der Umgebung spürt, dass eine große Macht am Erwachen ist. „Mir ist nur aufgefallen, dass du komplett durch den Wind bist. Kannst du dir einen Reim darauf machen, warum diese Träume wieder da sind“ hinterfrage ich mit so viel Gelassenheit, die ich aufbringen kann.

„Seit ich vorhin wieder so einen Traum hatte und hochgeschreckt bin, fühle ich aber eine Veränderung“ sie versucht, die Ärmel ihres Morgenmantels noch weiter nach unten ziehen, doch legt sie damit ihre linke Schulte frei. Mein Blick folgt automatisch ihrer Bemühung und in diesem Moment erhasche ich einen Blick auf ihre Haut an der linken Schulter und ich muss mich, verdammte noch mal, echt zurückhalten, um nicht über sie her zu fallen. Die Macht, die diese Ranken ausstrahlen beherrscht mein Denken, noch nie war sie mehr anziehend auf mich. Natürlich bemerkt sie meinen Blick und den darin liegenden Hunger.

Schnell zieht sie wieder den Mantel zu Recht und ihre blassen Wangen färben sich rosa. „Was ist denn jetzt wieder“ fragte Dara etwas nervös. „Deine Augen leuchten, ich hab noch nie etwas Schöneres gesehen“ jetzt schaltet mein Hirn endgültig ab, die Worte waren so schnell raus, dass ich nicht mal denken konnte. „Irgendwie hängt das mit dem Mondlicht zusammen“ seufzt sie auf. Wenn sie wüsste, wie recht sie hat, doch sie weiß nichts über

ihre wahre Abstammung. Einen Augenblick, der sich wie eine Ewigkeit anfühlt, starren wir uns nur schweigend an.
Ich muss jetzt nur mehr in Erfahrung bringen, was in ihren Träumen passiert ist. Man muss verstehen, dass dies nicht einfach nur Träume sind, nein es sind so viel mehr. Manchmal Vorhersagen, Warnungen oder Visionen, die von den Schicksalsgöttinnen geschickt werden. Wobei man den Sinn dahinter oft nicht ganz versteht, vor allem auch die Zeitpunkte.
Diese drei Schreckschrauben sind etwas anders und das meine ich nicht im guten Sinne. „Aber erzähl mit jetzt erst mal in Ruhe, was in deinen Träumen vorfiel". So erzählte sie von ihrem Traum. „Hört sich nach einem Kinderalbtraum an, der durch irgendwelche Fantasiegeschichten hervorgerufen wurde" sage ich beschwichtigend aber irgendwas verheimlicht sie mir, das sehe ich ihr genau an. Sie ist anscheinen enttäuscht, enttäuscht da ich ihren Traum beschwichtigt habe, ja geradezu verharmlost. „Ciaran ich bin verdammt müde" resigniert blickt sie mich an. Ich sehe es ihr an, jetzt macht sie dicht und schmeißt mich mehr oder weniger aus ihrer Wohnung.
„Könntest du bitte nach Hause gehen, mir geht's ja schon wieder besser. Mach dir keine Sorgen. Ich werde morgen nicht zur Uni gehen, ich brauch eindeutig mehr Schlaf. Vielleicht reagiere ich deshalb einfach auch ein wenig über." Das nenn ich eine lahme Aussage, aber etwas anderes fiel ihr wohl nicht ein. „Mag sein, na dann, ich sehe morgen Abend mal vorbei" ich muss sie im Auge behalten. „Alles klar" erwidert Dara und schiebt mich zur Tür hinaus.
So stehe ich im Hausflur vor geschlossener Tür und überlege, was ich mit dem angebrochenen Abend noch anfangen soll. Ich zücke mein Smartphone und tippe meiner vorletzten Bettbekanntschaft, ob sie nicht heute noch Zeit hätte. Ich muss schleunigst meine angestauten Fantasien ausleben. Es dauert keine halbe Minute und mein Sexdate steht. Wenigstens heute noch Aussicht auf ein Happy End, denke ich und muss grinsen.

Dara

Ich fühle mich beschissen, ich habe meinen besten Freund rausgeschmissen. Vielleicht hab ich in dem Punkt überreagiert, denn er hatte sich nur Sorgen um mich gemacht, da es mir ja am Tag schon nicht gut ging. Aber ich kann wiederum nicht glauben, dass das alles nur Zufälle sein sollten. So wie er reagiert hat, war es, dass beste ihm nicht alles haargenau von meinen Träumen zu erzählen. Dass Ciaran mit drin steckt, das fühle ich aus dem Bauch heraus, aber welche Rolle er dabei spielt, weiß ich noch nicht. Aber im Moment kann und will ich nicht näher darauf eingehen.

Jede Zelle meines Körpers schrie förmlich nach Schlaf. Eine bleierne Müdigkeit legte sich über mich und ich gebe dem nur zu gerne nach und geh wieder zu Bett. Dieses Mal verfolgte mich keiner dieser Träume, das einzige, was ich immer noch sehe, waren goldene Augen.

Trotz der Vorkommnisse dieser Nacht wache ich erstaunlich erholt auf. So wie es aussah, habe ich ewig geschlafen. Die Sonne steht hoch. Ich blickte auf die Uhr, kurz vor 12. Daraufhin regte sich sofort mein Magen. Oh ich habe tatsächlich seit 2 Tagen nichts mehr gegessen, jetzt aber schnell, eilig laufe ich in die Küche und mache mir ein ordentliches Frühstück, Eier mit Speck und einen riesen Becher Milchkaffee. Während ich mich stärke, mache ich mir Gedanken über meine nächsten Schritte. Ich muss wissen, wem diese unglaublichen Augen gehören. Nachdem ich mich kurz im Bad zu Recht gemacht habe, ziehe eine Jeans und ein Shirt an und mache mich auf in Richtung Campus.

Heute wird mir Ciaran nicht in die Quere kommen. So gehe ich gemütlichen Schrittes den Weg zur Uni. Alles erschient mir heute schärfer, lauter und bunter. Seltsam es wirkt alles, als ob ich zum ersten Mal richtig sehen konnte.

Den ganzen Weg entlang staune ich über noch so kleine Auffälligkeiten. Wunderschöne bunte Schmetterlinge schwirrten um

mich herum. Es erfüllte mich mit so viel Wärme, in vollen Zügen genieße ich die heißen Strahlen der Sonne.
Als der Campus immer näher kommt, blicke ich mich nach einem geeigneten Platz um und werden auch auf Anhieb fündig. Ich nehme auf eine Steinbank unter einem Kastanienbaum Platz. Ich atme die Luft tief ein und beobachte einen kleinen knallgelben Schmetterling, der sich vor mir auf einem Löwenzahn nieder lässt.
Eine Gänsehaut breitete sich über meine Arme aus, ein wohliger Schauer, der bis zu den Zehenspitzen reicht. Ich hebe meinen Blick, denn etwas zieht in magisch an. Mir bleibt der Mund offenstehen und bemerke erst spät, dass ich die Luft angehalten habe, ich sehe in unfassbar goldene Augen. Erst jetzt merke ich, dass ich mich anscheinen von selber und ganz unbewusst auf den jungen Mann zubewegt habe.
Uns trennt nur mehr ein halber Meter. Eigentlich müsste es mir peinlich sein, so unverfroren auf ihn zugegangen zu sein, doch das ist es nicht im Geringsten. Ich kann meinen Blick einfach nicht von dem seinen lösen, wie verhext. „Endlich hab ich dich gefunden. Ich bin schon sehr lange auf der Suche nach dir“ erklang seine melodische Stimme.
Bei diesem Klang richten sich meine Nackenhaare auf und ich schlucke. Nur ein wispern kommt mir über die Lippen „Wer bist du?“ „Ich bin Syrus“ antwortete er. Ich blicke ihn an und mir läuft es kalt den Rücken runter, wie kann es sein, dass der junge Mann aus meinem Traum plötzlich vor mir steht.
Ein bitterer Geschmack breitet sich in meinem Mund aus, ich muss die aufkommende Angst runterschlucken. Er sieht mich an und ich sehe in seinen goldenen Augen, wie kann das sein, ein Blick und ich vergesse, was ich gerade noch gedacht habe.
Ich bin sonst nicht so und schmachte einem fremden Typen nach. Langsam hebt er die Hand und streicht sacht mit den Fingerspitzen meinen linken Arm entlang. Wie ein Lauffeuer breitete sich eine Hitze in mir aus. Völlig überrumpelt mache ich einen Schritt zurück und bringe endlich etwas Distanz zwischen uns.

„Für dich muss dass alles sehr erschreckend sein, meine Königin“ ich schüttele den Kopf über diese Anrede, die er auch in meinem Traum verwendet hatte, dass macht mir gerade eine scheiß angst. Er will nach meiner Hand greifen doch ich bin mir nicht sicher, ob ich mitgehen soll oder ob ich ihm eine Knalle und die Flucht ergreife. Erstens ist dass alles hier einfach, zu gruselig und zweitens kann ich es gar nicht ab einfach angefasst zu werden. Ich war nur zu perplex, um angemessen zu reagieren. Er sieht mir meine Unentschlossenheit an, denn er fasst meine Hand und zieht mich mit sich zu einer Bank, die versteckt hinter einer Hecke steht. Wie ferngesteuert gehe ich mit. Was macht dieser Typ nur mit mir, wieder reagiere ich nicht richtig.
Ich spüre den Ärger über mich selber so unglaublich in meiner Mitte. „Meine Königin du kannst mich fragen, was auch immer du willst“ sagt er mit überfreundlicher Stimme. Einen Moment überleg ich ernsthaft, ob ich ihm eine Reinhauen soll, doch die Vernunft oder besser die Neugier siegt, denn er wird mich vielleicht in einigen Dingen aufklären können. Ich atme tief durch und überlege, was ich ihn fragen soll. Nur langsam kann ich wieder einen klaren Gedanken fassen und frage drauf los „Warum nennst du mich immer so?“ „Es erscheint dir vielleicht eigenartig, dennoch existiert eine andere Welt, in der jeder weiß wer du bist.“ „Stopp mal, wie meinst du das? Warum sollte irgendjemand irgendwas über mich wissen?“ Ich sehe in ungläubig an, der Typ hat ordentlich eine an der Waffel oder ist es ein Psycho, der mich im nächsten Moment verschleppen und töten wird. Ich rutsche besser noch ein Stück weg. Er grinst mich an, Ohje wirklich ein Psycho, ich will schon aufstehen und gehen da sagt er „Dara hab keine Angst vor mir, ihr erklär es dir. Es gibt nicht nur diese Welt. Ich dachte mir schon, dass man dich nicht über deine Herkunft aufgeklärt, geschweige denn ordentlich drauf vorbereitet hat.“ Ich schüttle ungläubig den Kopf. Der Kerl hat sie nicht alle.
„Mal angenommen ich glaub dir diesen Blödsinn über eine andere Welt, wo sollte die sich den befinden?“ Sage ich zu ihm und grinse ihn wissend an, armer Narr. Er verengt etwas die Augen

als er meinen überheblichen Blick sieht und erzählt aber trotzdem drauf los „Früher waren alle Welten mit magischen Toren verbunden. Aber die magischen Welten, wurden von der Erde getrennt.

Es sollte keine Magie oder irgendein magisches Wesen mehr hierher kommen, aber vielmehr wollte der Herrscher von Ellyll verhindern, dass jemals wieder Menschen in ihre Welt kommen. Sie sind es leid das die Menschen ihre Umwelt und alles Leben nicht schätzen, aber noch mehr sind sie es leid das die Menschen alles in Frage stellen und ihre eigenen Vorstellungen der Welt haben. Durch die Trennung der Erde von der magischen Welt ist auch der Energiefluss zerstört worden. Die Erde konnte noch eine lange Zeit von ihrem Speicher leben, aber dieser neigt sich dem Ende zu. Wir beide müssen diesen Energiefluss wieder erwecken. Sonst stirbt alles Leben, dass du hier siehst. Der Herrscher der anderen Welt hat dich deines Thrones beraubt, du bist seit Tausenden Jahren das erste Kind einer Mondgöttin und wurdest als Baby hierher gestohlen, du solltest nie den Thron besteigen, nie deiner Bestimmung nachkommen. Du bist die wahre Königin.“

Ich sitze wie versteinert da, das muss ich sacken, sollte den das alles wahr sein aber warum erst jetzt. „Warum bist du jetzt hier und erzählst mir das alles.“ „Endlich konnte ich die wahrnehmen, denn auf dir liegt ein magischer Schleier, er ist an die Energie der Erde gekoppelt oder wird durch sie aufrecht gehalten.“

„Stopp, das ist zu viel“ Ich springe auf. Das kann ich alles nicht glauben. Es war zu unreal. Eher wie aus einem Fantasieroman. „Dara, sieh mich an“ flüstert Syrus drängend. Langsam drehe ich mich zu ihm um und Tränen füllen meine Augen. Ich bringe nur ein leises „Warum“ heraus. „Weil es an der Zeit ist, besser gesagt längst überfällig, wir haben nur mehr bis zur nächsten Neumond Zeit, deine Kräfte zu erwecken. Nur dann können wir gemeinsam ein neues Tor erschaffen und somit eine Verbindung unserer Welten erschaffen“ „Welche Kräfte soll ich deiner Meinung nach haben? Warum gerade wir?“ Meine Gedanken kreisen im Kopf. Er sieht mir tief in die Augen „Dara, wir sind füreinander bestimmt, wir ziehen uns an wie Magnete, wir finden uns immer und überall wieder.“ Jetzt lach ich auf den es wird immer noch skurriler, doch wie aufs Stichwort spürte ich einen Sog, der mich zu ihm schwanken lies. „Kannst du es spüren“ fragte er mich. „Ja“ hauche ich, ich hab das Gefühl in ein Loch zu fallen. „Du bist die rechtmäßige Königin von Ellyll! Und ich“ er hält kurz inne. Ich musste den Kopf in den Nacken legen, um seinem Blick erwidern zu können „Ich bin der zukünftige Herrscher über die Erde. Ich beherrsche die Elemente und du meine Schöne trägst die Kraft den Mondes und die der Elfen in dir. Nur gemeinsam schaffen wir es. Komm mit mir und ich offenbare dir alles“ Aus einem Impuls heraus wollte ich tatsächlich seine Hand ergreifen, als plötzlich eine Windböe aufkommt und mich mit sich reißt. Ich werde einige Meter weit weggetragen. Ich lande dabei so unsanft auf meinen Knien, ein Schmerzenslaut entweicht meiner Kehle. Syrus versucht wieder zu mir zu gelangen, aber etwas oder besser gesagt jemand versperrt ihm den Weg.

Ciaran

Ich stehe vor Wut völlig außer mir, zwischen Dara und Syrus. Hass erfüllt balle meine Hände zu Fäusten, wenn dieser miese Hund eine auf Maul haben will, bitte sehr hier wäre ich. „Sie zu das du verschwindest, Erdenpack!“ Zische ich mit drohender Stimme. Ich merke, wie Dara zusammenzuckt, so hat sie mich noch nie erlebt, sie hat Angst.
Zum ersten Mal spürt sie meine Aura. Aber wenn es sein muss, werde ich ihr mein wahres „Ich“ offenbaren, gnadenlos. Syrus baute sich zu seiner vollen Größe auf und schloss kurz die Augen um in nächsten Moment eine Kampfhaltung einzunehmen und erwiderte „Ciaran, ich dachte, mir schon das ihr Drachen etwas damit zu tun haben müsst, wie lange bist du schon ihr Wächter? Oder warst sogar du es, der sie aus ihrer Welt entführt hat und sie hier bewacht wie eine Gefangene.“
Ich schäume vor Wut, da ich sehe, wie diese Information auf Dara wirkt. „Es geht dich absolut nichts an Erdenpack, was in unserer Welt entschieden wird, es hat dich nicht zu interessieren, also verschwinde von hier und lass dich nicht mehr blicken!“ Auf Syrus Armen traten die Adern hervor, so sehr spannten sich seine Fäuste, er schloss für einen flüchtigen Moment die Augen und als er sie öffnete, glühten sie golden und gleichzeitig begann die Erde zu zittern. Mit dem hatte ich jetzt nicht gerechnet, er ist stärker als ich geglaubt habe, er beherrscht ein Element wäre interessant, ob er sie anderen drei auch beherrscht. Mich fegte es von den Beinen, aber auch Dara hatte größte Mühe nicht, um zu fallen. „Dara, wir sehen zu das wir hier wegkommen, lange kann ich ihn nicht in Schach halten.“ Hörte ich ihn zu Dara sagen. Rund um mich beginnen Flammen ihren feurigen Tanz und schließen mich ein, ein Käfig aus Feuer. Ich sehe Dara an und kann es nicht fassen, läuft sie tatsächlich auf Syrus zu. Sobald sie bei ihm ist, packt er sie um die Mitte und zieht sie eng an sich. Im nächsten Augenblick sind sie weg, ebenso wie mein Käfig.

Ich lasse meiner Frustration freien Lauf und ein Brüllen entfährt meiner Kehle, könnte nicht animalischer sein, ich koche über vor Wut. Am liebsten würde ich mich jetzt verwandeln, aber das ist auf der Erde nicht vorteilhaft. Ich werde sie schon finden, ich spüre, wenn sie ihre Magie benutzt.

4.

Dara

Ich spüre Hitze und Dunkelheit. „Gut festhalten“ sagt Syrus zu mir, es ist nur ein leises Wispern, dass ich höre, da um uns herum alles rauschte, und knisterte wie in einem lodernden Kamin. Im nächsten Moment war alles vorbei, ich spüre kühle Luft, die mich einhüllt und meine heiße Haut kühlt und absolute Stille.

Soll ich es wagen und die Augen öffnen, ich habe solch eine Angst und kann mich nicht vom Fleck bewegen, mir wird ganz schwindelig bis ich bemerke, dass ich die Luft angehalten habe, ein Brennen hat sich in meinem Inneren ausgebreitet, hastig hohle ich Luft. Mich triff dieser Geruch wie ein Hammerschlag, sofort spüre ich die Lust tief in meinem Inneren pulsieren. Ich saug diesen Geruch tief ein. Es riecht nach Sonne und Hitze, nach einem warmen Sommerregen und erdig aber ein unverkennbarer männlichen Duft, er hinterlässt ein Versprechen der puren Leidenschaft in mir. Etwas benommen öffnete ich die Augen und bemerkte erst jetzt, dass Syrus mich immer noch fest an seine starke Brust drückt. Ich höre das stetige langsame Klopfen seines Herzens und hebe meinen Blick. Ich muss weit hochblicken, um im in die Augen sehen zu können, ein besorgter Ausdruck liegt in seinem Blick aber auch etwas verwegenes, Hitze und pures Verlangen. Das ziehen in meinem Inneren wird mehr, als ich von seinen Augen herab auf seine Lippen sehe. Dieser Mann bringt mich an meine Grenze der Beherrschung. Ich bin jetzt einundzwanzig und noch nie begehrte ich jemanden so sehr. Ich will diese wohlgeformten Lippen spüren. Ich bewegte mich wie von selbst auf ihn zu, nur noch ein kleines Stück trennt mich noch. Doch im nächsten Moment schiebt mich Syrus einen Schritt weit weg und so sehe ich ihn verdutzt an, etwas wackelig und enttäuscht stehe ich nun da.

Ich muss meinen Blick senken und spüre wie ich schreiend vor Frust und Scham davon laufen sollte, ich drehte mich abrupt weg und will den Raum verlassen. Wie kann ich nur so dumm sein oder naiv und meinem inneren Verlangen so einfach nachgeben, noch dazu bei einem völlig Fremden. Syrus hält mich am Arm zurück. „Sei nicht enttäuscht oder gar vergrämt, ich will dich genau so sehr berühren wie du mich. Nur bin ich noch nicht ganz sicher, ob du mit den folgenden Konsequenzen schon umgehen kannst!"

Ich versteh überhaupt nichts mehr und konnte nicht verhindern, dass sich Tränen in ihnen sammelten. „Welche Konsequenzen?" Meine Stimme bricht. „Sobald wir uns körperlich nahe sind und noch näher kommen löst sich der Schleier ganz auf und du erhältst deine vollen Kräfte. Es wird dich schier vom Hocker hauen." Dauernd ist die Rede von diesem ominösen Schleier, ich kann ein Augenrollen nicht vermeiden und verschränke die Arme. Syrus muss es richtig interpretiert haben den er sagte „Der jetzige Herrscher hat Ciaran beauftragt dich aus Ellyll fortzubringen, er ist ein Drache und kann somit ein Element beherrschen. Er beeinflusst die Luft und Atmosphäre, das ermöglichte ihm einen Schleier um dich zu legen, den kein Zauber durchdringen konnte, und somit dauerte es auch so, lange bis ich dich gefunden habe, ich kann dich ohne diesen Schleier spüren. Aber nicht nur ich, alle magischen Wesen."

Er hält kurz inne und sah, ob ich auch folgen konnte. Mittlerweile kann man mir alles verkaufen da sich mein Verstand und somit mein logisches Denken in Luft aufgelöst hat. Doch von mir kam meine Regung und somit sprach er weiter. „Die Magie in dir ist so rein und klar und vor allem stark, jedes magische Wesen erkennt dich sofort als seine Königin an. Mit der Zeit muss der Schleier an Kraft verloren haben, da dies Kraft aus dieser Welt kommt und diese wie du weißt, ja am Ende ihrer Kräfte ist!"

Sofort bringe ich Raum zwischen uns und kann die Anschuldigung an meinen besten Freund nicht glauben „Willst du mir etwa sagen das Ciaran, mein bester Freund, eigentlich nicht mein Freund ist und mir alles nur vorgespielt hat und mich hier ohne Wissen auf meine richtige Herkunft gefangen hielt?" Die letzten Worte schrei ich ihm förmlich ins Gesicht. Syrus sieht mich mitfühlend an „Es tut mir leid, aber so ist es" Meine Knie geben nach, doch Syrus ist sofort zur Stelle, fängt mich ab und hebt mich hoch. Er trägt mich zu einem ledernen Sofa und bettete mich auf seinen Schoss, ich weinte ungehemmt an seiner Brust! Es ist mir egal, dass er mich so sieht, mein Leben ist eine Lüge.

Es dauerte lange, bis ich mich beruhigt habe und den Blick hebe. Erst jetzt fällt mir die Umgebung auf, rohe Steinmauern mit hohen verglasten Fenstern, ein riesiger Kamin und davor sitze ich immer noch auf Syrus Schoss, ich räuspere mich, da meine Kehle so trocken ist. „Wo sind wir hier" frage ich mit kratziger stimmte, vom viele weinen waren meine Stimmbänder ganz rau und schmerzten etwas. „Wir sind in meinem Zuhause, es gehörte schon allen meinen Vorfahren" „Sind wir hier alleine?" „Bis auf ein paar Bedienstete ja" antwortet er.

„Was ist mit deinen Eltern? Oder hast du Geschwister?" Syrus wurde still und in sich gekehrt. „Meine Eltern wurden ermordet als ich noch ganz klein war, das muss in etwa zu der Zeit als du zu uns kamst gewesen sein und nein ich habe hier kein Geschwister" „Weiß man, wer es war?" Frage ich betrübt. „Es gibt nur einen der so viel Härte und Grausamkeit besitzt und einem Kleinkind seine Eltern nimmt und der sitzt auf deinen Thron. Das ist auch einer der Gründe, warum ich unbedingt wieder ein Tor nach Ellyll schaffen möchte!"

„Wie konnte das alles passieren?" Ich bin nach diesen Infor-

mationen planlos. „Es gibt eine Prophezeiung“ Na jetzt wird es immer besser und ein kleines hysterisches Kichern kommt mir über die Lippen „Echt jetzt, so wie in allen Fantasieromanen? Klingt ein bisschen abgedroschen oder?“ Ich sehe Syrus Gesichtsausdruck und rudere sofort zurück, er wirkt verletzt durch meine Reaktion. „Aber bitte, kannst du sie mir erzählen?“ Fordere ich ihn daraufhin auf.
Er holt tief Luft und beginnt mit einem vibrieren in der Stimme zu erzählen „Es steht geschrieben und nimm es als Warnung auf, es möge unzählige Zeitalter dauern bis der Stern sich zeigt, dessen Licht am silbernsten strahlt, wenn die heilige Kraft sich dem Ende nähert, wird nur die Verbindung aus Mondlicht und Morgenröte es verhindern!“ Ich halte den Atem an und wusste nicht, was ich mit dem Gesagtem anfangen solle.
„Du meine Königin bist der Stern, das Kind, das aus Mondlicht erschaffen wurde, dass mit dessen Kraft gesegnet ist, und ich bin das Feuer der Sonne.“ Er blickt mir tief in die Augen und ich verliere mich fast in seinem Gold. „Wir beide sind damit gemeint.“
„Warum klingt das in meinen Ohren so fantastisch, so absurd und nicht glaubhaft“ Ich schüttle ungläubig den Kopf. „Spätestens wenn du deine volle Kraft in dir spürst, wird es dir den Blick für alles öffnen.“ Völlig sprachlos und verwirrt stehe ich vor diesem jungen Mann und alles, was ich gerade wahrnehme, sind nur diese unfassbar goldenen Augen. „Komm mit, ich zeig dir dein Zimmer. Oder willst du die halbe Nacht hier verbringen.“ Ich blicke mich um, na ja wirklich gemütlich ist auch etwas ganz anderes.

Das Anwesen war riesig, hohe Decken und lange Gänge, an denen wunderschöne Gemälde hingen. Fasziniert bleibe ich vor einem riesigen Wandteppich stehen. Es zeigte einen wunderschönen Wald, der ins Mondlicht getaucht war und in der Mitte stand eine wunderschöne elfengleiche Frau, ich verenge die Augen und sehe mir das genauer an.
Ich erkenne, dass diese Frau einen Köcher auf dem Rücken trägt und einen wunderschönen silbernen Bogen hält. Mit klopfenden

Herzen betrachte ich die linke Hand dieser Frau und keuchte auf. Jetzt erkenne ich, wer auf diesem Wandteppich dargestellt sein muss, diese Linien am Arm der Frau, sie sind den meinen so gleich. „Wie ist das möglich?" Es war nur ein Hauch den meine Stimmbänder hervorbrachten. Syrus blickt mich von der Seite her an und antwortet „Du bist vielen Wahrsagern in ihren Visionen erschienen" „Dieses Bild, ich habe mich selber im Traum haar genauso gesehen." „Dara, das war kein Traum, das war eine Zukunftsvision, die Göttinnen möchte dich darauf vorbereiten, was vor dir liegt" ich staune aufs Neue, ich bin anscheinend wirklich nicht von dieser Welt. „Du warst auch in dieser Vision" jetzt sieht mich Syrus erstaunt an „Was ist passiert?" „Ich bin durch genau diesen Wald geschritten und hörte Kampflaute, du wurdest von fünf Männern bedroht. Sie haben dich zu Fall brachten und ich wollte dir helfen und hatte Plötzliche diesen Bogen in der Hand und Pfeile im Köcher. Ich spannte die Sehne, dann war mein Traum abrupt zu Ende. Als ich dann auf wachte, zeichneten sich diese Linien auf meinem linken Arm ab". Ich hebe meinen Arm und betrachte ihn, doch da war nichts zu sehen. Syrus erkannte meine Gedanken und antwortete auf meine unausgesprochene Frage „Erst das Mondlicht macht sie wieder sichtbar. Es verleiht dir seine göttliche Kraft, erst wenn du im vollen Besitz bist, werden sie immer an deinem Arm zu sehen sein, deine Vision gefällt mir gar nicht aber es führt kein Weg an einem Kampf vorbei,damit du wieder auf deinen Thron kommst."

Syrus öffnete eine Tür links neben diesem Wandteppich. Er lässt mir den Vortritt. Es raubte mir schier den Atem, so wunderschön erscheint dieses Zimmer. Helle Vorhänge umrandeten die hohen Fenster, bei Tageslicht muss es noch viel beeindruckender sein. Ich sehe eine Glastür, dir zu einem Balkon führt, vermutlich kommt man von hier aus in den Garten. Ich drehe mich einmal im Kreis. Denn ich stehe in einem Wohnzimmer, in dem ein Sofa und ein Ohrensessel stehen. Von dort aus gehen zwei Türen ab. Syrus zeigte abwechselnd darauf „links Bad und rechts Schlafzimmer" Ich entscheide mich fürs Schlafzimmer und auch dieses war elegant eingerichtet. Ein großes Himmelbett mit weißen Stoffbahnen stand in der Mitte, ein riesiger Kleiderschrank und ein Frisiertisch gesellten sich dazu. Schöne antikaussehende Lampen tauchen alles in ein warmes Licht. Vor dem Kleiderschrank mache ich halt und blicke Syrus fragend an „Mach ihn auf" forderte er mich auf.

Das tat ich und staunte, verschiedenste Kleider aus edlem Stoffen hingen darin, aber nicht nur das, ich greife nach einem Kleidungsstück, das mir fast den Boden unter den Füssen wegzog. Es war diese Korsage die ich in meinem Traum trug. „Unser Weg ist vorbestimmt, nur wie wir ihn beschreiten und unsere Entscheidungen treffen, ist noch nicht festgeschrieben." Ich kann nicht anders, Tränen schimmern in meinen Augen. Das war jetzt einfach zu viel.

„Ich schick dir Rosi, sie ist einfach die beste, nicht nur Köchin, sondern auch Seelentrösterin, sie wird dir ein Bad einlassen und uns dann was Vernünftiges zu essen Kochen. Nimm dir die Zeit, die du brauchst und komm dann zu mir" Er zeigt hinter sich nach rechts „Einfach den Gang entlang und die Treppe runter" ich brachte nur noch ein Nicken zustande. Irgendwie sieht es nach Flucht aus, die Syrus da antrat.

Syrus

Ich lehne mich neben der Zimmertür am Gang an die Wand und atme tief durch. Sie ist der reine Wahnsinn und ihre Macht, die sie jetzt schon besitzt wirkt unfassbar anziehend. Ich musste jetzt, so schnell es ging das Zimmer verlassen, die ganze Zeit halte ich mich zurück. Doch ich weiß nicht wie lange ich das noch aushalte. Es bereitet, mir schier körperliche Schmerzen sie nicht zu berühren. Ich weiß gar nicht wie Ciaran das so lange neben ihr aushalten konnte, ohne sie anzufassen. Diese Selbstbeherrschung hätte ich gerne, das gebe ich auch neidlos zu. Jetzt war es an der Zeit Abstand zu ihr zu bekommen, schon alleine wenn ich dran denke, dass sie gleich nackt in diesem großen Badezimmer stehen muss, überkommt mich ein Schauer. Ich muss meine ganze Aufmerksamkeit darauf richten mich zu zügeln, und stapfe schnellen Schrittes davon sonst ist die Gefahr zu groß dass ich zurückgehe und mir nehme, was ich will. Sie muss es aus freien Stücken wollen, oder zumindest ein Teil von ihr, denn alles kann sie nicht beeinflussen. Meine Macht zieht sie an, sie ist ein göttliches Wesen und ihr Blut sucht nach ihrem Gegenstück. Es ist fast wie ein Zwang. Ich habe ihr bewusst nicht die ganze Prophezeiung preisgegeben. Wenn sie wüsste, dass nicht nur ich gemeint bin, sondern es noch weitere gibt und sie dadurch unser aller Schicksal besiegelt nur durch die Wahl ihres Partners. Dann ist diese Welt verloren. Sie muss sich an mich binden und das muss sie nicht nur auf der Erde, sondern auch in Ellyll. Ich gehe auf direkten Weg in mein Zimmer und muss verdammt kalt duschen. Ich brauche einen klaren Kopf, um meine weitere Vorgehensweise zu durchdenken. Dara ist zwar ein nettes Mädchen und ich begehre sie mehr als jemals eine andere, aber das ist so alles. Sie wird mir zu noch mehr Macht verhelfen. Bei diesem Gedanken überkommt mich eine Gänsehaut und betrachte mein Gesicht im Badezimmerspiegel. Ich grinse mich selber an und sehe die Gier in meinen Augen.

Dara

Unendlich dankbar sitze ich eine halbe Stunde später in einer auf Löwenfüßen frei stehenden Badewanne, das Wasser duftete herrlich nach Lavendel. Rosi, die Haushälterin ist eine etwas korpulentere ältere Dame. Die mich sehr nett umsorgt hat und mir diese Wanne eingelassen hat. Ich lasse meinen Blick schweifen und betrachte das Badezimmer, die Fliesen wirken edel, sie sind mitternachtsblau und von silbernen Sprenkeln und Einschlüssen durchzogen.

Ein Gefühl der Geborgenheit stellte sich ein, auch wenn ich nicht weiß, wo dieses jetzt herkommt. Ich tauche unter und lasse zum ersten Mal einen Gedanken an Ciaran zu. Es schmerzte so unfassbar in meiner Brust, Verrat höre ich meine eigenen Gedanken mir zurufen. Er hat mich belogen und ich fühle mich richtig hintergangen. Wie konnte ich mich nur so täuschen. Aber es musste stimmen, zumindest ein Teil davon. All das, was ich heute gesehen und erfahren habe lässt nur einen Schluss zu. Ich muss mich damit abfinden, ich gehörte wirklich nicht in diese Welt. Ich spürte es tief in ihrem innersten, noch nie fühlte ich mich fremder.

Ob es wohl in dieser anderen Welt, die anscheinend meine Heimat sein sollte, anders anfühlen wird. Ich verdränge vehement den Gedanken, ich kann nichts daran ändern das es jetzt ist wie es ist aber ich habe so ein Gefühl das ich bald mehr erfahren werde. Schön langsam wurde das Wasser kühler und ich steige aus der Wanne, trockne mich ab und gehe zu diesem ominösen Kleiderschrank.

Ob mir die Kleider passen werden, als Erstes ziehe ich die oberste Lade heraus und betrachte den Inhalt. Es gab tatsächlich frische Unterwäsche, auch wenn die etwas anders aussieht, aber wunderbar seidig anfühlt. Ich befühle den Stoff und kurzerhand schlüpfe ich hinein. Siehe da sie passt perfekt. Irgendwie überkommt mich ein seltsames Gefühl und ich schüttle mich. Ich ziehe ein Kleid heraus und weiß definitiv, dass ich keines tragen

werde. Zuviel Ausschnitt und zu wenig blickdichter Stoff, diese Kleider lassen nichts der Fantasie über. Besser ich suche noch weiter, am liebsten etwas Bequemeres und so stöbere ich mich noch etwas durch. Dabei finde ich eng anliegende Hose und dazu passend eine Tunika, beides in silbern gehalten, seltsamer Stoff, ich reibe ihn zwischen meinen Fingern, muss aus einem Seide ähnlichem Material sein, nur gibt es so was tausendprozentig nicht auf dieser Welt. Ich probiere es an und siehe da auch das passte perfekt.
Ich betrachte mich in dem großen Spiegel. Ohje meine Haare sind eine verfilzte Matte, eine Zeit lang kämme und zupfe ich daran, herum bis ich alle Knoten entfernt habe. Jetzt endlich meldete sich mein Bauch, ich habe richtig Hunger. Somit verlasse ich mein Gemach, wobei mir ein Grinsen auf den Lippen erscheint, denn Zimmer wäre die Untertreibung schlecht hin und mache mich auf den Weg zu Syrus.

Am unteren Ende der Treppe angekommen, höre ich zwei Stimmen, die leise miteinander sprechen. Ich folge diesen und komm in einen wunderschön Salon an. Syrus steht mit einem älteren Herren in förmlicher Kleidung vor einem schönen Kamin. Sofort kribbelt es in meinem Nacken, mir kommt auf einmal der Gedanke, wie sind wird überhaupt hier her gekommen.
Ich betrete den Raum und Syrus hat mich sofort wahrgenommen „Da bist du ja, wir können gleich essen, Karl lass bitte auftragen." Daraufhin nickte dieser und verlässt schnellen Schrittes den Raum. Sofort platze ich mit meiner Frage heraus „Syrus wie sind wir überhaupt hier her gekommen?" Syrus antwortet sofort mit einem breiten Lächeln, auf seinen wunderschönen Lippen „Wir sind durch die Flammen gereist." Netter Scherz denke ich noch, meine Gesichtszüge müssen entgleist sein, denn er hat echt Mühe, ein Lachen zu unterdrücken. „Ich hinterfrag das jetzt einfach nicht, eindeutig genug Info für heute".
Er nimmt meine Hand und führt mich zu einem gedeckten Tisch und ich nehme Platz. Es gibt ein herrliches Drei-Gänge-Menü. Das Essen hat mich tatsächlich etwas entspannt, kann aber auch

dran liegen, dass sich jeder von uns so auf das Essen konzentrierte und es nicht viel zu bereden gab. Jetzt sitzen wir da, ich mit meiner riesigen Tasse Milchkaffee und Syrus mit einem Tasse Mokka, wir reden über unsere Kindheiten.
Langsam fasse ich etwas Vertrauen und erzähle ihm, wie es war, bei Pflegeeltern auf zu wachsen und die ich eigentlich relativ schnell hinter mir gelassen habe. Ich verstehe immer mehr, warum wir nicht klar gekommen sind. Syrus der von der Köchin Rosi und ihrem Mann Karl hier im Haus aufgezogen wurde. Wir beide wuchsen so unterschiedlich auf, aber trotzdem eint uns der Gedanke, dass wir beide ohne richtige Eltern groß werden mussten. Syrus rückt immer weiter zu mir auf und ich genieße es in vollen Zügen. Noch nie hatte mir ein Junge, außer Ciaran, eine solche Aufmerksamkeit geschenkt. Ich kann es mir nicht erklären warum, aber Syrus wirkt so anziehend auf mich.
Immer wieder bleiben meine Blicke an seinen Lippen hängen. Seinen Augen funkeln, wie flüssiges Gold glänzen sie. Seine Pupille weitet sich, als er meinen Blick bemerkt. Sie strahlen pures Verlangen aus, dass ich ihn berühren muss. Langsam fahren meine Finger seinen Arm entlang und zeichnen unbewusst die filigranen Muster darauf nach. Ich senke den Blick auf seine Hand und hole tief Luft. Syrus hatte ebenso ein Muster aber auf dem rechten Arm.
Es waren keine Ranken, sondern Kreise und Linien. Diese leuchten jetzt in goldenem Licht auf. Langsam hebe ich den Kopf und sehe ihm direkt in sein wunderschönes Gesicht. Wie von selbst bewege ich mich mit meinem Oberkörper auf ihn zu. Er ballt die Faust und atmete scharf aus „Ach verdammt ich brauch das jetzt“ so schnell kann ich gar nicht reagieren, da legt Syrus schon die linke Hand in meinen Nacken und zieht mich zu sich. Ich will mich auch gar nicht wehren. Einen kurzen Moment hält er noch inne und blickt mir in die Augen. Uns trennt nur noch ein kleines Stück. Er wartet auf meine Erlaubnis. Ich spüre seinen Atem auf meinen erhitzten Lippen, es kitzelt und ich überbrücke das letzte Bisschen. Seine Lippen sind fantastisch, weich aber fest und leicht feucht. Vorsichtig berührt seine Zunge meine Lip-

pen, woraufhin ich diese leicht öffne, sofort nimmt er Besitz von mir und erkundet mich. Er schmeckt leicht süß nach Dessertwein, von dem er gerade noch gekostet hatte. Es berauscht mich so sehr, ich glaube, den Verstand zu verlieren. Mein Puls bewegt sich jenseits von Gut und Böse, nicht mehr tastbar und mein Herz flattert, wie die Flügel eines Kolibris. Noch nie fühlte ich eine solche Energie, es pulsiert in meinem Inneren und ich bin zum ersten Mal ich selbst.

Im nächsten Moment fegte ein Orkan durchs Zimmer, der uns trennt. Ich bin in diesem Sturm gefangen, immer schneller wirbelte die Luft um mich, vereinzelt Erscheinen Glitzerpunkte. Es werden immer mehr. Ich stehe in einem Wirbel aus kleinen Lichtpunkten, die schnell um mich herumwirbeln. Sie verschmelzen zu einem einzigen hellen Schein, ein Kokon aus purem silbernem Licht. Eine Kraft sammelte sich in meinem Inneren, ich werde in die Luft gehoben. Diese Kraft nimmt stetig an Stärke zu und die Ranken meiner linken Hand leuchten hell auf. Es kribbelt in meiner Handfläche und ein silbernes Licht schießt hervor. Es flutete jede Zelle, jedes Haar und jeden Gedanken. Ich bin wahrhaft das Mondlicht. Plötzlich ist alles vorbei und ich sink auf meine Knie. Schwer atmend blicke ich mich um und sehe Syrus fragend an. „So wies aussieht, sind deine Kräfte vollends erwacht“ antwortete dieser voller Erstaunen und Ehrfurcht. Seine Augen glänzen golden und ich fühle eine tiefe Verbundenheit zu ihm.

„Ab morgen kann dein Training losgehen, uns bleiben noch genau 10 Tage. Spätestens dann müssen wir unsere Kräfte bündeln und ein Tor erschaffen.“ Ich schließe die Augen und atme ein paarmal tief durch. Eine unglaubliche Energie ist in mir, mein ganzer Körper fühlt sich anders an. Meine Sinne sind unglaublich scharf. Ich betrachte meinen linken Arm mit den wunderschönen Ranken und konzentriere mich auf meine noch immer kribbelnde Handfläche. Wie zuvor sammelt sich Kraft darin und ich hebe die Hand mit der Handfläche nach oben. Augenblicklich bildete sich eine leuchtende Kugel aus Licht darauf. „Ähm Syrus, was soll ich tun?“ Quietsche ich etwas unsi-

cher. „Ganz ruhig, lass deine Hand genau so, richte sie bitte nicht auf mich, sonst könnte es etwas schmerzhaft werden. Jetzt konzentrier dich auf das Licht und sammle die Kraft, lass sie zu dir zurückfließen." Ich fühlte in mich hinein und spüre wie die Kraft wieder zurück fließt, es ist ein angenehmes warmes Gefühl und das Licht erlosch.
Ein Seufzer der Erleichterung entwischt mir. „Gott ist das merkwürdig". „Ich glaube es ist Zeit das wir uns etwas ausruhen, war doch viel heute für dich" Bei dem Gedanken an ein Bett werde ich unendlich müde. In meinem Zimmer angekommen lasse ich nur meine Unterwäsche an und falle aufs Bett. Ein traumloser Schlaf überkommt mich sogleich.

5.

Ciaran

Ich tigere in meiner Wohnung auf und ab. „Verdammte Scheiße noch mal“ brülle ich und im nächsten Moment zerbricht das Glas, dass ich in der Hand hielt an der gegenüberliegenden Wand. Der Geruch von Whisky breitet sich aus und rinnt in einem Rinnsal die Mauer entlang. Wie konnte das den passieren. Ich hab so aufgepasst und dann kommt dieser Abschaum daher und glaubt, er könne mir Dara wegnehmen.

Was bildet sich dieser Arsch ein, aber ich werde sie schon finden, auch wenn sie durchs Feuer gereist sind. Ich spüre sie und ihre Energie, die stetig zunimmt. Was macht er nur mit ihr. Er soll die Finger von ihr lassen, sie gehört mir.

Meine Gedanken überschlagen sich und je mehr ich darüber grüble, umso wütender werde ich. Schwarzer Nebel kriecht schleppend auf mich zu. Verdammt ich muss mich zügeln, doch es gelingt mir nicht. Ich verlasse auf der Stelle meine Wohnung, denn sonst geht hier alles zu Bruch. Ich spüre meine Magie in mir aufkommen.

Schnell laufe ich die Straße entlang bis ich in dem kleinen Waldstück, in dem ich immer Laufen gehe, ankomme. Ich weiß, dass sich dort verborgen eine Lichtung befindet, die aber nur mit Mühe zu erreichen ist. Genau diese ist mein Ziel. Ich klettere behände die steile Felswand hoch, ein Leichtes für mich. Meine

Hände haben einige tiefe Schrammen aber nichts das nicht sofort Heilen würde. Oben angekommen Blicke ich mich um und atme tief durch.
Ich hab das Gefühl, das irgendetwas mit Dara passiert und ich es nicht aufhalten kann. Eigentlich will ich es auch gar nicht, denn es ist fast an der Zeit, aber ich wollte es mit ihr erleben. Mich überkommt ein Schauer und die Nackenhaare stehen mir zu Berge. Noch einer, mit jedem weiteren, kommt die Schwärze immer näher. Sie hat mich fast erreicht. Meine Kraft, die ich so sehr verborgen habe und mit immenser Willenskraft zurückgedrängt habe, kommt mit so einer Wucht zum Vorschein. Die Schwärze überfällt mich, doch ich heiße sie Willkommen. Denn eine Woge aus purer göttlicher Energie trifft mich. Mit einem Schrei, der schlussendlich meine animalische Gestalt freigibt, trifft mich die Erkenntnis, *Dara ist erwacht.*

6.

Syrus

Langsam verlasse ich das Haus und gehe den Schotterweg, der in meinen Garten führt entlang. Ich spüre Daras Macht immer noch, wie ein Nachhall in meinen Eingeweiden. Bei dem Gedanken an sie werde ich schon wieder hibbelig und es pulsiert in mir. Ich habe kurz von dieser Macht gekostet und ich fühle mich wie ein Junkie, der auf den nächsten Schuss hin eifert.

Wie kann man von Macht nur so süchtig werden, doch das bin ich. Mein Blick gleitet zurück zum Haus und ich erwische mich, wie ich Daras Fenster absuche. Doch es brennt kein Licht, wahrscheinlich auch besser so. Sie war verdammt ausgelaugt. Vielleicht hätte ich sie drauf vorbereiten müssen, doch ich konnte mich nicht mehr zurückhalten.

Den Gedanken sich in ihr Zimmer zu stehlen tritt in den Vordergrund doch ich ermahne mich und dränge mein Verlangen wieder zurück. Noch etwas Geduld, sie wird mir gehören, denn auch meine Macht zieht sie an. Das sehe ich deutlich an ihrer Mimik und ihren Gesten.

Ich lasse mich ins freuchte kalte Gras fallen und blicke in einen wolkenlosen klaren Himmel. Die Sterne funkeln über mir und ich erblicke den Mond, der schon wieder fast am Horizont verschwindet, er ist stetig am Abnehmen. Es wird Zeit.

Dara

Das leise Rauschen des Windes in den Blättern und das Gezwitscher der Singvögel, dringt an meine Ohren. Langsam strecke ich mich und öffne die Augen. Eine wunderschöne Morgenröte erhellt den Raum. Ich stehe auf und gehe zum Balkon. Die Tür lässt sich geräuschlos öffnen und gut gelaunt trete ich hinaus.

Wie bezaubernd dieser romantische Garten unter meinen Füßen aussieht und in seiner Mitte liegt ein kleiner See, der den Horizont golden spiegelt. Unvermittelt überkommt mich eine Sehnsucht, ich denke an goldene Augen.

Was war gestern da zwischen uns passiert. Ich hatte noch nie eine solche körperliche Anziehung, ja schier ein Verlangen, verspürt. Er ist mein Gegenstück, anders kann es nicht sein. Der Gedanke an Syrus Lippen lässt einen wohligen Schauer über meinen Rücken laufen. Kann es denn sein das ich mich verliebe, mein verräterisches Herz stolpert bei diesem Gedanken und doch spüre ich diese Wärme, die sich in meinem Inneren ausbreitet, wenn ich an ihn denke.

Der Blick in die Ferne wird durch einen Schatten unterbrochen, im See bewegte sich etwas, jemand schwimmt in dem glitzernden Nass. Sofort fängt mein Herz zu rasen an, ich erkenne seine Silhouette. Er schwimmt ans Ufer und steigt behände aus dem Wasser. Wassertropfen spiegeln das Sonnenlicht, sie gleiten von seinen Haaren, da er diese schwungvoll nach hinten wirft doch plötzlich innehält. Sein Blick trifft den meinen, trotz der Entfernung kann ich sein Lächeln sehen. Seine Erscheinung ist bemerkenswert.

Erst jetzt fällt mir siedend heiß ein, dass ich ja nur in der knappen Unterwäsche am Balkon stehe. Sofort drehe ich mich um, sprinte ins Zimmer und schnappe mir meine Sachen, die ich achtlos einfach auf den Boden fallen lassen habe. Leicht verknittert aber durchaus noch tragbar denke ich. Wieder trete ich hinaus und mein Blick huschte umher, er ist nirgends zu sehen.

Ein Gefühl der Enttäuschung steigt in mir hoch und ich verziehe das Gesicht.
Doch plötzlich bewegte sich etwas am Fuß der Treppe, etwas erschrocken mache ich einen Schritt zurück, der mich am Geländer des Balkons straucheln lässt. Etwas peinlich berührt sehe ich zu Boden. Zwei nackte Füße kommen in mein Blickfeld und ich muss grinsen, da sich darum schon eine kleine Pfütze bildet. Kühle Fingerspitzen berühren meinen linken Arm mit dem Rankenmuster. Kleine Stromschläge zuckten meinen Arm entlang und hinterlassen nichts als Hitze und Sehnsucht. Ich hebe meinen Blick langsam. Syrus hatte nur eine Badeshorts an, die ihm tief auf der Hüfte sitzt. Sein flacher Bauch mit dem leichten Muskelansatz und den hellen Härchen, die in seiner Shorts verschwinden lassen mich sichtlich Schlucken. Ich mustere ihn weiter, sein ganzer Oberkörper ist durchtrainiert, aber nicht übertrieben. Er muss viel schwimmen da es die breiten Schultern erahnen lassen. Einige Wassertropfen laufen ihm über die Schulter und ich unterdrücke den Drang, der Spur die sie hinterlassen mit den Fingern zu folgen. Ich muss den Kopf in den Nacken legen, um in sein Gesicht zu sehen. Unsere Blicke treffen sich und ein Knistern ist fast greifbar. In seinem Gesicht wird der Bartschatten schon etwas mehr, was ihm einen etwas verwegenen Ausdruck verleiht. Um seinen Mund ist ein süffisantes Lächeln. „Anscheinend gefällt dir die Aussicht“ augenblicklich spüre ich die Röte in meinem Gesicht aufsteigen, doch halten mich seine Augen gefangen. Dieser Moment ist so intensiv. Immer wieder sehe ich zwischen seinen Augen und seinen Lippen hin und her. Er lehnt sich nach vorne und berührt fast mein Ohr. „Ich finde es überaus entzückend, meine Königin, dich erröten zu sehen. Aber eines sei dir gewiss. Ich genoss und genieße immer noch die Aussicht“ Seine tiefer Stimme klingt in meinem Inneren nach und er zwinkerte mir zu. Diese verspielte direkte Seite an ihm bringt mich schier um den Verstand. Langsam hebe ich die Hand und fahre mit den Fingerspitzen über seinen Bart, der im Sonnenschein golden glänzt. Seine Lippen bewegen sich auf die meinen zu und gibt meinem Verlangen, dass er mir anse-

hen musste, nach. Zärtlich legen sich seine Lippen auf die meinen. Er schmeckt köstlich. Seine Zunge neckt meine Unterlippe, zu gern gebe ich nach und lasse ihn diesen Kuss vertiefen. Ein leises Stöhnen verlässt meine Lippen, als er mich an sich zieht, die kühle seiner Haut bereitet mir eine Gänsehaut. Er kann die Reaktion meines Körpers auf seinem nur allzu gut spüren, denn ein Lächeln stiehlt sich auf seinen Mundwinkel. Syrus beendet den Kuss langsam, wobei er mir noch ein Küsschen auf die Nasenspitze drückt. „Das nenn ich mal einen schönen guten Morgen, möchtest du auch schwimmen gehen?“ Etwas perplex muss ich blinzeln und über das Gesprochene nachdenken. So erhitzt, ist das ein ganz vernünftiger Vorschlag. „Ich glaub, ich könnte jetzt eine Abkühlung gebrauchen“.
Ich lächele ihn keck an, denn auch ihn hat dieser Kuss nicht kalt gelassen und das sehe ich überdeutlich. Syrus nimmt meine Hand und zieht mich die Treppe runter. „Stopp“ siedend heiß fällt mir ein, dass ich ja keine Badekleidung trage. Er erahnt meinen Gedanken und muss grinsen. „Ein Bikini befindet sich sicher auch unter deiner Garderobe im Schlafzimmer“ Er leckt sich über seine Lippen und zwinkert mir zu „Wir könnten aber auch einfach nackt baden gehen“ jetzt lacht er richtig den mein Gesichtsausdruck muss entgleist sein und spricht Bände. „Ich denke, Nacktbaden geht mir doch noch einen Tick zu schnell“ ich drehe mich um und laufe in meine Zimmer. Ich spüre meine erhitzten Wangen, denn sein Lachen ist immer noch zu hören.
Im Schlafzimmer angekommen atme ich einige Male durch. Ich bin zwar dabei mich zu verlieben, aber das geht dann einen Gang zu schnell. Ich öffne den Schrank und durchsuche die Schubladen. Mir fällt etwas in die Hand, dass an einen Bikini erinnert, nur ist er nicht aus gewöhnlichem Stoff, wie ich es kenne, er ist hauchzart und weich wie Seide. Ob das alles verdecken wird, kommt spätestens bei der Anprobe auf.
Kurzerhand streife ich meine Wäsche ab und schlüpfte in das Oberteil, es glich in etwa einem Bustier, auch das Höschen passte, sofern man es als eines bezeichnen kann, den viel Raum für Spekulation bleibt nicht mehr, bei so wenig Stoff. Alles sitzt wie

angegossen, es umfängt meine Rundungen perfekt. Oje, ob das wirklich badetauglich ist und nicht durchscheinend wird, bezweifle ich sehr. Tja Augen zu und durch, denn ich finde nichts anderes. Sicherheitshalber ziehe ich einen Morgenmantel über und gehe mit noch immer erhitzen Kopf zurück zu Syrus. Der lässt sich derweil in der Sonne etwas trocknen.
„Was ist los“ fragt Syrus, als er meinen Gesichtsausdruck sieht.
„Bin mir nicht sicher, ob mir dieser Bikini gefällt und vor allem so bleibt wie er ist“ meine Wangen werden noch eine Spur röter.
„Glaub mir, du wirst noch nie in deinem Leben etwas Tolleres angehabt haben und ja, er bleibt so, wie er ist“ ich nicke, und wir machen uns auf den Weg. Syrus geht etwas vor mir, so hab ich Zeit, seinen Rücken zu betrachten, und stolpere prompt und reiße ihn fast mit mir um. In einer unglaublichen Geschwindigkeit hat Syrus sich selbst und mich in einer Drehung gefangen.
Das Schicksal meint es anscheinend gut mit mir, denn schon wieder sind wir uns so verdammt nahe, ich liege in seinen Armen, das kann nicht gut gehen. Syrus schüttelt amüsiert den Kopf und hebt mich auf seine Arme. Ich will schon protestieren, doch dieses Gefühl ist zu schön, um dem ein Ende zu setzen.
Er hat seinen Blick nach vorne gerichtet. So kann ich ihn verstohlen betrachten. Er ist ein Traum von einem Mann, ich stehe generell auf diese nordischen Götter, die man aus den Filmen kennt. Und mit denen kann er getrost mithalten. Dieses wunderschöne kantige Gesicht, das durch den goldblonden Bart erst so richtig zur Geltung kommt. Syrus schmunzelt, er spürt jeden Blick, den ich ihm zuwerfe.
Ich habe das Gefühl, komplett gläsern für ihn zu sein, er erkennt jede meine Regungen, ob ich das so gut finde weiß ich noch nicht. Er bleibt stehen, doch ich bin so fasziniert von seinem Gesicht und mache keine Anstalten seine Arme zu verlassen. So senkt er seinen Blick und ich blicke ihn erstaunt an. „So wir wären jetzt an unserem Ziel angelangt“ Ich blinzle und sehe mich um. Tatsächlich, wir stehen am Ufer.
Er stellt mich auf die Beine, lässt mich aber nicht los und hält mich einen Moment lang fest, da ich schwanke. „Schon gut“ sage

ich etwas verlegen und löse mich von ihm. Ich muss definitiv etwas Raum zwischen uns bringen, sonst werde ich nie mehr einen klaren Gedanken fassen können. „Ladys First“ ermutigt er mich.
Die Nervosität schlägt gnadenlos wieder zu, da es an der Zeit ist den Morgenmantel fallen zu lassen. Ich blicke noch mal zu Syrus, drehe ihm dann den Rücken zu und lasse ihn über ihre Schulter gleiten. Meine Sinne sind aufs Äußerste geschärft, so höre ganz genau, wie Syrus die Luft einsog bei meinem Anblick. Langsam taste ich mich mit den Zehen vor. Ich mache einen Schritt ins Wasser und ziehe ihn sofort wieder zurück. „Na zu kalt?“ Fragt Syrus. Mich schüttelt es aber nicht von der Kälte, sondern von dem glitschigen Untergrund und bringe nur ein Kopfschütteln zusammen. Schon wieder muss er lachen und dieser Klang vertreib sofort dieses unangenehme Gefühl. „Meine Königin, ich bin dir gern zu Diensten“ sagte er süffisant wodurch meine Wangen augenblicklich wieder glühen.
In seinem Tonfall, schwang mehr mit und es war wie ein Versprechen. Unvermittelt schnappt er mich und läuft mit mir ins Wasser. Er hat mich so überrascht, dass ein Schrei meiner Kehle entkommt. Mit einem riesen Satz ist er ins Wasser gesprungen, mir bleibt nicht mehr Zeit zu protestieren. Über uns schwappt das Wasser zusammen und mir stockt der Atem von der Kälte, doch dann fühlt es sich himmlisch an.
Ich tauche wieder an die Oberfläche und wir schwimmen neben einander her, bis ich genug abgekühlt bin und leicht zu zittern anfange. Gemächlich steigt Syrus aus dem Wasser, nur ich bleibe zurück im tiefen Wasser. Die entscheidenden Fragen waren zum einen, wie durchsichtig mein Oberteil ist und vor allem wie komme ich wieder durch den glitschigen Schlamm an Land. „Komm schon das Frühstück wartet.“ „Ich kann nicht raus“ „Warum denn nicht?“ „Erstens weiß ich nicht, was aus meinem Oberteil wurde, es fühlt sich an als hätte ich nichts mehr an und zweitens ist das Ufer so glitschig, dass schaff ich nicht.“ Syrus lächelt mich an und sagte nur „Ich helfe dir gerne“ eigentlich dachte ich, er kommt und holt moch aber nein,

viel beeindruckender. Denn Syrus rechter Arm begann golden zu leuchten. Fasziniert bewunderte ich dieses Schauspiel und spürte sogleich, wie ich aus dem Wasser gehoben wurde. Vor Schreck schrie ich auf, doch er ließ sich nicht beirren und ich war wie in einer Welle bis zum Bauch gefangen und die Trug mich sanft an Land.
Ich spüre die Grashalme unter meinen Füßen und sogleich war alles Wasser weg. Ich muss lächeln und blicke Syrus an. Sein Muster leuchtete noch sanft nach in diesem wunderschönen warmen Goldton, in meinem Inneren breitete sich ein Kribbeln aus das meinen ganzen Körper erfasst. Übermütig laufe ich auf ihn zu und fall ihm um den Hals. Nur hat er nicht damit gerechnet und ich reiße somit uns beide um. Wir landen in der noch etwas feuchten Wiese.
Ich liege halb auf Syrus Brust und ich spüre seinen kräftigen regelmäßigen Herzschlag. Er zieht mich noch etwas enger an sich, so komme ich rittlings auf ihm zum Sitzen. Tief blickte er mir in die Augen und ich sehe in ihnen seine Begierde leuchten. Ich beuge mich über ihn und küsse ihn sacht. Es bleibt nicht bei einem unschuldigen Kuss, es wurde immer leidenschaftlicher und ich höre Syrus leise an meinem Mund stöhnen. Was mich schier um den Verstand bringt, ich erkunde seinen Körper immer mehr. Ich streichle über seinen Schultern und küsse seinen Hals bis zu seinem Schlüsselbein. Mit einem Ruck hebt er mich hoch und dreht uns beide um. Schwer liegt Syrus nun auf mir und ich genieße diesen Augenblick. Dennoch kann ich ein Keuchen nicht unterdrücken, ich spüre seine Männlichkeit zwischen meinen Schenkeln. Er bemerkt es und presst sich noch etwas mehr gegen meine zarte Mitte. Verdammt das entfachte eine neue Welle der Lust, die mich flutet. „Du bist das schönste Wesen, das ich je gesehen habe. Wenn du nicht willst, dass ich dir diesen Fetzen vom Leib reiße und dich hier nehme, musst du es mir jetzt sagen, ich will dich so sehr!“ Bei diesen Worten muss ich schlucken, ich spüre die gleiche Lust aber bin ich wirklich schon bereit, es ist das erste Mal, wir kennen uns erst seit ein paar Tagen, wenn man da sogleich von Kennen sprechen kann.

Ich sehe ihm tief in die Augen, diese wunderschönen goldenen Augen, die durch das Sonnenlicht noch mehr leuchten. Ich will ihn genau so sehr wie er mich, ja ich will es. Ich presse mich gegen seine harte Männlichkeit und zieh ihn an mich, um ihn leidenschaftlich zu küssen. Dass war die Antwort auf die Syrus gewartet hatte.

Syrus

Sie bringt mich um den Verstand, ich will sie mehr als alles jemals zuvor. Ich küsse sie überall, lasse dabei meine Zunge über ihre Rundungen gleiten. Sie schmeckt himmlisch, ich erkunde sie immer mehr und erahne, was ihr gefällt und womit ich sie zum Schreien bringe. Dabei muss ich grinsen, ich liebe es wie sie meinen Namen stöhnt, während sie eine Welle der Lust flutet.

So zurückhaltend und schüchtern, wie sie ist weiß ich, dass sie noch nicht viel Erfahrung in solchen Dingen hat. Eigentlich sollte ich mich zügeln. Ich bin kurz davor sie komplett für mich zu beanspruchen, sie ist noch jungfräulich. Verdammt, sie schenkt mir ihre Jungfräulichkeit aber ich kann dass nicht, nicht so, es sollte für mich genau so bedeutend sein wie für sie. Ich atme jetzt schon schwer, da ich erahnen kann, wie sie sich anfühlen wird. „Holy Shit" mit aller Willenskraft, die ich habe, Zügeln ich mich. Sie sieht mich mit großen Augen an. „Du bist noch unberührt" keuche ich „Bist du dir sicher, dass du es willst." Es wird sich für sie definitiv anders anfühlen als für mich. Auch wenn ich alle Vorsicht hineinlege, wird es ihr Wehtun. Aus irgendeinem Grund will ich ihr keine Schmerzen bereiten. Doch sie zeigt mir, dass sie mich genauso will wie ich sie. Etwas hat sich in dieser kurzen Zeit zwischen uns verändert, denn ich mach mir Sorgen um sie, verdammt sie liegt mir am Herzen und dieses Geschenk vertieft nur meine Gefühle für sie. Ich drehe mich mit ihr auf den Rücken, damit sie die Entscheidung treffen kann, ob sie es wirklich will. Sie hebt ihr Becken an und platziert sich über mir und dann lässt sie sich ganz langsam sinken. Ein scharfer Schmerz lässt ihren Körper kurz innehalten, die Augen schließen und sie wimmert, sie holte tief Luft, öffnet sie wieder und blickt dabei direkt in meine Seele. Sie fühlt sich unglaublich an, zumindest das, was ich bis jetzt spüre und im nächsten Moment sehe ich wie sich ihre Pupillen weiten und sie sich mit einem Ruck komplett fallen lässt und mich so in meiner vollen Größe aufnimmt. Sie schreit auf und ich fange sie und halte sie, bis der Schmerz vorbei ist. Schon alleine das bringt mich fast zum Höhepunkt. Sie beginnt sich sacht zu bewegen und entspannt sich bei jeder Bewegung ihres Beckens immer mehr. Sie ist unglaublich und ich verliere mich in ihr.

Dara

Ich kann es nicht fassen, wir haben es echt getan. Der Schmerz hat mir schier den Atem geraubt. Ich hatte ja schon davon gelesen, aber das trifft es nicht im Entferntesten. Ich sitze zwischen Syrus Beinen und lehne an seiner Brust. Unsere Atmung hat sich wieder beruhigt und er hält mich tröstend fest. Er hat mir, in diesem Moment, echt die Führung überlassen und ich wollte es so sehr. Jetzt gerade bin ich etwas durch den Wind.
Bereue ich es? Ich weiß es nicht sicher. In diesem Moment hat es sich so richtig angefühlt. Ich sehe, aber vor allem fühle ich, dass sich etwas zwischen uns oder besser gesagt in Syrus geändert hat. Sein Blick hat sich verändert. Er küsste zärtlich meinen Hals, er neckt mich und knabbert vorsichtig daran. Ich halte den Atem an, wenn er so weitermacht, kommen wir nie von diesem Fleck. „Wir sollten wohl lieber etwas frühstücken gehen“ „Hmmm bin ja schon beim Frühstücken“ brummt Syrus und leckt über meinen Nacken. Ich muss lachen, denn sofort regiert mein Körper auf ihn und eine Gänsehaut breitet sich aus. „Komm jetzt, ich verhungere gleich“ sage ich und als Bestätigung meldete sich mein Bauch mit einem Knurren. „Dabei wärst du so zum Anbeißen, mit deinen zerzausten Haaren und diesem unendlich heißen Anblick und du schmeckst außerdem köstlich“ wieder beißt er mir in die Schulter und leckte sofort über die Stelle, die leicht schmerzt. „Hey“ Ich springe auf und muss lachen, ich laufe auf die Treppe zu, was Syrus als Aufforderung ansieht, um mich zu jagen. Ich schaffe es knapp vor ihm zur Treppe aber nicht hinauf, er schnappt und wirft mich über seine Schulter und geht mit mir gemächlich hinauf in mein Schlafzimmer.
Witzig das ich es schon als meines betrachte. Ich wehre mich mit Händen und Füssen habe aber keine Chance und gebe dann aber schließlich lachend auf. Syrus gibt mir einen Klapps auf den Hintern. „Selber schuld, was läufst du den weg. Das hat nur meinen Jagdtrieb angeheizt und glaub mir nicht nur das, ich

hab meine Beute gefangen und jetzt werde ich dich auch gleich fressen“ Mir läuft ein Schauer über den Rücken den so, wie er es sagte, war es verheißungsvoll. Syrus geht am Schlafzimmer vorbei in Richtung Bad, erst in der Dusche lässt er mich wieder runter. Mit roten Wangen sehe ich ihn etwas schüchtern an. Er greift hinter mich, um das Wasser anzustellen, und flüstert mir ins Ohr „Oh du wirst mir schmecken“. Mit diesen Worten schiebt er mich unter die mittlerweile warme Dusche und sinkt vor ihr auf die Knie. Oh Gott was macht er nur mit mir, schon hörte ich ein Reißen und mein Bikinihöschen war einmal. Er küsst die harten Knospen meiner Brüste, er leckt und nimmt sie vorsichtig zwischen seine Zähne. Ein Stöhnen aus meinem tiefsten Innern kommt so ungehalten und ich spüre ein Lächeln auf seinen Lippen. So bahnt er sich seinen Weg nach unten, fort bis er meine erhitzte Mitte findet. Ich schreie auf, da mich eine Welle aus purer Lust trifft und mich überrollt. Ich sink in seine Arme, doch das war noch nicht alles, er denkt nicht dran, jetzt aufzuhören.

Eine Stunde später liegen wir in meinem Bett, eng aneinander gekuschelt. Er steht ohne weitere Erklärung kurz auf und verlässt das Zimmer, nur um gleich wieder mit einem Servierwagen hereinzukommen. Darauf steht ein ausgiebiges Frühstück für uns beiden. Er sieht meinen fragenden Blick und antwortet. „Ich habe sehr diskretes Personal. Wussten wohl, dass wir Hunger bekommen würden“ sofort laufe ich rot an und zieh mir die Decke über den Kopf, ich hatte das Personal ganz vergessen. Ich möchte gar nicht wissen wie viele die schon aus und eingehen gesehen haben, geschweige den, was er alles mit ihnen gemacht hat. „Stopp“ denk ich mir, will ich gar nicht wissen und schüttle leicht den Kopf um die Bilder fort zu bekommen. Syrus bringt das Frühstück ans Bett und zieht sacht meine Decke beiseite und küsst mich sanft, was meine Scham etwas verblassen lässt. So machen wir uns über das Frühstück her. Befriedigt und satt betrachte ich Syrus. Er liegt ganz entspannt neben mir und hat die Arme hinter dem Kopf verschränkt, dabei aber die Augen geschlossen. Ich muss ihn einfach etwas anschmachten, er ist so schön. „Was?" Er öffnet die Augen und sieht mich fragend an. „Wo kommen eigentlich die ganzen Sachen für mich her" „Meine Mutter sah voraus, dass du diese einmal brauchen könntest und somit ließ sie vor ihrem Tod noch alles aus Ellyl bringen." „Das stammt alles aus dieser Welt" ich bin verblüfft. „Ich dachte, mir schon das ich diese Stoffe nicht kenne" „Deinen Bikini hatte das Nixenvolk angefertigt, wirklich schade drum" er schaute gespielt entrüstet. „Nixen?" Ich glaub, ich hab mich verhört" „Ja Nixe, es ist eine große Ehre etwas von ihnen zu bekommen, die sind sonst nicht sehr freigiebig mit ihren Sachen. Deine Welt besteht nicht aus Menschen. Vor allem nicht aus Gewöhnlichen, denn sie sind alle magiebegabt. Neben den Nixen, Elfen, Trolle, Zwerge gibt es auch Drachen und noch viele mehr, aber dies alles wirst du bald selber sehen." „Syrus was bin ich?" Frage ich mit zitternder Stimme. „Na meine Königin, die Königin von allen und außerdem eine Mondelfe." „Eine was" was sollte den das sein, ich kann es nicht glauben. „Ich glaube, du solltest dich mal im Spiegel betrachten" „Ich sehe keinen Spiegel" Ich blicke mich um, „Komm mit" Syrus zieht mich aus dem Zimmer und biegen den Gang nach links ab.

Vor uns taucht eine goldene Tür auf „Mein Gemach" sagt er, auf meinen fragenden Blick hin. Wir betreten einen Vorraum, in dem eine ganze Seite aus Spiegeln bestand. Ich stelle mich vor den Spiegel und sehe zum ersten Mal mich selbst. Meine weißblonden Haare, die auf magische Weise gewachsen sein mussten, fallen mir bis über den Rücken in wunderschöne Wellen. Ich bewundere meine weiße makellose Haut. Nur mein linker Arm sticht hervor, da er mit diesen silbernen Ranken verziert ist. Ich folge dem Verlauf und staune.

Das Muster hat sich ausgebreitet und ziert meinen halben Rücken auf der linken Seite bis zu den Pobacken. Ich hebe den Blick und sehe mein Gesicht, meine Augenfarbe hat sich verändert, flüssiges Silber trifft es am ehesten. Ich berühre mein seidiges Haar, es schimmert leicht in allen Regenbogenfarbe und ich schiebe mir eine Strähne aus dem Gesicht, hinter das Ohr.

Ich stocke und befühle meine Ohren, genauer gesagt die Spitzen. Richtig die sind jetzt spitz und nicht mehr rund, ja spitz. Wie kann das sein. Sie fühlen sich an, wie immer nur sehen sie anders aus. Wahrhaftig erblickt mich im Spiegelbild eine Elfe. „Meine wunderschöne Königin“ Syrus tritt dicht hinter mich, umschlingt meine Taille und legte seinen Kopf auf den meinen, ich sah den Kontrast zwischen uns. Meine Haut elfenbeinfarben und meine Erscheinung zierlich, seine braun gebräunt, durchtrainiert und stark. Da wirkt ich dagegen ja fast zerbrechlich, neben seiner imposanten Gestalt. Aber was mich an aller meisten fasziniert sind unsere Augen, ein Blick und Gold trifft auf Silber. Ich betrachte sein Gesicht im Spiegel, er beugt sich etwas über mich, um mir einen Kuss auf die Wange zu geben. Dabei erblicke ich seine Ohren, die sind ja auch spitz. Während er so meinen Hals küsst, taste ich nach diesen Spitzen und ein wohliger Schauer läuft ihm über den Rücken.

Syrus

Was macht sie nur mit mir. Ich will es mir nicht eingestehen, doch schleicht sie sich immer mehr in mein verdammtes Herz. Ich bin nicht der großartig sentimentale Typ und habe immer darauf geachtet keinen an mich so ran zu lassen, aber diese kleine Elfe verzaubert mich. Gerade jetzt wo ich ihren Hals küsse und sie meine Ohren befühlt. Göttinnen steht mir bei, ich glaube nicht, dass sie schon weiß, wie empfindsam unsere Ohren sind. Ich rieche ihren unwiderstehlichen Duft, sie riecht süß und unschuldig. Doch spüre ich ihre wachsende Macht, die mir aber von Minute zu Minute mehr egal wird. Eine Ewigkeit lang stehen wir so da.

Es kostet mich enorm viel Willenskraft doch ich muss mich von ihr lösen, um wieder einen klaren Gedanken fassen zu können, ich habe nach wie vor eine Aufgabe zu erledigen. Widerwillig tu ich das und frage sie „Wollen wir weiter an deinen Kräften arbeiten?" „Klar" Dara strahlt dabei. Was wird sie wohl alles mache, können. „Syrus wie geht's jetzt weiter?" „Als Erstes musst du dir wohl was anderes anziehen oder besser gesagt etwas mehr Stoff." Ich grinse sie schelmisch an und betrachte diesen verführerischen Körper. Sie spürt die gleiche Lust, ich kann es an ihrer Körpersprache sehen. „Ok und was?" Bringt Dara leicht nervös hervor und versucht den Drang zu unterdrücken, was mir nur ein Schmunzeln einbringt.

Ich ziehe sie zur Antwort mit mir zurück in ihre Räume und stelle sie genau vor den Kleiderschrank „Wir ziehen unsere Kampfkleidung an" Dara sieht mich mit großen Augen an und fragt „Welche ist das?" Ich greife hinein und hole eine Hose und eine Korsage hervor und die dazu gehörigen Stiefel. Dara schluckt und wirkt eingeschüchtert. „Ich helfe dir beim Binden der Korsage." Als sie fertig angezogen ist, betrachte ich sie anerkennend, sie wirke fast wie eine Amazone. Atemberaubend schön und so zart aber irgendwie doch wild. „Ich zieh mir auch schnell was an, geh schon mal in den Garten." Dara kommt die-

ser Aufforderung natürlich gerne nach, denn ich vermute, dass sie genauso wie ich einige Minuten für sich braucht.
Ich sehe ihr dabei zu, wie sie durch den Garten streift. Wunderschöne Beete mit Kies und Gräsern befinden sich dort, mit edlen riesigen Glaskugeln, sie wird stauen, wenn sie alles bei Nacht sieht. Ich ziehe mich schnell an, wie immer eine enge Lederhose die sich wie eine zweite Haut anschmiegt und dazu leichte Schuhe, mein Hemd und darüber einen Harnisch. An den Unterarmen lege ich aus leichtem Metall für mich gefertigte leichte Schützer an. Damit mir meine Haare nicht ständig bei jeder Bewegung in die Augen hängen, binde ich sie zu einem Knoten zusammen und bewege mich leichtfüßig zu Dara, die ganz ihren Gedanken nach hängt und mich anfangs nicht bemerkt.
Ich bleib dicht hinter ihr stehen. Ihr lief ein Schau über den Rücken, ich kann ihre Gänsehaut sehen. Sie drehte sich um und war erstaunt, mit großen Augen musterte sie mich. Ihr Blick blieb an meinem Lederharnisch hängen. So wie wir jetzt gekleidet waren Passen wohl eher zu einem Cosplay als in die normale Welt, doch wir passten optisch perfekt zusammen.
Sie ist bis in die Haarspitzen motiviert „Also was soll ich machen“ „Als Erstes setzten wir uns und verbinden uns mit unserer Kraft“ ich zeige auf einen schönen Platz unter einem großen Kastanienbaum. Mir der Hand weiße ich sie an, sich zu setzen und sie tat tatsächlich. Doch blickt sie mich etwas skeptisch an. Wir sitzen in etwas zwei Meter auseinander, den Blick aufeinander gerichtet. „Gerade sitzen, schließ die Augen und lass deinen Atem zur Ruhe kommen“ Dara schafft es nicht, sich einfach mal nicht zu bewegen und so beruhigt sich natürlich auch ihre Atmung nicht. Mit gebieterischer Stimme befehle ich „Dara achte auf deine Atmung. Langsam einatmen, kurz halten und langsam ausatmen und wieder kurz innehalten“. Nach einigen Minuten, die sie so atmend verbrachte, wurde sie tatsächlich ruhiger. Alle Geräusche um uns herum traten in den Hintergrund. Sie hörte nur mehr ihre Atmung und spürt den Funken des Lichtes, der in ihrem inneren leuchtet.
Ich weiß noch genau, wie es sich anfühlt, sich zum ersten Mal

seine eigene Kraft zu spüren. „Gut so, jetzt konzentriere dich auf das Licht, lasse es wachsen und jede deiner Zellen durchfluten." Ich spüre, wie ihre Kraft mehr wird. Ein Kribbeln durchläuft mich. Bis in die Fingerspitzen spüre ich ihre reine Kraft. Die Ranken an ihrem linken Arm glühen auf. „Behalte das Gefühl dieser Kraft und öffne die Augen." Dara spürte das Vibrieren ihrer Kraft in den Armen. „Öffne deine Hand, stell dir einen Waffe vor und ergreif diese" Daras Augenbrauen zogen sich zusammen und so erkannte ich die Skepsis, doch sie probiert es. Licht tritt aus ihrem linken Arm und formte sich zu einem majestätischen Bogen, der genauso faszinierend leuchtet wie ihre Ranken. Die Skepsis in ihrem Blick verflog und machte Staunen Platz, sie spürt das kühle Metall und senkt den Blick auf ihre Hand.

Ich kann es genau sehen, sie ist wie ein offenes Buch für mich, jede Regung und jeden Gesichtsausdruck. Sie hatte diese Bogen schon mal gesehen. „Sehr gut und jetzt noch einen Pfeil. Steh auf und nimm den Bogen hoch, so als ob du ihn benutzen würdest, und leg die rechte Hand an die Sehne." Sie hob den Bogen hoch und spannte die Sehne. Ihre Hände zitterten leicht, sie bemerkt meinen Blick und atmet einige Male tief durch. Ein konzentrierter Ausdruck trat wieder auf ihre Züge. Wie aus dem nichts erscheint ein Pfeil aus purem hellen Licht. Ich sehe ihren Kehlkopf hüpfen, anscheinend musste sie schlucken, es muss echt überwältigend für sie sein. Ihr Blick huscht zu mir und ich deute nur eine Richtung mit dem Kopf an. Sie dreht sich um und entdeckte 30 Meter vor ihr einen Baum. Fest im Blick lässt sie die Sehne los und einen Moment später erzittert ein Donnerschlag die Luft. Der Pfeil hatte den Baum durchschlagen und hinterlässt ein 10 cm großes Loch. Geschockt steht sie da und blickt mich an. „Gut gemacht". Entsetzen aber auch Stolz huscht über ihr Gesicht. „Wie kann es sein, dass ich auf Anhieb getroffen habe, ich hatte noch nie eine Bogen in der Hand." „Elfenblut, es steckt in dir." „Ist das bei dir genauso?" Wollte Dara neugierig wissen und man hörte die Aufregung in ihrer Stimme. „Nicht ganz, meine Waffe ist eine andere, aber ich glaube du solltest es

mit eigenen Augen sehen“ stolz schmunzele ich, denn dass was ich ihr jetzt zeige, wird sie echt erstaunen.
Ich sehe Dara durchdringend an. Ich spüre die Kraft in mir und im nächsten Moment leuchtet mein magisches Zeichen auf. Gleichzeitig bildet sich ein flammendes langes Schwert in meiner Hand. Es strahlte so viel Hitze und Macht aus, Dara weicht einen Schritt zurück. Ich sehe ihre Reaktion und so lasse ich die Kraft wieder zurückfließen. „Beeindruckend, nicht“ „Vor allem beängstigend“ Dara holte geräuschvoll Luft, vor lauter Staunen hat sie vergessen zu atmen. „Hab keine Angst davor oder vor mir, ich weiß meine Kraft schon richtig einzusetzen, aber bestimmt nie gegen dich, meine Königin“ ganz nah trete ich an sie heran, umschlinge ihre Schultern mit meinen Armen und ziehe sie an meine starke Brust.

Dara

Er haucht einen Kuss auf meinen Scheitel. Sofort verfliegt dieses ungute Gefühl und macht Geborgenheit augenblicklich Platz. Obwohl mir noch immer ein eiskalter Schauer den Rücken runter läuft, dieses Schwert war echt beängstigend.
„Unser Waffen entstehen aus unserem Licht, es soll uns vor allem schützen und durchdringt auch die stärkste Haut“ „Wie meinst du das? Kann nicht jede mit einer Waffe verletzt werden?“ „Nein eben nicht, Drachenhaut zum Beispiel ist so undurchdringbar aber eben nicht für unsere Waffen“ ich sehe zu ihm hoch und schüttle ungläubig den Kopf, mittlerweile müsste ich es doch besser wissen und ihn nicht immer infrage stellen. „Du meinst echte Drachen? Wie aus den Geschichten“ Sein Blick wird erst und seine Stimme dunkler „Noch viel furchteinflößender, da sie ihre Gestalt ändern können und unter uns umherstreifen, ohne gleich erkannt zu werden.“
Ein Gedanke formt sich in meinem Geist, ich will ihm nicht wirklich folgen. Nur brauche ich Gewissheit, er hat es mir schon erklärt aber ist irgendwie nicht ganz in meinem Gehirn angekommen. So frage ich ihn „Ist Ciaran auch so einer?“ „Ganz genau, er ist ein Elementardrache, er herrscht genauso wie ich über die Elemente und macht sie sich zu Eigen, nur seine Magie ist dunkel und verdammt Stark.“ Ich unterdrücke ein zittern. „Aber keine Sorge, sobald das Tor steht und wir in der anderen Welt sind. Bist du das mächtigste Wesen, alle werden vor dir knien.“
Wie soll das den bitte sein, ich und mächtig, wenn ich daran denke, wie Ciaran mich täuschen konnte, kann ich mir nicht vorstellen, so mächtig zu sein. Das kann ich mir alles nicht vorstellen. Eine Weile bleiben wir noch so stehen und jeder hing seinen Gedanken nach. Syrus streckt sich und spannt seine Muskulatur am Nacken und ein leises Knacken war zu hören. „Jetzt zu deiner Verteidigung.“ „Sollen wir das echt jetzt noch machen“ Ich habe gerade so gar keine Lust dazu. Ich brauche

Zeit, um in Ruhe über alles nachzudenken.
„Die Zeit läuft uns davon, du musst". Resigniert seufze ich auf „Na schön was kommt jetzt" Syrus Ärger ist ihm anzusehen, jedoch antwortet er dann „Wie ich dir ja schon gesagt hast du die Gabe über das Mondlicht aber nicht nur das den du kannst damit auch deine Umgebung beeinflussen, du kannst sie formen und allem deinen willen auferlegen. Du kannst Flutwellen erschaffen oder einen Sturm heraufbeschwören. Du musst nur deine Kraft sammeln und es dir vorstellen, dann lässt du es einfach los." „Ok, ich versuch es mal" ich blicke mich um, was könnte ich den tun. Irgendwie fällt mir gerade nichts ein. „Na los, was ist" Syrus wurde ungeduldig.
Aber es half nicht, planlos stehe ich da. Ich spürte ein Vibrieren, das vom Boden ausgeht und blicke mich um. Da, Syrus rechter Arm glüht auf und neben mir tut sich die Erde auf, ich stolpere und bin im Begriff abzurutschen. Panik steigt in mir auf „Wenn dir nichts einfällt, dann helfe ich dir natürlich gerne auf die Sprünge." Um Gottes willen, ich finde keinen Halt und rutsche ab.
Eine unmenschliche Angst überrollt mich und in diesem Moment wünsche ich mir, ich könnte fliegen. Ein Kribbeln läuft über meinen linker Arm und er leuchtet auf und im nächsten Moment spüre ich einen Windstoß und fliege schon im hohen Bogen einige Meter von der drohenden Erdspalte weg. Ich lande etwas unsanft im Gras und spüre einen scharfen Schmerz an meinem Knien, die sofort zu bluten beginnen. Jetzt bin ich nicht mehr schockiert, sondern stink sauer. Schwer atmend blicke ich Syrus Bösen an. „Geht's noch?" Er besitzt echt die Frechheit und grinst mich an „Zuerst ging es noch, weiß noch nicht ob heute noch was geht" Ich war so perplex über diese Antwort, dass mir der Mund offen stand, wie konnte er jetzt nur so ein Arsch sein. Mich packt meine Wut und nimmt in meinen Gedanken Form an. Er will mit dem Feuer spielen, dann bekommt er genau das. Wie aus dem nichts, entstand auf meiner Hand eine fußballgroße Kugel aus Wasser, die im nächsten Moment durch einen arktische Windhauch gefroren wurde. Ich schleuderte mit aller

Kraft diese nach Syrus. Der konnte nicht so schnell ausweichen, musste die Hand hoch reißen und es zischte laut. Sofort stand er in einer Nebelwolke. Langsam legte sich dieser Dunst Richtung Boden und ich sah das um Syrus Handflächen noch vereinzelt Flammen tanzen, er muss einen Feuerball gebildet haben, um das Eis zu schmelzen. Jetzt sieht er etwas verdutzt drein, aber nur kurz seine Augen weiteten sich, als ihn ein Sturm von den Beinen fegt. Mühsam richtet er sich auf und hält sich die rechte Flanke, ich glaube, ein leises Knacken gehört zu haben als er gestürzt ist. „Hey schon gut, ich wollte dich doch nur aus der Reserve locken. Sei nicht sauer, ich benehme mich ja schon wider." Reue und Scham ergreifen mich, ich erkenne mich gerade selber nicht wieder. Noch nie hab ich mich so von meinen Gefühlen leiten lassen. Er muss sich körperlich verletzt haben, das wollt ich wirklich nicht. Aber er hat mich gekränkt, da ist mir eine Sicherung durchgebrannt.

Ich verstehe selber nicht wo, dass hergekommen ist, ich bin sonst eher der Typ Mensch der Konflikten aus dem Weg geht. Schließlich gehe ich mit gesengtem Blick auf ihn zu. Doch zu meiner Überraschung war er nicht sauer auf mich, sondern fängt zu lachen an. „Du bist so süß, wenn du sauer bist, aber echt eine Gefahr". Daraufhin verfinstert ich schlagartig mein Blick und das schlechte Gewissen ist weg.

Er schüttelt sich vor Lachen. „Jetzt hör schon auf zu schmollen, du kennst halt noch nicht all meine Seiten". Da hatte er Recht, ich kenne ihn wirklich noch nicht richtig und ehrlich gesagt könnte ich auf diese Seite von ihm gerne verzichten. Ich mag es echt nicht aufgezogen zu werden. Da komm ich mir immer wie das dumme Mädchen von nebenan vor. Wenn ich es mir aber recht überlege, hatte er vollkommen richtig gehandelt mich zu reizen, nur so kommt mein Potenzial zum Vorschein.

„Hör auf mich aus zulachen" gifte ich zurück, ich will hier weg und drehe mich um. Wenigstens aus seiner Sichtweite, ich muss mich beruhigen, denn ich spüre schon den Kloß im Hals. Ich kann echt schlecht mit Frustration umgehen und irgendwie sucht mein Körper dann ein Ventil und ich beginne zu heulen.

Doch es gelingt mir nicht, schon werde ich von hinten gepackt und befinde mich augenblicklich in den Armen diese Schuftes. Ich wehre mich, habe jedoch keine Chance gegen seine starken Arme und die erste Träne löst sich aus meinem Augenwinkel. Er dreht mich herum, doch ich will ihn nicht ansehen. Ich bin machtlos, er nimmt einfach mein Kinn in seine Hand und hebt es an. Die nächste Träne sucht sich ihren Weg und läuft meine Wange hinab. Er betrachte mich stumm, jedoch mit so viel Wärme in seinen Augen. Vorsichtig beugt er sich zu mir und küsst meine Wange, die ganz feucht von dem stetigen Rinnsal ist, ganz vorsichtig und zärtlich bahnt er sich seinen Weg aus Küssen entlang meines Kinnes und wieder retour bis zu der empfindsamen Stelle unterhalb des Ohres. Ich will ihm nicht nachgeben, doch mit jedem weitern Kuss werde ich lockerer und bin verloren.

Dieser Blick aus goldenen Augen trifft mich jedes Mal so sehr und diese Begierde darin raubt mir den Atem, ein wohliger Schauer rollt meinen Rücken hinunter. Dieses Gefühl breitet sich in meinem Inneren aus. Syrus küsst mich leidenschaftlich und ich erwidere es. Mein logisches Denken ist nicht mehr existent und spätestens jetzt weiß ich nicht mal mehr, dass ich eigentlich sauer war. Kurz unterbreche ich diese wilde Knutscherei und frage ihn fast tonlos „Wie kann es sein das du mich so um den Verstand bringst, es ist das eine, wenn man eine Verliebtheit spürt, aber sag mir was ist das zwischen uns?“ Diese Worte waren so schnell gekommen, ich wollte ihm nicht jetzt schon meine geheimsten Gedanken und Gefühle preisgeben. „Wir gehören zusammen, Dara mir geht es nicht anders. Ich bin dir ergeben, alles kannst du von mir haben, nicht nur meine Treue und meine Liebe, nein ich würde mein Leben für dich geben“. Die nächsten Tränen fließen stumm über meine Wangen, noch nie sagte mir jemand etwas Derartiges. Es war nicht nur ein offenes Liebesgeständnis, ich fühle, dass dies hier, alles Bisherige in den Schatten stellt. „Ich brauche dich so sehr“ es war nur ein Flüstern, doch mehr brauchte Syrus nicht zu hören, hebt mich mit Leichtigkeit hoch und geht mit mir den Schotterweg

entlang bis wir an einem bezaubernden kleinen Platz ankamen. Am Rand befindet sich ein Pavillon, auf dem eine gemütliche Wohnlandschaft mit Decken und Kissen gestaltet war. Rund um kann man die luftigen weißen Vorhänge schließen und hat so etwas mehr Privatsphäre. Es ist einfach traumhaft. Er lässt mich in die weichen Kissen fallen und küsst mich aufs Neue um den Verstand.
Die Sonne stand tief als wir endlich voneinander ablassen, erschöpft lasse ich mich in die Kissen sinken. Sie riechen nach diesem unglaublichen jungen Mann, der direkt neben mir liegt. Syrus reicht mir ein Glas Wasser, das ich in einem Zug austrinke. Er nimmt mir das Glas aus der Hand und reicht mir eine Sektflöte mit Perlwein. Er schmeckte süß und kühl auf meiner Zunge, es hinterlässt ein Kribbeln auf meinen etwas geschwollenen Lippen. Er überrascht mich immer wieder. Er hält mir ein Tablett hin, auf dem Obst und Käse köstlich arrangiert liegt. Ich greife nach einer der süßen Weintrauben und lasse sie auf der Zunge zerplatzten. Einfach köstlich, eigentlich könnte es ewig so bleiben. Ich kuschele mich an Syrus und bin im nächsten Moment eingedöst.

Nur für einen Moment, denk ich und öffne widerwillig die Augen, ein seltsames Gefühl hat sich in meiner Mitte gebildet. Ich blinzle gegen die Dunkelheit an, jedoch kann ich nichts erkennen. Ich stehe auf und die Schwärze weicht etwas zurück und ich blickte mich verwirrt um. Wann oder besser wie bin ich den zum See zurückgekommen. Einen Schritt nach dem anderen bewegen sich automatisch meine Füße auf den See zu.
Eine kühle Brise bläst mir unerwartet ins Gesicht und ich fröstle. Es ist finstere Nacht und über dem See liegt eine dünne Schicht Nebel, der ihm etwas Düsteres, aber auch Mystisches verlieh. Eine Gänsehaut kriecht meinen Rücken hoch und hinterlässt ein unangenehmes Stechen auf meiner Kopfhaut. All meine Haare stehen zu Berge als ich sehe was meine Unterbewusstsein schon längst realisiert hat.
Dieser Nebel bewegt sich auf mich zu. Plötzlich verziehen sich

die Wolken, ein riesiger Vollmond ziert den Himmel und taucht alles in einen silbrigen Glanz. Ich stehe da und bin hell erleuchtet, der Mond stellt mich in sein wunderschönes Rampenlicht.
Ich reiße den Blick von meiner Erscheinung los und richte ihn wieder auf den See. Der Nebel wirkte jetzt dunkler und bedrohlicher. Es bilden sich einzelne Nebelzungen, die nach mir greifen wollen. Einen Schritt zurückweichend nehme ich etwas hinter mir wahr. Mein Puls rast davon und ich drehe mich schnell um. Ich weiß nicht, was ich erwartet hatte, aber ich blicke in eine unheilvolle Finsternis, die nicht einmal der Mond erhellt.
Eine schemenhafte Aura mit riesigen Augen leuchtet auf. Ich erschrecke mich fast zu Tode, diese Augen sind mir so vertraut, aber gerade deshalb so verstörend. Ciarans Augen fixieren mich, aus einem Gesicht, das nichts Menschliches mehr hat.
Nein er ist ein Drache. Vor Angst stehe ich da wie angewurzelt. Meine Augen weiten sich und schärften meine Sinne. Ich höre ein Knurren in meinem Kopf, es ist ein tiefer beängstigender Klang „Du gehörst mir“. Ich schrecke schreiend hoch und blicke mich ängstlich um. „Lauf“ schreien meine Gedanken und diese Angst hält mich in ihrem eisigen Griff.

Syrus reibt sich verschlafen die Augen, nichts ahnend sieht er mein zu tiefst schockiertes Gesicht und richtet sich schlagartig auf „Was ist los?“ Er blickt sich schnell um. Doch kann keine Bedrohung erkennen, die mich verängstigt hat. „Dara was ist los, du zitterst ja am ganzen Körper.“ Ich bringe noch immer kein Wort heraus, anscheinend ist meine Stimme schon geflohen, worauf hin Syrus mich in den Arm nimmt und auf seinen Schoss bettet. Ein Schluchzen entrinnt meiner Kehle und dann brechen alle Dämme. Er hält mich fest, bis ich mich endlich etwas beruhigt habe.
Nach einer Ewigkeit kann ich endlich über meinen Traum sprechen. „Ich hatte einen richtig schlimmen Traum, ich war beim See und es kam schwarzer Nebel auf mich zu und plötzlich war Ciaran in seiner Drachengestalt vor mir und sprach mit mir, besser gesagt ich hörte seine Worte in meinem Kopf. Er hat be-

hauptet, dass ich ihm gehöre". Ein erneutes Zittern legt sich über meinen Körper bei den Gedanken an diesen Traum.
Syrus drückt mich daraufhin wieder eng an seine Brust. „So was dachte ich mir schon, das war kein normaler Traum Dara, das war real. Ciaran weiß jetzt, wo wir sind. Die Zeit drängt, wir müssen dieses Tor erschaffen und dich in Sicherheit bringen." Ich schluchze „Was meint er damit, dass ich ihm gehöre?" Mit gesenktem Blick leckt er sich etwas nervös über seine Lippen, nur hat es dieses Mal nicht denselben Effekt, den ich sonst spüre. Eine Erkenntnis trifft mich, den ich weiß, dass mir seine Erklärung nicht gefallen wird.
Mit einem langen Atemzug beginnt er „Ciaran ist nicht nur irgendein Drache. Er ist der zukünftige Herrscher der Drachen und du wurdest ihm anscheinend versprochen, als Belohnung, wenn er dich wegbringt und unsere Verbindung nicht zustande kommen lässt." „Aber leben Drachen nicht eigentlich in Ellyll? Warum dann auf der Erde, die sowieso zerstört wird." „Ich denke, er kann mit seiner Magie durch die Welten reisen, es sind aber nur Vermutungen. Die Drachen halten sich sehr bedeckt, was ihre Möglichkeiten betrifft. Er möchte der zukünftige Herrscher über deine Welt sein." Ich schlucke, „Aber sollte ich nicht die Herrscherin sein?" „Unter seinem Gefolge befinden sich sicher einige starke Druiden. Diese hätten dich sicher mit ihren Zaubern gefügig gemacht. Spätestens nach der Vereinigung in Ellyll hätte er schon mal den Titel des Auserwählten getragen und wäre somit automatisch dein Gemahl" Ich schnaube hörbar aus „Ist ja wohl noch meine Entscheidung, wenn ich mal heiraten werde oder?" Er schüttelt leicht den Kopf und widerspricht „In Ellyl läuft es etwas anders als hier, du wurdest menschlich aufgezogen, in deiner Welt zählt vor allem Tradition und Ordnung. Diese Ordnung ist festgeschrieben und der Zauber, den deine Macht wirkt, besiegelt diese." „Wenn ich zurück bin und zur Königin werde, kann ich doch diese ändern oder?" „Das kannst du, nur hat das vor dir noch keiner in Erwägung gezogen, da es immer so war und immer so bleiben sollte." In mir wächst der Ehrgeiz aber vor allem der Trotz heran „Das lasse ich nicht

zu, ich Entscheide und so sollten auch alle nach mir entscheiden dürfen und nicht nur weil die Etikette gepflegt gehört.“
Was ist das nur für ein primitives Volk, schlimmer als im Mittelalter. Mein Kampfgeist ist erwacht. „Dann sollten wir wohl dieses Tor erschaffen“ sage ich und springe auf. „Aber nicht hier, wie benötigen dazu einen magischen Ort, einen Ort, wo sich die Laylinien kreuzen.“ Spätestens jetzt fange ich zu lachen an, denn anscheinend sind all meine Bücher real „Willst du mir jetzt sagen das es das alles gibt? Ich hab schon in vielen fantasievollen Romanen davon gehört, hielt es aber immer für Humbug.“ „Tja meine Königin, ich glaube, es liegt mehr Wahrheit in all den fantastischen Geschichten und du weißt schon eine Menge über deine Welt“ das muss wohl wirklich so sein.
Syrus steht auf und zieht mich mit ihm hoch, noch immer hält er meine Hand und führte mich von diesem wundervollen Pavillon weg. Nun stehen wir unter freiem Himmel und Syrus zieht mich an seine harte Brust „Gut festhalten und die Augen schließen, konzentriere dich auf mich damit du nicht verloren gehst. Wir reisen wieder mithilfe meines Lieblingselements.“ Ich spüre einen Ruck und dann ist der Boden unter meinen Füßen verschwunden. Sofort reiße ich aus Reflex die Augen auf, nur um sie erschrocken wieder zusammen zu kneifen. Überall ist Feuer. Ich spüre nicht nur die Hitze, denn da ist noch mehr. Ich spüre den Wind und winzige Wassertropfen, die durch die Hitze zischend verdampfen. Trotz aller Vernunft wage ich abermals einen schnellen Blick und staune, wir befinden uns in einem Strudel aus den Elementen, die in wunderschönen Farben um uns herum tanzen.

7.

Es dauerte nur einen Moment und meine Füße berühren wieder den Boden. Eine kühle Brise umfängt mich und hinterlässt eine Gänsehaut. Der Wasserdampf, der uns umgeben hatte, sinkt sofort auf den Boden und wir stehen in weißen Nebel. Ich blicke mich um und gerate ins Straucheln. Wir stehen vor einem See, aber nicht irgendeinem, es ist der See aus meinem Traum. „Das kann doch jetzt nur ein schlechter Witz sein oder?“ Ich konnte das Zittern in meiner Stimme nicht unterdrücken. „Was ist denn los“ fragt Syrus etwas unsicher. „Das ist genau der See aus meinem Traum“ „Bist du dir da sicher?“ Fragte er etwas skeptisch „Ja vollkommen.“ Die Härchen in meinem Nacken stellen sich augenblicklich auf, schon allein Gedanken an diesen Traum, war furchteinflößend und jetzt stehe ich wahrhaftig hier. „Zurzeit ist kein anderes magisches Wesen in der Nähe, das hätte ich sonst schon gespürt“ er blickt mich beruhigend an. „Da sollten wir uns besser mal beeilen“ ich brachte nur ein Nicken zustande. „Spätestens wenn wir dieses Tor erschaffen haben, werden alle Magiebegabten und magischen Wesen von dieser Macht angezogen.“ Erklärte Syrus „Na dann los“ stimme ich zu und muss mich aber zwingen einen Schritt nach dem andere zu machen.

Wir gehen ein Stück am See entlang, wäre ich nicht so verängstigt und nicht in diesen Umständen, wäre es hier echt märchenhaft. Der See ist wunderschön und strahlt eine Energie aus, die

alles mystisch wirken lässt. Man spürt förmlich die Kraft dieses Ortes. Syrus zieht mich weiter bis wir an einem steinernen Kreis ankommen, welcher anscheinend unser Ziel ist. Er stellt sich genau in seine Mitte und streckt mir die Hand entgegen. „Komm zu mir" forderte er mich auf. Nervös sehe ich ihn nur an und lecke mir über meine etwas trocken Lippen, auch mein Mund fühlt sich ausgetrocknet an und ich schlucke hart dagegen an. All meine Nerven sind bis zum Bersten gespannt. Ich hole tief Luft und mache einen Schritt auf ihn zu, bei jedem Weiterem, spüre ich eine Spannung, die sich in meinem Inneren aufbaut. Es knisterte förmlich um uns herum. Ich komme seiner Aufforderung nach und stelle mich ihm gegenuber auf. Mit großen Augen warte ich darauf, was als Nächstes passiert. „Was jetzt?" Die Anspannung nimmt von Sekunde zu Sekunde zu, ich hole hastig Luft. Alles um uns herum wurde vom Mondlicht erhellt. Syrus streckt beide Arme aus und ich reiche ihm meine.
Die Wärme, die seine Haut ausstrahlt, gibt mir den nötigen Halt, den ich jetzt brauche. Ich löse den Blick von unseren Händen und sehe diese wunderschönen goldenen Augen, Syrus magische Zeichen an seiner rechten Hand erstrahlen in einem sanften Licht und werden immer leuchtender. Auch meine Ranken funkelten, als wären sie pures Mondlicht, meine weiße Haut strahlt und glitzert. „Konzentrier dich auch deine Kraft in deinem innere und lasse sie in deine linke Handfläche fliesen." Ich hole tief Luft. „Und Dara lass meine Hand nicht los, ich führe sie!" „Alles klar, ich schaffe das." keuche ich und belüge mich somit selber, am liebsten würde ich schreiend davon laufen. Ich schließe die Augen, atme so, wie es mir Syrus gezeigt hatte und konzentriere mich auf meine Kraft. Der Funke in meinem Inneren ist schnell gefunden und ich lasse ihn größer werden. Es fühlt sich warm und pulsierend an.
Plötzlich spüre ich ein Beben unter meinen Füßen und eine beeindruckende Hitze, die mir entgegenschlägt. Ich bündle meine ganze Kraft, zumindest hoffe, ich das es so ist und schicke sie in meine Handfläche. Zugleich öffne ich die Augen. Unsere Blicke treffen sich.

Um uns herum tanzen Flammen und Wogen aus Wasser, die von einem Strudel aus Wind gehalten wurden. Nach und nach gesellen sich Erdbrocken dazu. Immer wieder nimmt mich sein Blick gefangen. Syrus Augen werden glasig und er wirkt, als wäre er Kilometer weit von mir entfernt. Seine Lippen bewegen sich und er flüstert etwas. Er beschwört die Elemente. Es musste eine alte Sprache sein, denn sie ist mir völlig fremd. Langsam hebt er unsere verschränkten Hände, öffnet sie etwas und drehte die Handflächen Richtung See.

Es donnert, als der Steinkreis sich erhebt und vor uns ein rundes steinernes Tor entsteht. Die Verbindung der Elemente hüllt ihn komplett ein. Es funkelte in den schönsten Farben, so strahlend hell wie der Mond, so brennend wie die Sonne. Ein Ruck war zu spüren und die einzelnen Elemente sind nicht mehr zu erkennen. Ein Fluss aus Regenbogenglanz füllt das Innere des Steintores aus. Auf jedem der riesigen Steine glühen Zeichen auf. Eine Schockwelle aus Energie stößt uns zu Boden. Die Erde bebt. Alles um uns herum wird grüner und farbintensiver, es sprüht nur so vor Leben oder besser gesagt vor Magie. Wir haben es tatsächlich geschafft. Eine Woge der Erleichterung drängt meine Furcht in den Hintergrund.

Das Tor in eine andere Welt und somit die Verbindung und der Energiefluss ist wieder hergestellt. Ich blicke mich sorglos und zufrieden um, doch diese Euphorie hält nicht lange an. Eine Urangst kriecht meinen Rücken hoch. Die Erschaffung des Tores ging mit so einem Leuchten einher, ich habe gar nicht bemerkt, dass sich dunkle Wolken vor den Mond geschoben hatten. Eine Kälte durchdringt mich. Ich sehe mit schreckgeweiteten Augen, wie sich Nebel über dem See bildet.

Das kann doch nicht wahr sein. Der Nebel wurde dichter und bildet seine Finger, die nach mir zu greifen versuchen. „Syrus wir müssen hier weg“ schreie ich.

Er blickt mich erschrocken an „Wir sind nicht mehr allein.“ Sein Blick hing an etwas, das hinter mir liegt. Ich drehe nur den Kopf, dem, zu was dort verborgen lauert. Hinter mir baute sich eine Schwärze auf, die mir jede klaren Gedanken nimmt. Ich

weiß, was ich in den nächsten Momenten erblicken werde und Übelkeit bildet sich augenblicklich. Die mir vehement hochkommen will, doch versuche ich sie mühsam zurückzuhalten. So schnell ich kann, springe ich auf und reiße Syrus mit mir Richtung Tor. Ich traue mich nicht zurückzublicken. Wir erreichen das Tor und uns fehlt nur noch ein Schritt, um hindurch zu gelangen.
Es lässt mir keine Ruhe und ich riskiere einen flüchtigen Blick über die Schulter und ein Schrei des Entsetzens verlässt meinen Mund. Ich erblicke riesige Augen, Augen eines Drachen.

8.

Syrus

Endlich, wir haben es geschafft, das Tor steht und wir sind diesem elenden Drachen gerade so entkommen. Ich habe Dara einfach mit mir mit durch das Tor gezogen. Dieser Moment, als wir durch das Tor schritten, war so unglaublich, das letzte Mal war ich noch ein Kleinkind und es ist viel zu lange her. Jede Zelle wurde mit Energie Geflutete. Ich möchte es noch etwas länger festhalten, doch verfliegt es viel zu schnell. Ein helles Leuchten blendet mich. Es dauert kurz, bis ich mich daran gewöhnt habe. Für Dara muss das alles noch viel unglaublicher sein, denn ich sehe ihre weit aufgerissenen Augen und das Staunen auf ihrem Gesicht.
Wir stehen auf einer Anhöhe und haben einen traumhaften Blick auf die Wälder von Ellyl, doch uns bleibt keine Zeit diesen zu genießen.
Die Gefahr sitzt uns im Nacken. „Lauf“ schreie ich und ziehe sie mit mir. „Jetzt komm schon wir müssen hier weg, er wird gleich da sein.“ Das drang endlich zu Dara durch und sie läuft los. Vorbei an wunderschönen Farnen und Moos, dass im silbernen Mondlicht aufleuchtet. Für diese Schönheit haben wir gerade keinen Blick. Eine Ewigkeit lang laufen wir, bis Dara nicht mehr konnte. „Stopp“ keucht sie und lässt sich auf ihre Knie fallen. „Ich kann nicht mehr“ alles Adrenalin muss ihre Blutbahn ver-

lassen haben und hinterlässt sie zitternd am Boden. Ich sehe ihr an, dass sie Schmerzen hat. Ein Stück liegt noch vor uns, mir geht es nicht anders, auch ich bin bald am Ende meiner Kräfte.
Meine Brustkorb bewegte sich schnell durch die zurückliegende Anstrengung und ich muss mich kurz orientieren. Suchend sehe ich mich um und entdecke in etwas Entfernung ein Felsmassiv, genau dort liegt unser Ziel. „Komm wir, sind fast da“ „Wo sind wir fast?“ Fragt Dara atemlos und ringt um Luft. Die Erschaffung des Tores und die darauf folgende Flucht, hat ihre ganze Kraft aufgebraucht.
Einen Moment lang blicke ich sie an und trete dann an sie heran. Ich hebe sie an meine noch immer schnell hebende Brust und trage sie. Sie will sich wehren, ich weiß sie will mir keine Last sein.
Die Vernunft siegt, denn sie ist nicht in der Lage, den Weg der noch vor uns liegt zu bewältigen. So bettet sie ihren Kopf an meine Brust, langsam komme auch ich zur Ruhe, es ist zwar anstrengend sie zu tragen, aber wenn ich sie so betrachte, macht mein Herz einen Sprung. Ich lächle auf sie hinab und muss leicht den Kopf schütteln, wie konnte sich dieses zarte Geschöpf nur so in mein Herz einnisten.
Nach kurzer Zeit kommen wir am Felsen an. Ich stelle sie auf die Füße, wobei sie ziemlich schwankt. Sie schafft es stehen zu bleiben und lehnt sich gegen die Felswand. Ich betaste den rauen Stein und schließe meine Augen. Konzentriert lasse ich meine Kraft fließen und spüre, wie der Fels auf mich reagiert, es vibriert unter meinen Fingerspitzen. Er heißt uns willkommen. Ein Bogen mit Symbolen erscheint über Daras Kopf. „Ich würde an deiner Stelle nicht dort angelehnt bleiben“ Ich sehe ihren fragenden Blick doch sie bewegt sich nicht weg, so fällt sie auch schon rückwärts in den Felsen. „Huch“ war alles, was sie sagen konnte. Ich hatte schon damit gerechnet und bin sofort an ihrer Seite und fange sie, auf bevor sie den Boden berührt. So halte ich sie vielleicht einen Moment länger als notwendig, den der Blick aus ihren silbernen Augen kostet mich gerade alle Selbstbeherrschung. Mein Körper reagiert sofort auf sie, den ich habe es

überdeutlich wahr genommen. Ihre Pupillen haben sich etwas geweitet, als ich sie an mich zog, verdammt ich will sie. „Was ist das denn?“ Fragt sie erstaunt. „Das meine Königin wird vorerst unser Versteck, wir müssen uns etwas ausruhen.“ „Woher wusstest du, dass hier ein geheimer Eingang ist“ will sie wissen. „Ich kenne die Karte dieser Welt und weiß, dass meine Vorfahren, hier einen Unterschlupf versteckt haben. Er öffnet sich nur jenen, die Elementarelfen der Erde sind.“
Dara blickt sich um und sah gespannt zu, als ich eine Fackel greife, kurz anpuste und sie durch meine Magie zu brennen beginnt. „Komm“ sage ich und ziehe sie an der Hand vom Eingang weg. Als wir uns weit genug davon entfernt hatten, erbebt leicht die Erde und der Durchgang ist wieder verschlossen.
Dara blickte sich um und kann nur noch rauen Fels erkennen, vom Durchgang gibt es keine Spur mehr. Mit der Fackel erleuchte ich den Gang vor uns, der uns weiter in dieses Felsmassiv hineinführt.
Vor uns weitet sich der Gang immer mehr und eine Höhle kommt zum Vorschein. Es riecht etwas muffig und Staub liegt überall, wurde ja auch Jahrzehnte nicht mehr genutzt. Meine Eltern waren die letzten, die diese Höhlen benutzten, bei dem Gedanken an sie wird mir wie jedes Mal das Herz schwer. Diese Höhle ist wohnlich eingerichtet, eine Liegestätte mit Fell und eine kleinen Nische die als Kochstelle genutzt werden kann.
Ich beobachte Dara, wie sie ihren erstaunten Blick schweifen lässt. Sie entdeckt gerade einen Wandteppich. „Dahinter liegt eine Badegrotte und eine Toilette“ Ihr skeptischer Blick, der mir so vertraut ist, trifft mich. „Ja klar als ob ich hier hinter diesem Ding gehen würde“. Sie fasziniert mich immer wieder und so muss ich zum ersten Mal seit langen lachen.
Mein Lachen muss sie wohl angesteckt haben, worüber ich gerade sehr froh bin denn es erheitert etwas die Stimmung. „Setzt dich doch dort hin“ ich deute auf den Fellhaufen, da sie sich kaum noch auf den Beinen halten kann, kommt sie meiner Aufforderung tatsächlich nach. Sie lässt sich in die weichen Felle fallen und sieht mir zu, wie ich in der Nische herum hantiere. Sie

schloss kurz die Augen und muss augenblicklich eingeschlafen sein, ihr gleichmäßigen ruhigen Atem ist leise zu hören.
Ich betrachte sie, sie wirkt noch viel jünger, wenn sie schläft. Eine göttlichere Elfe hat es noch nie gegeben, ich spüre ihre Macht, auch wenn sie ruhig schläft. Es pulsiert in ihr und spätestens, wenn sie sich mit der Magie dieser Welt verbunden hat, wird ihr Wahres ich zum Vorschein kommen.
Langsam bin ich mir nicht mehr sicher, was sie wirklich ist und vermute, dass diese egozentrischen Göttinnen uns über vieles im Unklaren lassen. Ich spüre ein Ziehen in meinen Eingeweiden, wenn ich mich nicht bald abwende, falle ich über sie her.
Früher wäre mir das nur recht gewesen, denn so werde ich ihr Auserwählter, doch bin ich mittlerweile so in sie vernarrt, dass ich ihr diese Wahl lassen will. Sie soll sich aus freien Stücken für mich entscheiden. Scharf atme ich aus und mit aller Willenskraft wende ich mich ab und verschwinde hinter dem Wandteppich.

Dara

Etwas kitzelt meine Nase. Ich öffne die Augen und sehe nur Fell. Muss mich wohl so herum geworfen haben, dass ich in den vielen Fellen untergegangen bin. Streckend setze ich mich auf und suche nach Syrus. „Syrus" rufe ich voller Panik. „Ich bin hier" kommt es von ihm, nur kann ich ihn noch immer nicht sehen.

Bis sich der Wandteppich etwas zur Seite schiebt und seine Hand zum Vorschein kommt. „Komm" sagte er und hält mir abermals, wie schon so oft in den letzten Stunden, die Hand hin. Ich sehe ihn mit großen Augen an. Er hat nur ein Handtuch um die Hüften gewickelt und vereinzelte Wassertropfen liefen ihm über den Rücken. Wie konnte man nur so heiß aussehen. Ich muss schlucken.

Es stellte sich nur die Frage, warum sieht er wie frisch geduscht aus. Ich lasse mir Zeit. Ich genieße wahrlich den Anblick. Langsam gehe ich auf ihn zu. Syrus hob den Teppich noch ein kleines Stück an und ich quetsche mich an ihm vorbei, wo ich nicht umhinkomme in seine goldenen Augen zusehen und seinen stattlichen Oberkörper zu mustern, ich beiße mir auf die Lippe. Ein laszives Lächeln tritt an seine Mundwinkel und er schiebt mich einen schmalen Gang entlang.

Ich weiß nicht, mit was ich gerechnet habe, aber das übertrifft all meine Vorstellungskraft. Ich höre ein leises Plätschern, das stetig lauter wird. Anscheinend kommen wir näher, irgendwo muss Wasser sein. Ich sehe am Ende des Durchgangs bläuliches Licht. Ich drehe mich ungläubig zu Syrus um.

Immer wieder überrascht er mich, in der ganzen Zeit die wir gemeinsam verbrachten, sind so viele magische Dinge passiert. Er deutet an, dass ich weitergehen soll.

Ich blicke in den Raum, das war vielleicht die falsche Bezeichnung. Höhle trifft es eher. Eine wunderschöne Grotte liegt vor mir. Ein Wasserfall plätschert in ein riesiges Wasserbecken, ich blicke nach oben, denn von dort aus wird alles beleuchtet. Hunderte leuchtende Steine sind im Fels verankert und tauchen alles in einen mystischen Schein.

Bei genauerer Betrachtung erkenne ich ein Muster. Es ist ein genauer Abgleich des Sternenhimmels. Er sieht meinen Blick und antwortet „Meine Vorfahren wollten sich unbedingt etwas von der Erde in Erinnerung behalten und so haben sie die Decke dem Sternenhimmel nach gebildet.“ Aber nicht nur an der Decke sind diese Lichter, auch in dem Wasserbecken. Dort schimmert alles in einem jadegrün. „Ich dachte mir, du würdest dich sicher auch gern frisch machen, das Wasser ist herrlich warm, ich hab es für uns etwas erwärmt“ ich kann nichts erwidern, so fasziniert bin ich von diesem Ort.

Mit schnellem Schritte gehe ich zum Becken und tauche die Hand hinein. Syrus hatte nicht übertrieben. Es war herrlich. Ich ziehe mich aus und lasse mich in das große Becken gleiten.

Erst jetzt bemerke ich seinen Blick. Glühend liegt er auf mir. Ich spüre eine solche Sehnsucht nach ihm. Dieses Mal bin ich es, ich strecke die Hand nach ihm aus und sage „Komm“. Wir schmunzeln über die getauschten Rollen und er zwinkert mir zu. Dieses Angebot nimmt er nur zu gern an. Er lässt sein Handtuch fallen und steigt zu mir ins Becken. Mit erhitztem Blick kommt er auf mich zu, seine Augen sind wie jedes Mal, wenn er erregt war, wie flüssiges Gold. In dieser kurzen Zeit, die ich ihn kenne, hab ich mir jedes Detail an ihm eingeprägt. Ich liebe dieses Leuchten in seinen Augen, er sieht mich immer an, als würde nur ich für ihn existieren, als wäre nur ich die eine. Oh, sein Blick ist hungrig, alles an ihm sehnt sich nach mir, dieser Anblick lässt mir einen wohligen Schauer über den Rücken laufen. Zärtlich nimmt er mein Gesicht in seine Hände und küsst mich leidenschaftlicher als jemals zuvor. Die Magie in dieser Welt lässt mich noch mehr lieben und verlangen. „Eines solltest du noch bedenken, wenn du mich in dieser Welt liebst und wir uns auch körperlich vereinigen, dann bin ich der deine, egal ob du mich Haben willst oder nicht. Es ist hier Gesetz und durch die Magie gehen wir hier eine Verbindung ein. Nicht nur körperlich auch geistig. Du wirst meine Gedanken lesen können und ich

die deinen." Keuchte er zwischen 2 wilden Küssen. „Ich will dich mehr denn je, mein König".
Ich sehe im in die Augen und wusste, dass es nur ihn gibt, obwohl etwas tief hinten in meinem Geist protestieren will. Doch ich lasse dieses Gefühl nicht zu, ich will ihn und bin mir in diesem Moment sicher das es nie jemand anderen wie ihn geben wird. Keiner hat meine Liebe mehr verdient. Auf diese Offenbarung und Anrede hin, kann sich Syrus nicht mehr zurückhalten. Er küsst mich stürmisch. Seine Lippen sind unglaublich heiß und so verheißungsvoll. Ich stöhne vor Verlangen und presse mich gegen ihn. Ich spüre seine harte Männlichkeit an meinem Bauch. Syrus beugte sich etwas vor, greift mir unter den Po und hebt mich mühelos auf seine Hüften. Bereitwillig schlinge meine Beine um ihn. Kurz hielt er noch inne und ich glaube, gleich zu verglühen, so sehr will ich ihn. Er lässt mich etwas nach unten gleiten und sogleich spüre ich ihn in all seiner Pracht, ich stöhne auf. In diesem Moment geschieht es, wie Syrus es mir beschrieben hatte, doch war ich nicht im Entferntesten darauf verbreitet, was das in mir auslösen würde. Eine Hitze durchflutete mich, ich spüre unsere seine elementare Kraft bis in jede Zelle.
Die Welt beginnt sich zu drehen und ich klammere mich an ihn. Bis jetzt hatte er innegehalten damit ich mit meinen Empfindungen klar komme doch jetzt ist die Schonfrist vorbei, und er fängt an sich in mit zu bewegen, mit jedem Stoß wurde es heftiger.
Ich glaube, diesem Gefühl nicht standhalten zu können, und im nächsten Moment überrollt mich mein Höhepunkt und ich schreie auf. Syrus Augen weiten sich und eine Welle er Ekstase überrollt ihn und öffnet Schluss endlich meinen Geist für ihn.
Ich keuche auf, ich höre seine geheimsten Gedanken und tiefen Gefühle für mich. Eine Träne löste sich aus meinen Augenwinkel. Ich fühle, wie sehr Syrus mich liebt und weiß endlich dass ich zu Hause angekommen bin. Er ist mein Anker, er wird mich mit allem Schützen und auf Händen tragen.

Ciaran

Ich finde sie nicht, ich spüre sie nicht. So lange fliege ich schon herum, doch nirgends ist sie zu finden. Ich brülle meinen Frust hinaus und die Erde erzittert davor. Seit Stunden suche ich schon, ich weiß ich war ihnen dicht auf den Fersen, doch plötzlich war sie weg. Dieser elende Mistkerl muss sie irgendwo verstecken. Die Magie muss mächtig sein, wenn sie nicht mehr spürbar ist für mich. Ich lande und die Schwärze hüllt mich ein. Nackt stehe ich auf einer Lichtung und blicke mich um. Etwas regt sich in meinem Inneren, ein Vibrieren durchzuckt mich und ein Urhass steigt in mir auf. Ich schrei meinen Frust hinaus. Den ich kann diesem Gefühl nicht standhalten. Kurz kann ich sie spüren und es gefällt mir nicht, denn ich spüre die Veränderung, *sie hat gewählt.*

9.

Syrus

Frisch gewaschen und unendlich zufrieden lässt sich Dara wieder auf den Fellhaufen fallen. Ich lege mich neben sie und blicke ihr in die Augen. „Du bringst mich um den Verstand.“ Sage ich in ihren Gedanken und muss grinsen, denn sie wirkte etwas entrückt.

Ich antworte prompt auf ihre unausgesprochene Frage. „Nein und ja, ich muss nicht immer all deine Gedanken hören, da es eine Möglichkeit gibt sie zu schützen.“ „Wie? Ich meine es ist ja toll, dass wir so verbunden sind, aber irgendwie brauch ich etwas Privatsphäre in meinem Kopf.“ Ich lache auf und sage „Mit etwas Training kannst du in deinem Kopf deine Gedanken verschleiern, es liegt an dir, ob du es mit einer Mauer oder sonst irgendwas machst. Denk einfach an etwas dergleichen und konzentriere dich darauf keinen Gedanken durchzulassen oder besser gesagt mich nicht hindurch zu lassen.“ Dara überlegte kurz und probiert es, doch wusste sie nicht so recht. „Ich zeig es dir, ließ meine Gedanken“ Sie konzentriert sich auf mich und ich lasse ihr kurz frei Hand in meinem Kopf. „Sehr gut und jetzt zeig ich es dir“ sage ich.

Ich lasse einen Sturm entstehe, durch den sie niemals gelangen würde. Daras Augen leuchteten fasziniert auf und sie versucht hindurch zu gelangen doch scheitert jedes Mal, ich spüre wie

sie stetig mit mehr Anstrengung es probiert. „Oh“ dachte Dara. „Ganz genau und jetzt versuch du es“ flüstere ich in ihrem Kopf. Sie will es unbedingt schaffen, ein verbissener Ausdruck legte sich auf ihre sonst so glatten Züge.
Noch gelingt es mir, mich frei in ihrem Geist zu bewegen, doch plötzlich spürte ich einen Widerstand, eine Wand aus Wasser erscheint, nichts dass ich nicht durchdringen könnte. „Versuch es besser“ siehe da, schon hat sie es geschafft und hat diesen Wasserfall gefrieren lassen. „Oh erstaunlich, denk an etwas das du mir nicht gleich so sagen würdest“.
Im ersten Moment sehe ich die Ratlosigkeit in ihre Gesicht, doch dann hellt es sich auf und ich sehe schmerz darin, sie dachte an Ciaran, ich sehe es ihr an, doch kann ich ihre Gedanken dazu nicht lesen. „Du wirkst so traurig, will ich wissen, woran oder an wen du denkst?“ „Nicht so wichtig, du wolltest doch dass ich an was denke, was ich dir nie so einfach sagen würde.“
Ich bin leicht enttäuscht und muss kurz mal etwas Abstand zu ihr bekommen, Ciaran bedeutet ihr viel, wie viel muss ich noch herausfinden. Im nächsten Moment stehe ich auf und ziehe mich an. „Was machst du? Bist du sauer?“ Sie wirkt nervös.
Ich atme tief durch und drehe mich dann zu Dara „Ich dachte, du hast bestimmt Hunger und werde uns was besorgen“ „Wie besorgen?“ „Na ich geh raus und schau, was mir vor die Füße läuft.“ „Ich komm mit“ kommt es prompt von ihr. „Glaubst du, dass du bereit bist für diese Welt?“ Frage ich etwas schärfer als gewollt. Sofort stoße ich damit auf Gegenwehr „Ich werde sicher nicht hier rumsitzen und darauf warten das du zurückkommst, wenn etwas mit dir ist, kann ich nicht mal hier raus.“ „Doch kannst du, zwar nicht durch den Eingang den wir genommen haben aber durch den Wasserfall kannst du raus“ Dara blickt mich an, als hätte ich sie nicht alle. „Komm ich, zeig es dir, wenn du es so nicht glaubst“ gebe ich genervt klein bei. Dara springt sofort auf.
Wir stehen direkt vor dem Wasserfall. „Konzentriere dich darauf, aus der Höhle raus zu wollen.“ Dara denkt daran und siehe da seitlich rückt das Wasser weg und formte einen Durchgang,

durch den Tageslicht dringt. „So jetzt hast du es gesehen, du kannst jederzeit hier raus. Ich bitte dich trotzdem hierzubleiben. Es gibt genügende, die dir feindlich gesonnen sind, und du wirst sie nicht erkennen, aber sie werden dich erkennen. Meine wunderschöne Königin“ bei den letzten Worten trete ich ganz nahe an Dara heran und nehme ihr Gesicht in meine Hände.
Ich blicke ihr mir so viel liebe in die Augen und küsse sie zärtlich, es war ein sehr unschuldiger leichter Kuss, doch wenn ich wollte, könnte ich ihn vertiefen, ich schmecke förmlich ihr wachsendes Verlangen. Ich lasse meine Hände über ihren Rücken wandern und ihr Körper antwortet mir mit einer Gänsehaut. Ich senke ein letztes Mal meine Lippen und flüstere „Ich bin gleich zurück, Liebste“ Dara steht wie angewurzelt da und grinst versonnen vor sich hin. Ich liebe diese Magie zwischen uns.

Dara

Ich sehe im hinterher, bis sich der Wasserfall wieder schloss. Mist, irgendwie hat er es geschafft, mein Denken komplett auszuschalten. Er musste mich nicht mal überreden. Mein Körper ist ein mieser Verräter.
Etwas frustriert über mein Durchsetzungsvermögen, gehe ich zurück auf mein Felllager und ruhe mich noch etwas aus. Ich blickte zur Decke und lasse endlich meinen Gedanken freien Lauf. Wie in einem Film zieht noch mal alles an mir vorbei. Wie konnte in so kurzer Zeit mein komplettes Leben so aus den Fugen geraten. Zu erfahren, dass man anders war, ist das eine. Aber zu erfahren das man nicht in diese Welt gehört, dass komplette Leben eine Lüge war, etwas anderes. Mein bester Freund hat mich nur belogen, wahr den irgendein Wort war, das er gesprochen hat, frage ich mich. Der Gedanke an Ciaran schmerzt mich am aller meisten. Ich will es nicht glauben und muss es erst mit eigenen Augen sehen, dass er nicht der ist, der er immer war. Er war mein Fels, mein Vertrauter seit so langen Jahren, es kann nicht alles eine Lüge sein. Den wenn ich tief in mich hinein höre, weiß ich das immer schon mehr an Gefühlen für ihn da waren, nur ließ ich diese nie zu, denn dazu war mir unsere Freundschaft einfach zu wichtig und zu kostbar. Aber wenn die Zeit gekommen wäre und er mir gezeigt hätte, dass er offen für eine solche Art von Beziehung wäre, wäre ich wahrscheinlich schwach geworden. Wieder sticht es heftig in meiner Brust, er war so lange ein Teil meines Lebens und hatte mich immer beschützt, mein Herz holpert bei diesen Gedanken und wird unendlich schwer. Meine Verzweiflung sucht sich einen Weg und ich spüre die ersten Tränen über meine Wange laufen. Es ist nicht nur die Enttäuschung, sondern auch das schlechte Gewissen, ich habe das Gefühl Ciaran betrogen zu haben, obwohl ich nie mit ihm eine romantische Beziehung geführt habe. Ich will nicht weinen, doch macht mein Körper was er will. Tränen laufen und ich schreie all meinen Frust hinaus. Es hilft ein wenig, ich fühle

mich etwas Leichter und schließe die Augen und spüre, wie der Schlaf sanft an mir zieht.

Es ist dunkel, zu dunkel, ich kann nichts erkennen. Ich stehe in diesem schwarz und keiner meiner Sinne kann irgendetwas wahrnehmen. Etwas beunruhigt mich, warum bin ich hier, ich mach einen Schritt und weiß aber nicht, wohin dieser führen soll. Endlich fühle ich etwas, ich spüre harten Boden unter meinen Füßen. So laufe ich eine Zeit lang umher ohne irgendeinen Anhaltspunkt.
Langsam kriecht mir eine Gänsehaut über den Rücken und ich schreie erschrocken auf. Es ist nichts zu hören, diese Schwärze schluckt alle Laute. Totenstille herrscht. Wie kann das sein. Etwas berührt mich an meinem linken Arm, worauf hin meine Ranken zu glühen beginnen. Wider schrei ich, doch es ist nicht zu hören.
Die ganze Zeit bin ich gefangen in einer Kälte, die mich frösteln lässt, deshalb spüre ich auch umso mehr die plötzliche Wärme um meine Mitte, ich will dem entfliehen doch kann ich mich nicht rühren. Mein Körper gehorcht mir nicht. Erstarrt stehe ich regungslos da und nehme langsam durch meine weit aufgerissenen Augen einen Schimmer wahr, er geht von meiner Mitte aus. Dort wo ich Wärme spüre, liegen plötzlich Arme. Ich werde umarmt.
Ich will weg und Tränen der Verzweiflung laufen mir die Wangen herunter. Diese Umarmung fühlt sich zum Trotz vertraut an. Wie kann das sein? Die pure Angst, die mich geflutet hatte weicht zurück und macht Geborgenheit platz. Langsam beruhige ich mich etwas und richte meinen Blick auf den einzigen Lichtpunkt, den ich sehe.
In einem wunderschönen blau leuchten magische Zeichen. Ich folge dem Muster dem Arm entlang und begriff, dass ich mich etwas bewegen kann. Die Wärme die sein Körper abgibt durchflutet jede Körperzelle, ich rieche ihn und das war das letzte Puzzleteil das mir noch fehlte.
Ein Schluchzen entrinnt meiner Kehle, als ich den Kopf drehe

und in diese Augen sah, diese wunderschönen und dunklen Augen. Die mir schon immer in die Seele blickten. Sein schwarzes Haar hängt ihm ins Gesicht und malte dunkle Schatten. Er hebt den Blick und sieht mir in die Augen. Ich sehe so viel Schmerz und Enttäuschung in Ciarans Augen. Prompt meldet sich mein schlechtes Gewissen und ich fühle, wie mein Herz stolpert „Warum läufst du vor mir weg“ höre ich ihn in meinem Kopf. Ich keuche auf „Was ist das hier, ein Traum, wie kannst du in meinem Traum sein?“ „Warum läufst du vor mir weg, warum mit ihm“ er schreit es mir entgegen, ich höre seinen Schmerz in jedem Worten. Es schnürrt mir die Kehle zu. „Du warst alles für mich und du gehörst mir“ die letzten Worte knurrte er förmlich. „Du bist mir versprochen und lässt dich von diesem dahergelaufenem Abschaum vögeln.“ Ich kann mich nicht bewegen und würde doch nichts lieber als fliehen. Der Geschmack von Angst liegt auf meiner Zunge und ich unterdrücke gerade noch ein Würgen. Er ballt seine Hände zu Fäusten. Wie kann ich dem hier nur entfliehen? Ich spüre sein Leid, seinen Schmerz und das ist die reinste Folter. Wie kann das alles sein. „Wie das sein kann? Das sag ich dir, du hättest mich wählen können, es stand in der Prophezeiung nie fest, wenn du von uns beiden nehmen sollst.“
Er sieht meinen verwirrten Gesichtsausdruck „Dass meine Königin, das hat dir dein allzu perfekter elementarer Erdenabschaum wohl nicht gesagt. Es hatte einen Grund, warum wir uns auf der Erde befanden. Ich sollte darauf achten, dass du nicht mit Magie in Berührung kommst und hab die Gefahr schlichtweg zu gering eingeschätzt. Die Menschen, lauter ungläubiger Arschlöcher, die es nicht verdient haben auf einem so wunderschönen Planeten zu leben. Wir hätten sie ihrem Schicksal überlassen. Sie hätten es schon alleine geschafft sich zu vernichten. Danach wäre die Erde wieder ein Teil der magischen Welt geworden. Aber du hattest mir nie die Wahl gelassen oder mir die Zeit gegeben, dir alles aus unserer Sicht zu erzählen.“
Ich spüre, dass er die Wahrheit spricht, mein Herz sagt es mir. Diese Erkenntnis brachte Ciaran dazu mich loszulassen und

somit konnte ich etwas Raum zwischen uns bekommen. Wie aus dem nichts entstanden Wassertropfen und funkelten in den wunderschönsten Blautönen, sie wirbeln um Ciaran herum und hüllen ihn ein. Schon geschieht das Undenkbare. Dieser Wasserwirbel weitet sich plötzlich aus. Einige Tropfen tanzten in meine Richtung und umspielen meine linke Hand die sofort zu leuchten beginnt. Ein Schmerzensschrei ist zu hören.
Wenn ich bis jetzt noch keine Furcht verspürt hätte, wäre es genau dieser Augenblick gewesen, der mir das Blut in den Adern friert. Sein Brüllen ist so laut und schmerzt in meinen Ohren. Ich bedecke sie mit meinen Händen und es bringt mich fast zu Fall. Stille nimmt wieder alles ein und ich blicke auf. Der Wirbel ist verflogen, mit geweiteten Augen blicke ich auf einen riesigen Drachen. Seine Schuppen zieren die unterschiedlichsten Blautöne und ein Schimmer umgibt ihn. Sein Kopf ist riesig und aufgerichtet zu seiner vollen Größe überragte er mich um vieles. Er ist dreimal so groß wie ich. Er lässt mich nicht aus den Augen und ich kann zusehen, wie dieser Schimmer wächst und sich dunkler färbt. Sein Kopf senkt sich auf Augenhöhe, ich schlucke, seiner Augen sind schwarz und ich höre ihn in meinem Kopf „du gehörst mir".

Mit einem Schrei wache ich auf und flüchte aus meinem Felllager, mit schreckgeweiteten Augen blicke ich mich um. Wo soll ich nur hin? Ich laufe in die anliegende Grotte. Mein Traum verfolgt mich und ich bilde mir ein das Schwärze auf mich zu kriecht. Ich versuche, meine Kraft zu sammeln, ich kann mich nicht beruhigen und meine Nerven liegen blank.
Hektisch atme ich ein, ich rufe mir in Gedanken, wie mir Syrus zeigte, wie ich meine Atmung unter Kontrolle bringen kann. Noch mal probiere ich es, dieses Mal klappt es, ich spüre die Spannung in mir und befehle dem Wasserfall einen Ausgang frei zugeben. Das Wasser läuft beiseite und ich laufe, so schnell mich meine Beine tragen ins Freie.
Wo soll ich nur hin, ich blinzelte ins Sonnenlicht, es blendet mich, ich falle auf die Knie und ein Schrei der Verzweiflung

dringt aus meiner Kehle. Ich schreie aus Leibeskräften. Doch Syrus kommt nicht.
Was soll ich tun? Ich nehme meine Knie an die Brust und lasse mich einfach umfallen, eine Zeit lang bleibe ich in dieser Position liegen und blicke starr in den Wald. Das satte Grün wirkt beruhigend auf meine Nerven. Verdammt warum hab ich nur solche Träume. Dieser Traum hat mich komplett aus der Bahn geworfen. Immer wieder sehe ich Ciaran in seiner Drachengestalt vor mir und ich rufe mir immer wieder seine Worte vor Augen. Kann es wirklich stimmen, was Ciaran sagte. Ich muss dem auf den Grund gehen. Entschlossen sammele ich neuen Mut und erkundete die Umgebung.
Dieser Wald ist wunderschön und je länger ich in diesem Traum aus Grüntönen und Sonnenlicht umherwandere, desto ruhiger werden meine Gedanken. Baumriesen ragen in den Himmel, sie müssen mehrere Hundert Jahre alt sein. Ich blicke mich weiter um und entdecke einen Weg, ich entscheide mich kurzerhand dafür diesem zu folgen, nicht lange nur ein paar Meter denk ich mir, dann kehre ich wieder zurück zu meinem Versteck. Plötzlich verstummt alles im Wald. Es war totenstill und mich überkommt ein echt schreckliches Gefühl. Könnte das ein Déjà-vu sein. Der Puls an meinem Hals beschleunigt sich spürbar und ich zucke zusammen.
War das nicht ein Klirren? Ich beschleunige meine Schritte und sehe eine Lichtung, auf die der Weg hinaus führt. Kann es sein? Mein Atem stockt, denn ich vernehme Kampflaute und Gebrüll. Ich weiß schon, was als nächstes kommt, bevor ich es überhaupt sehe. Sofort sammelt sich meine Kraft, ich will nicht unbewaffnet auf diese Lichtung treten. Die Magie fließt in meine linke Hand und augenblicklich spüre ich kühles Metall. Meinen silbernen Bogen beginnt leicht zu summen. Im Lauf spanne ich die Sehne und ein Pfeil aus purer Energie liegt auf meinen Fingern. Bevor ich auf die Lichtung trete, spähe ich an einem Baum vorbei. Tatsächlich bietet sich mir dieselbe Szene wie aus meinem Traum. Die Gegner waren in der Überzahl und Syrus kniete am Boden. Ich kann keinen Moment länger warten, ziele auf einen

der Angreifer und lasse die Sehne los. Mit einer unglaublichen Wucht riss es einen Gegner von den Beinen, ich verschwende keine Zeit an Gedanken, die ich mir nicht erlauben kann und spanne sofort wieder die Sehen. Der Nächste geht zu Fall. Ich wollte einfach nur Syrus befreien und hätte fafür alles getan. „Dara, verschwinde von hier“ ruft er mir zu, doch da ging schon der nächste zu Boden und riss noch einen im Fall mit, daraufhin sind Syrus Fesseln gefallen und er springt auf, mit einer fließenden Bewegung lässt er sein flammendes Schwert entstehen und streckt die Gegner nieder.
Schwer atmend läuft er auf mich zu und bleibt kurz vor mir stehen, er mustert mich. „Ist dir was passiert, warum bist du hier“ Ich weiß nicht, wo ich beginnen soll, ein Kloß bildet sich in ihrem Hals. Ich atme tief durch „Ich hatte einen Traum.“ „Wieder einer dieser Albträume“ fragt Syrus besorgt und nimmt meine Hände in die seinen. „Nein, es war anders“. Ich will ihn nicht ansehen und doch nimmt er mein Kinn in seine Hand, meinen Blick suchend. Tränen schimmern darin, worauf hin sich seine Augen weiten. "Er war bei dir?“ Knurrte Syrus durch zusammengebissene Zähne. Ich nicke. „Was hat er getan?“ Eine Träne löste sich aus meinem Augenwinkel, es ist vielleicht nicht der passende Zeitpunkt, doch brauch ich Klarheit. „Stimmt es, dass ihr beiden für mich bestimmt wart und ich mich auch für ihn hätte entscheiden können?“ Syrus holte scharf Luft und hält diese einige Zeit in seiner Lunge. Ich sehe ihm den Zwiespalt an, seine Augen verraten ihn. Es hilf nichts, er muss mir die Wahrheit sagen, sonst werde ich ihm nicht mehr vertrauen können. Syrus Körperhaltung ändert sich und er senkt den Blick. Er flüstert „Es ist wahr“. Weitere Tränen laufen über meine Wange, er will sie wegwischen doch ich weiche einen Schritt zurück und wende mich ab. Ich schlinge die Arme um meinen Körper, ich brauche Halt. „Warum“ hauche ich, zu mehr bin ich nicht im Stande.
Syrus strafft die Schultern und tritt so selbstbewusst, wie er nur konnte vor mich. „Weil es die einzige richtige Wahl war. Es gibt mehrere Prophezeiungen, doch nur eine verläuft gut für die

Menschheit, für meine Welt. Ich wollte diese so sehr schützen. Versteh mich bitte.“ Er tritt vor mich und will mich aus meiner Schutzhaltung befreien. „Ich kann das alles so nicht“ ich schluchze auf! „Bitte ich will weg von hier, ich will nach Hause, in mein Leben oder was auch immer noch davon über ist.“ Syrus stockt der Atem und doch spricht er mit fester Stimme „Das geht nicht, wir müssen diese Prophezeiung erfüllen.“ „Geht es dir wirklich nur um deine Interessen, um das was du für richtig hältst?“ Er starrt mich nur an. Schwer enttäuscht schüttle ich den Kopf, springe ich auf und laufe zurück in den Wald.

Ich bleibe, verdammt noch mal, nicht in dieser bescheuerten Welt, ich werde einen Weg nach Hause finden. Auch ohne seine Zustimmung oder Hilfe. Ich höre Syrus hinter mir herlaufen und immer wieder Rufen. „Bleib stehen Dara, bitte“. Ich ignoriere ihn und laufe auf eine Lichtung zu, da hat mich Syrus eingeholt. Er fasst mich so abrupt am Arm, sodass wir beide ins Straucheln kommen und fallen. Ich lande unsanft auf meinen Händen und Knien. Augenblicklich spüre ich ein Brennen, die alten Schürfwunden waren noch nicht ganz verheilt. Das Adrenalin verleiht mir ungeahnte Kräfte, denn im nächsten Moment bin ich wieder auf den Beinen. Syrus tut es mir gleich und steht mir gegenüber. Wir blicken uns starr an. Es liegt so viel Schmerz in Syrus Augen. „Es tut mir so leid Dara, bitte versteh mich doch. Du bist alles, was ich brauche. Es gibt kein Leben ohne dich, anfangs war es vielleicht anders aber es hat sich alles geändert“ Ich zögere einen Moment als mir Syrus die Hand hinhält. Ich mache einen Schritt auf ihn zu, als plötzlich starker Wind aufkommt. Ich blicke mich um und kann nichts sehen. Ich zucke mit den Schultern und sehe Syrus fragend an. Ein beunruhigter Ausdruck liegt auf seinem Gesicht und sein ganzer Körper ist angespannt. Aus dem Nichts fällt ein Schatten auf mich. Es geht alles so schnell, plötzlich hüllt mich schwarzer Nebel ein und ich werde mitgerissen. Ich schreie, doch kein Laut dringt durch. Ich habe Angst, denn mir kommt diese lautlose Leere nur zu bekannt vor. War ich doch erst vor Kurzem damit in Berührung gekommen. Ich spüre feine Wassertropfen auf meiner Haut. Sie stechen unangenehm wie tausend kleine Nadelstiche. Es nimmt mir die Sicht für einen Moment. Plötzlich ist es weg, dass Erste das ich erblicke, sind Klauen, die mich festhalten. Diese sind riesig, messerscharf und mit Schuppen überzogen. Schuppen, die in allen möglichen Blautönen schimmern. Das kann doch alles nicht wahr sein. Kurz schließe ich die Augen und hole tief Luft. Ciaran ist in seiner Drachengestalt und fliegt ruhig über glitzerndes Wasser. Ich kann in der Ferne eine Insel aus schroffen Fels erkennen. Kein Mucks kommt über meine Lippen, ich traue mich gerade einfach nicht, geschweige denn ist mein Kopf leer und ich wüsste nicht, was ich sagen sollte. Ciaran fliegt dicht über der Wasseroberfläche, sodass ich diese Berühren kann, es fühlt sich erstaunlich angenehm warm an. Wir fliegen einen halben Kreis um die Insel und landen in einem glitzernden Paradies.

Türkises Wasser und ein weißer Sandstrand, es wirkt beinahe kitschig und unendlich surreal. Seitlich von mir schlagen harte Wellen gegen schroffen Fels, wodurch sich die Gischt in der Luft verteilt und ein warmer feuchter Wind in meine Richtung weht. Der Strand ist breit und ich sehe vereinzelt Palmen die Richtung Landesinnere immer dichter werden. Exotische Blumen blühen in spektakulären Farben. Dicht am Waldrand steht ein riesiges Holzhaus. Es wurde aus dunklem Holz gefertigt und wird von einer Veranda komplett umrundet. In etwas Abstand sind Felsen als Sitzgelegenheit um eine Feuerstelle im Kreis aufgereiht. Ciaran setzt mich vorsichtig ab und richtet sich neben mir auf.

Er ist riesig, echt angsteinflößend aber trotzdem stahlt er eine Eleganz aus. Ich blicke ihm das erste Mal richtig in die Augen, von Angesicht zu Angesicht. Seine Augen wirken noch dunkler als sonst. Blaue Sprenkel blitzen in ihnen auf, ich muss schlucken. Ich verliere mich fast in ihnen und in diesem Moment bin ich mir nicht mehr sicher, ob ich meine Wahl richtig getroffen habe. Etwas in meinem Inneren will ihn genau so sehr wie Syrus.

10.

Ciaran

Reglos stehe ich da und warte darauf, dass die Schwärze mich umhüllt, und bereite mich auf meine Wandlung vor. Mittlerweile heiße ich den scharfen Schmerz willkommen, der mit jeder Wandlung einhergeht. Ein Brüllen verlässt meine Kehle, es wandelt sich zum Ende hin in meine menschliche Stimme.

Ich atme tief durch und stehe nun endlich nach einer gefühlten Ewigkeit direkt vor Dara. Ihre Augen weiten sich, zum ersten Mal sieht sie mich richtig ohne diesen verfluchten Schleier, den ich über sie legen musste. Ich sehe ihr wunderschönes gottgleiches Gesicht, es ist noch viel atemberaubender da ihre Magie erwacht ist, ihr ganzes Wesen, aber auch ihrer Macht übt eine ebenso große Anziehung auf mich aus.

Etwas beschämt senkt sie ihren Blick, das ist mein Zeichen, ich gehe in Richtung Veranda. Dort habe ich am Fuße der Treppe eine kurze Hose bereitgelegt. Ich schlüpfe hinein, wobei ich sie keine Sekunde aus den Augen lasse. Ich zwinge mich zur Ruhe denn sonst weiß ich nicht ob ich mich noch viel länger zurückhalten kann, sie raubt mir den Atem und meine Selbstbeherrschung bekommt die ersten Risse.

Sie bleibt wie angewurzelt stehen und mustert jede meiner Bewegungen. Mit ihrer Zungenspitze befeuchtet sie ihre Lippen und ich spüre ihre Nervosität. Keiner rührt sich, bis sie sich fluchtartig wegdreht und Richtung Wasser geht. Ich schließe den Knopf meiner Hose, in diesem Moment bin ich froh mich etwas bedecken zu können, ich habe eigentlich kein Problem, damit nackt herum zu laufen. Aber ich glaube, für Dara macht es die Sache leichter. Etwas verloren steht sie dort und taucht ihre Zehen ins Wasser.

Langsam gehe ich auf sie zu und bewundere ihren wunderschönen Rücken. Vorsichtig leg ich meine Hand auf ihre linke Schulter. Ein Schauer überzieht ihren ganzen Körper und ich höre sie scharf die Luft einsaugen. „Warum bist du vor mir geflohen“ wiederhole ich meine Worte, aus unserer Begegnung in ihrem Traum.

Die Magie in dieser Welt macht mir zu schaffen. Ich werde förmlich angezogen, wie die Motten vom Licht und streiche sacht mit meinen Fingerspitzen über ihr Schulterblatt und male dieses unglaubliche magische Mal nach. Natürlich weiß ich, was diese Berührung an dieser Stelle ihn ihr entfacht. Jedoch bin ich ein zu großer egoistischer Arsch und kann nun doch nicht meine Finger von ihr lassen. So viele Jahre hab ich mich zurückgehalten, nur wenige Berührungen dieser Art zugelassen.

Es war nur eine federleichte Berührung, doch bewirkt sie so viel. Ihre Ranken leuchten auf und ein Seufzen verlässt ihren Mund. Sie dreht ihren Kopf leicht in meine Richtung und öffnet ihre Augen. „Oh“ sie hat meine Berührung genauso genossen. Sie tritt einen Schritt vor, sodass ich sie nicht mehr berühre, und atmet tief durch. Ihre Stimme ist nur ein flüstern und doch erkenne ich ein Zittern in ihr „Ich weiß es nicht so recht, ich habe einfach auf Syrus gehört.“ „Mieser Umgang, den du da pflegst, kann ich dir sagen“ Ich muss die Distanz zwischen uns verdrängen und schließe wieder zu Dara auf. Ich stehe direkt vor ihr und blicke in ihre geweiteten Augen, die meine Empfindung spiegelten. Diese Augen sind mir so vertraut, so nah, sie berühren etwas in meinem Inneren. Ein Gefühl wächst in mir heran das ich so lange verdrängt habe. Im nächsten Moment befinde ich mich auch schon in einer Umarmung mit ihr.

Sie hat mich regelrecht damit überrascht und sich an mich geworfen. Sie schmiegt ihren Kopf an meine Brust und ich spüre wie sie ein Schluchzen unterdrückt. Es ist ein unbeschreibliches Gefühl, es fühlte sich nach zu Hause an. Nicht nur ich genieße jede Sekunde davon, in diesem Moment zählte einfach nur dieses Gefühl. „Du bist auch mein Zuhause" flüsterte ich Dara ins Ohr. Sie stockt und blickt mich entgeistert an. Wie kann er erahnen, was ich denke oder kann er tatsächlich meine Gedanken lesen. Höre ich in ihren Überlegungen „Wie du ja weißt, bin ich ein Drache, meine Magie ermöglicht es, in deinen Kopf einzudringen." Ich fühle eine Sehnsucht in ihr. Sie begehrt mich genauso wie ich sie und dieses Verlangen kann nicht mit so einer keuschen Umarmung abgetan werden. Sie ist mit dieser Offenbarung total überfordert, in ihr tobte ein Gefühlschaos, sie vergas darauf ihre Barriere in ihrem Kopf hochzufahren, sie teilt jeden Gedanken mit mir. Was sie mir so offen darlegte, konnte ich nicht einfach ignorieren, es entfacht die Sehnsucht nach ihr umso mehr und so hole ich scharf Luft. Ich muss sie einfach besitzen und im nächsten Moment lege ich meine erhitzten Lippen auf die ihren.

Die Gefühle explodieren in ihrem Inneren. Sie intensiviert diesen Kuss und wurde fordernd. Sie neckt meine Unterlippe mit ihrer Zunge, nur zu gern ergebe ich mich diesem Spiel. Pure Leidenschaft ist zwischen uns. Ich spüre ihre Kraft aufwallen, ihre Ranken und ihre Aura leuchtet silbern auf. Sie streicht über meinen Rücken und stockte kurz, mit ihren kühlen Fingerspitzen ertastet sie ebenfalls meine magischen Ornamente, die sich quer über meinen Rücken bis nach vorne über meinen Bauch ziehend. Sie schimmern in einem tiefen dunkelblau, genauso wie meine Augen. Dara verliert sich schier in diesem Gefühlen und ihrer Leidenschaft. Ich muss ihr Einhalt gebieten. Noch nie zuvor hatte mich etwas so erregt und gleichzeitig im Herzen so berührt. Unverzeihlich wäre es, sie jetzt so auszunutzen, denn die Macht leitet sie und sie kann nicht viel dagegen tun.

Sie hat mich das erste Mal richtig wahrgenommen und die Magie

in unseren Blutgefäßen reagiert aufeinander. Wir sind beide etwas Besonderes unserer Arten, doch kommt mir langsam der Gedanke, dass sie nicht wirklich eine Elfe ist. Was ist sie nur? Noch nie haben wir Drachen unser Blut vermischt oder für eine andere Art interessier, doch fühle ich mich so zu ihr hingezogen. Ich rücke diesen Gedanken in den Hintergrund, sie darf diese Überlegungen nie erfahren.
Ich greife nach ihren Händen und gebe ihr so Einhalt bei ihrer Entdeckungsreise meines Körpers. Vorsichtig schiebe ich sie ein kleines Stück von mir und sie blickt mich mit glasigen Augen an. Sie wirkt verletzt. Wie kann ich nur so viel, für so ein zartes Geschöpf empfinden, ich bin verloren. Ich will sie trösten und strecke die Hand nach ihr aus und sie weicht zurück. „So nicht" denk ich mir.
Zurzeit bin ich noch mächtiger und schneller als sie. Mit einer wahnsinnigen Geschwindigkeit schnappe ich sie einfach und lasse mich mit ihr am Schoss in den Sand fallen. Sie lässt mich gewähren und mein Herz hüpft vor Freude. Verdammt was macht sie mit mir.

Dara

Was ist nur los mit mir? Ich stehe komplett neben mir und kann es nicht glauben. Warum leiten mich meine Gefühle so sehr und mein Verstand setzt aus. Augenblicklich habe ich ein schlechtes Gewissen Syrus gegenüber, wenn Ciaran nicht die Notbremse gezogen hätte, hätte ich für nichts garantieren können.
Warum fühle ich mich ihm so verbunden, sollte ich nicht Angst vor ihm haben? Ich kann keinen klaren Gedanken fassen und bin so durcheinander, seine Anwesenheit raubt mir fast den Verstand. Er wirkt so anziehend auf mich, jetzt wo ich ihn richtig sehen kann, weiß ich nicht wie ich ihn all die Jahre nur als Freund wahrnehmen konnte. „Es ist wie es ist!“ Sagte Ciaran an meinem Ohr. „Ich habe dich schon immer geliebt. Du kannst dir gar nicht vorstellen, wie es für mich war, als du Hals über Kopf mit diesem Erdenpack abgehauen bist. Ich wusste ab dem Zeitpunkt, wo sich endlich deine magischen Zeichen zeigten, dass wir nur mehr wenig Zeit überbrücken mussten, Zeit, in der ich dir meine Gefühle nicht offen zeigen konnte und durfte. Es tut mir leid, dich so lange angelogen zu haben, aber es war nicht alles eine Lüge. Ich konnte und durfte es dir nicht sagen, so gern ich das auch in dieser einen Nacht getan hätte. Hätte ich geahnt, dass du ihn schon am nächsten Tag suchen würdest, hätte ich anders reagiert“ Er schüttet mir sein Herz aus, aber ich kann nicht angemessen auf ihn reagieren „Hätte, würde, sollte. Ciaran das bringt alles nichts, du kannst was geschehen ist, nicht mehr ändern. Ich bin nur sehr verletzt, was denkst du denn wie es ist, so etwas zu erfahren. Wenn das eigenes Leben, eine einzige Lüge ist.“ Ich drehe mich halb in seinen Armen um und blicke ihn fragend an. Er senkt den Blick, ich sehe ihm an, dass er es nicht ertragen kann. „Es tut mir leid.“ Es war nur ein Flüstern, doch ich kann es spüren. Er meint es wirklich ernst.
Ich atme auf und befreie mich aus seinen Armen. Bewegung und körperlichen Abstand ist das was ich jetzt so nötig habe.

So gehe ich ein paar Schritte am Strand und blicke mich um. „Wo sind wir hier?“ „In meinem Reich“ antwortete Ciaran. „Diese Gewässer und Inseln gehören zum Reich der Drachen und ich bin ihr Alfa“ „Du meinst, du bist ihr Anführer oder so? Wie ist das möglich, du warst doch so lange mit mir auf der Erde?“ „Dara hier in dieser Welt hat Zeit eine ganz andere Bedeutung, du kannst das Lebensalter eines Menschen nicht mit unserem vergleichen. Die Lebensspanne der Menschen ist nur ein Wimpernschlag“. Meine Augenbrauen ziehen sich zusammen und ich muss kurz überdenken, was er da gerade gesagt hat.

Bis jetzt hat er meine wichtigste Frage nicht beantwortet „Warum hast du mich von hier weggebracht?“ Ciaran richtet seinen Blick in die Ferne und schwieg eine Zeit lang. Er überlegt, wie er mir antworten kann, ohne dass ich gleich wieder ausraste, ich kenne seinen Blick. Er atme tief ein und schlussendlich spricht er. „Ich musste es tun, es gab keinen anderen Ausweg.“

Das ist mir eindeutig zu wenig an Erklärung und bedeute ihm weiter zu sprechen. Er ringt sichtlich mit sich. Sein Atem hat sich beschleunigt und sein Brustkorb hebt sich schnell. „Ich bin beim Herrscher in Ungnade gefallen. Wir Drachen sind kein Volk, das sich von einer anderen Art behelligen oder sich etwas vorschreiben lässt. So musste ich einen Handel eingehen. Damit mein Volk weiter existieren darf.“ „Was hast du nur gemacht?“ Er schnaubt und verdreht die Augen „Nicht viel, ich beuge mich eben nicht seinem Willen.“ Ich merke, dass Ciaran mir nicht alles erzählen möchte. „Was hat das alles mit mir zu tun?“ Frage ich nach. „In der Prophezeiung steht, dass du die Zukunft von Ellyll bist und somit eine Gefahr für den Herrscher. Er sitzt nicht zu rechtens auf deinem Thron. ER hat ihn sich zu Eigen gemacht, und ist der Ansicht das nur die Elfen würdig sind zu Herrschen. Seither unterdrückt und schikaniert er alle andern Bewohner dieser Welt. Er wollte verhindern, dass du auf den Thron kommst und hat mich mit dir mehr oder weniger auf die Erde verbannt. Eine der Schicksalsgöttinnen muss ihm gut gesonnen sein, denn sie verknüpfte unser Schicksal miteinander. Mein Volk darf weiter bestehen und du solltest nie mehr zurückkommen." Das ist ja wohl ein schlechter Scherz. Jetzt muss ich doch tatsächlich grinsen. Haben doch alle vor mir oder besser gesagt vor meiner Macht Angst. Ein etwas hysterisches Lachen verlässt meine Kehle. Ich glaub, echt ich bin in einem schlechten Film, haben den alle den Verstand verloren oder glaube diese präpotenten Arschlöcher sie könnten immer über mein Leben bestimmen. Blanke Wut steigt in mir auf. „Wie kann es sein das ihr alle über mein Leben bestimmt" schrei ich ihm entgegen. Warum habt ihr mich den nicht alle in Ruhe gelassen, ihr könnt mich alle mal mit euren Regeln, Bestimmungen und all den ganzen Quatsch."

Ich drehe mich abrupt um und laufe den Strand entlang bis er endet und eine schroffe Steilküste anfängt. Dort setze ich mich auf ein kleines Plateau und lasse meine Gedanken schweifen. Ich will einfach nicht mehr.

Mein Leben ist so kompliziert geworden, ich kann mich nicht zwischen 2 Männern entscheiden. Verdammte Männer, warum mussten den beide eine solche Wirkung auf mich haben. Am besten wäre etwas Abstand, um wieder irgendeinen klaren Gedanken fassen zu können. Im Moment will ich keinen von beiden, obwohl mein Herz dabei blutet.

Die Sonne geht bereits unter, als ich hinter mir Schritte höre. „Komm mit mir" ich lache auf, denn es hörte sich so nach Syrus an, jedoch war es Ciaran. Ein Stechen breitet sich in meiner Brust aus. „Warum sollte ich" ich bin nicht bereit, ihm irgendein Zugeständnis zu machen. „Ich will nach Hause" kam es trotzig und Tränen sammelten sich in meinen Augen. „Komm mit mir" wiederholte er sanft und nahm meine Hand.

Augenblicklich breitet sich eine Wärme in mir aus, ich kann ihm aber nicht in die Augen sehen. „Ich hätte dich schon längst zu den Prophetinnen bringen müssen, doch konnte ich dir einfach nicht widerstehen. Ich brauchte Zeit mit dir denn du bist unglaublich, erst recht da deine Kräfte entfacht wurden. Du brennst wie ein Feuer in mir." Ich drehe mich bei diesen Worten zu ihm um und lasse zu, dass er mich in eine Umarmung zieht.

Es ist jedes Mal ein unglaubliches Gefühl, seine Wärme zu spüren und in einer Millisekunde schafft er es, mein Gehirn lahmzulegen. „Okay, wie kommen wir dann dort hin?“ Ich spüre sein Grinsen an meiner Stirn. Er drückt mir noch einen schnellen Kuss auf den Scheitel und sagt dann gut gelaunt „wie wohl, wir fliegen“ Ich spürte, wie alle Farbe aus meinem Gesicht wich. Ich kann mich noch an das letzte Mal erinnern und dass war alles andere als angenehm. Er macht schnell einige Schritte rückwärts und im nächsten Augenblick umfing ihn diese Schwärze, die mir eine Gänsehaut beschert. Es dauerte nur einen Moment, da höre ich ihn Schreien, oder besser gesagt Brüllen. Vor mir stand nichts Menschliches mehr und doch blicke ich in seine wunderschönen Augen. Es wirkt, als würden seine Augen lachen.

Ganz plötzlich höre ich seine Stimme in meinem Kopf „Jetzt schau nicht so, ich trag dich nicht in meinen Klauen, denn du darfst mich reiten“. Verdammtes Kopfkino, meine Wangen färben sich augenblicklich rot und ich blicke etwas verlegen zu Boden. „Tja, so wie du dir das vorstellst, würde mir das auch gefallen.“ Ein Geräusch kommt aus seinem Maul und es hört sich wie ein bellendes Lachen an. „So sehr mir diese Gedanken auch gefallen, die in deinem Kopf gerade sind, aber nein dieses Mal ist es nicht so erotisch.“ Ich wünschte, es würde sich ein Loch auftun und mich verschlingen, hab ich ihm gerade ernsthaft meine Fantasien offen da gelegt? Meine Wangen glühen und eine Sehnsucht vibriert in meinem Innern.

Er sieht mir eine Ewigkeit lang in die Augen und kommt vorsichtig mit seinem riesigen Kopf auf mich zu und stupst mich vorsichtig an. Ich höre ihn in meinem Gedanken. „Dara bitte sei nicht verlegen oder so, ich würde diese Sachen, die du dir in Gedanken vorstellst und noch vieles mehr, mit dir machen, aber ich möchte dich zuerst zu den Göttinnen bringen. Es ist nur fair, wenn du zuerst Bescheid weißt bevor ich mich mit dir vereine.“ Ich atme hörbar aus, denn was soll ich dem noch hinzufügen. „Setzt dich hinter meinen Kopf und halt dich an den langen Schuppen fest.“ Ciaran beugt seine Drachenfüße durch und legt sich flach auf den Boden, damit ich mich hochziehen kann. Ich sitze in seinem Nacken und es ist ein unbeschreibliches Gefühl. „Ganz nett, nur anders wär es mir auch lieber, meine Liebste“ Ciaran breitet seine Breiten Flügel aus und hebt mit einem kräftigen Flügelschlag ab.

Ich fliege mit ihm und es berauscht meine Sinne. Ein Gefühl von Freiheit flutet mich. Gleichzeitig spüre ich diesen starken Drachen unter mir. Wie kann das alles nur sein? Es stecken echt mehr Wahrheiten in den ganzen Fantasieromanen, die ich kenne. „Ja klar, die Erde und Ellyll waren ewig miteinander verbunden. Wir haben eine gemeinsame Geschichte, nur so wie die Menschen handeln, ist es besser, wenn wir magische Wesen unter uns bleiben. Früher gab es viele Druiden und Heiler unter den Menschen. Sie wurden verfolgt und getötet. Wodurch entschieden wurde, dass unsere Welten getrennt werden. Die Erde wurde sich selber überlassen,denn dieses magielose Volk hätte sich nach und nach selber zerstört. Wenn dies geschehen ist, wäre die Erde wider ein Teil der Welten geworden.“ Ich kann es irgendwie verstehen, aber ich weiß nicht, ob ich so entschieden hätte. Wiegt schon schwer eine ganze Spezies auszurotten und es bedrückt mich. Die nächste Zeit fliegen wir einfach, ohne zu reden.
Unter uns sehe ich endlose dunkelblaue Meere und beeindruckende Inseln. Irgendwann taucht am Horizont ein riesiges Steinmassiv auf. „Wir verlassen gleich mein Reich also pass auf das du nicht von meinem Rücken rutscht. Es gibt genügend Wesen, die dir nicht so gut gesonnen sind. „Ich hab ihnen doch gar nichts getan, wie können sie mir gegenüber so einen Groll hegen.“ „Du hast ihnen noch nichts getan, aber sie kennen die Prophezeiung.“
Ich schweige, denn mein ungutes Gefühl verstärkte sich, umso näher wir dem schroffen Felsen kommen. Von weiten ist ein Steinplateau zu sehen, auf dessen Ende sich eine Höhle befand. Nicht gerade einladend wirkt diese auf mich, aber Ciaran steuert genau darauf zu und landet. Die Nervosität steigt mir in die

Glieder und so steige ich mit zitternden Knien ab. Mein Atem geht schnell, ich muss mich beruhigen, ich glaube, ich schaff das alleine nicht. Ich blicke Ciaran an doch dieser bleibt in seiner Drachengestalt. „Wie du weißt, hab ich ja nichts am Leib, wenn ich mich wandle, außerdem ist diese Prophezeiung nur für dich bestimmt. Geh rein und stell dich deinem Schicksal, meine Liebste".

11.

Syrus

Endlich kann ich ihre Magie wieder spüren. Sie ist weit weg, nur das Band, das ich mit ihr geknüpft habe zieht mich magisch zu ihr. Sie ist noch mit mir verbunden, diese Erkenntnis lässt mich aufatmen.
Dieser Mistkerl hat es nicht geschafft sie um den Finger zu wickeln und sie sich zu nehmen. Dieser Gedanke lässt mich Lächeln und ein triumphierendes Gefühl wächst in meinem Inneren und schiebt die Unsicherheit beiseite. Obwohl ich zugeben muss, dass mir die Entfernung zu ihr schon gut getan hat. Ich bin wieder her über meine Sinne und mein Denken. Ihre Gegenwart vernebelt mir regelrecht den Verstand und mein Herz gewinnt die Oberhand.
Sie muss bei mir bleiben. Ob sie es nun will oder nicht. Sie ist an mich gebunden und somit gehört sie mir. Ich sammle meine Kraft und lasse vor mir ein flammendes Tor entstehen. „Bald bin ich wieder bei dir, meine Königin." Dieses Mal lass ich sie nicht mit diesem Scheißdrachenvieh verschwinden. Das letzte Mal war nur eine Ausnahme, ich war nicht vorsichtig genug. Nicht noch einmal.

12.

Dara

Ich trete auf den Eingang zu und blicke verstohlen hinein. „Nur Mut“ höre ich Ciaran in meinen Gedanken. Was wird mich erwarten? Ich schlucke die Übelkeit runter, die immer mit meiner Angst einhergeht, und nehme all meinen Mut zusammen.

Der Eingang war nicht sehr groß oder einladend, trotzdem wage ich einen Schritt hinein. Sofort umgibt mich ein purpurner Schimmer und das war mehr als unheimlich. Sogleich überrollt mich eine Woge der Angst, die unangenehm in meinem Nacken sticht. Vor mir befinden sich steinerne Stufen, die in den Fels gehauen wurden. Fackeln beleuchten beidseits den Weg nach oben. Von ihnen kommt also dieses magische Leuchten, es knistert vor Magie. Ich steige die Stufen hinauf und stehe am Ende vor einem Durchgang. Es war eine Art Torbogen, an dessen oberen Rand Zeichen in den rauen Stein gehauen sind, sie ähneln jenen die ich am Steinbogen sah als ich mit Syrus dieses magische Tor erschuf. Ich blinzle und muss ein zweites Mal hinsehen, den sie wandeln sich in ihrer Form und Worte beginnen zu leuchten. „Tritt ein, wenn du würdig bist“. Das Blut rauscht nur so durch meinen Körper und ich halte den Atem an, was ist, wenn ich nicht würdig bin? Ich spüre Ciarans Kraft aufwallen und eine Woge der Entschlossenheit breitet sich in mir

aus. So mache ich einen Schritt hindurch. Es bietet sich mir ein Anblick, denn ich so schnell nicht vergessen werde.
Ich stehe in einem hellen Raum, der komplett aus weißen Marmor gemacht ist und sehe mich um. Es muss ich um ein Turm handeln, denn der Raum war rund und umgeben von bodentiefen Fenstern die den Blick nach draußen frei geben. Nur ist es nicht die Landschaft, die ich bis jetzt in Ellyll sehen habe, nein ich blicke in die verschiedensten Lebensräume und auf unbekannte Kreaturen. Von eisiger Kälte und Schnee bis hin zu üppigen Urwäldern und riesigen tiefschwarzen Gewässern, die mich schaudern lassen. Zu guter Letzt sehe ich eine atemberaubende weiße Stadt mit hohen Türmen, dessen Zinnen in Mondlicht erstrahlen. In ihrer Mitte ist ein Schloss, fast kitschig als wäre es einem Märchenbuch entsprungen.
In der Mitte des großen Raumes steht eine junge Frau in einer weißen Tunika und bodenlangen schwarzen Haaren. Sie dreht mir den Rücken zu. Hinter ihr erblicke ich einen gigantischen Webrahmen, dicke Fäden schlängeln sich direkt immer zu einem der Fenster und es wirkt, als würde Hitze von ihm ausgehen da die Luft darüber flirrt. Sie dreht sich noch immer nicht um, so stehe ich etwas unentschlossen da. „So viele Welten, so viele Möglichkeiten, nicht wahr?“ Sagt die junge Frau zu mir. Ihre glockenhelle Stimme durchbricht den Raum und die Stille. „Dara es freut mich das du den Weg zu mir gefunden hast, ich bin Klotho die Jüngste der Schicksalsgöttinnen, das hier“ sie zeigt neben sich und plötzlich erscheinen noch zwei weitere Frauen. „Das sind Atropos und Lachesis.“ Wie aus einem Mund sagen sie „Wir formen das Schicksal. Komm zu uns und erhalte deine Prophezeiung.“ Lachesis tritt vor und im nächsten Moment erschien eine Schriftrolle in ihrer Hand. „Hör gut zu Kind, du bist der Schlüssel der Welten, du einst nicht nur Ellyll und die Erde, nein mein Kind, du verfügst über die Kraft, alle anderen Welten zu einen und diese zu beherrschen, also mein Kind entscheide weise, ob du dich an einen Gefährten bindest. In jeder Welt gibt es dein Gegenstück, lass dich nicht von ihnen beeinflusen und leiten. Du alleine besitzt die Macht zu herrschen. Entscheide

weise mein Kind. Finde den heiligen Ort und setze deine wahre Kraft frei. Doch es sei dir gesagt, es gibt einen, er wird der Auserwählter sein, denn nur ER kennt dein wahres ICH. Mein Kind es liegt in deiner Hand, ob es gut oder schlecht endet.“ Daraufhin drehen sich die Göttinnen um. Lachesis streicht Atropos über die Schulter, beide nicken sich zu und verschwinden, genau so machte es Klotho, nur wirft sie mir noch einen prüfenden Blick zu und setzte sich auf einen goldenen Stuhl „Beherzige was dir gesagt“, sie begann weiter zu spinnen. Ich stehe wie angewurzelt da, doch sie beachtet mich nicht mehr. So ist es an der Zeit die Göttin zu verlassen. Ich durchschreite den Torbogen und blicke mich noch mal um. Im nächsten Moment formten sich die Worte wieder zu Symbolen und das Tor wurde undurchdringlich.

Wie ferngesteuert laufe ich die Treppe runter und stehe im Freien. Ein starke Wind umspielt meinen Körper und ich zittere. Die Anspannung sucht sich einen Weg. Ich atme tief durch, ich hab das Gefühl, nicht genug Luft zu bekommen, und Panik macht sich breit. Ein Ruck durch läuft mich und mein Herz ist leer. Pure Verzweiflung ist alles was ich spüre, warum musste das Schicksal mich erwählen. So viel hängt von mir ab, das kann nicht sein, ich will das nicht.

Ciaran

Ich sehe ihr an, dass sie einen Ort braucht, an dem sie sich sammeln kann. „Komm ich, bring dich fort“ raune ich in ihren Gedanken. Dara schafft es nicht, sie lässt sich zu Boden sinken und bevor ich bei ihr bin, laufen schon stille Tränen über ihre Wangen. Sie kauert am Boden und presst die Knie an ihre Brust und schaukelt manisch hin und her. Ich kenne diese Haltung von ihr, das hat sie schon als junges Mädchen immer gemacht, wenn sie am Verzweifeln war und die Angst so übermächtig wurde das sie glaubte, daran zu zerbrechen. Sie zittert am ganzen Körper, das Adrenalin der letzten Zeit muss sich endgültig abgebaut haben und hinterlässt ein Nervenbündel. Ich muss sie trösten und in den Arm nehmen.

Ich kann es nicht ertragen, sie so zu sehen, es zerreißt mich fast. Sie hat ihren Geist und alles andere vor mir verschlossen, ich dringe nicht zu ihr durch. „Dara, komm lass uns von hier abhauen.“ Doch es kommt keine Regung von ihr. Ein Kribbeln überflutet meinen Rücken, es kriecht in meine Eingeweide. Ich blicke mich um und da spüre ich die Magie. Verdammt es sind so viele. Vor mir erscheint ein magisches Tor.

Natürlich, wie konnte ich so bescheuert sein, ich hätte sie sofort in Sicherheit bringen müssen. Jedes Wesen dieser Welt spürt ihre göttliche Magie. Ich will sofort zu ihr, da war es auch schon passiert.

Ein Energiefeld hält mich am Boden gefangen, reglos und mit schreckgeweiteten Augen muss ich mit ansehen, wie die Garde des Königshofes gefolgt von einigen Druiden aus diesem Tor treten und auf Dara zusteuern. Am Rande bemerke ich noch eine Gestalt, ich spüre seine Energie, bevor ich ihn sehen kann.

Syrus erscheint gerade auf dem Plateau und seine Augen spiegeln meine Furcht. Er will zum Angriff übergehen, doch hält er plötzlich in seiner Bewegung inne und ist erstarrt. Ich sehe aus dem Augenwinkel einen Druiden, der seine Hand abwehrend in Richtung Syrus streckt. Er hat ihn ebenso gebannt

wie mich. Ein schmerzerfülltes Brüllen dringt aus meiner Kehle. „Dara bitte Wehr dich, du bist doch viel stärker als alle anderen.“ Doch ich dringe nicht mehr zu ihr durch.
Ich kann nur zusehen wie sie von einem Elf hochgehoben und fortgetragen wird. Alle verschwinden durch dieses Tor, nur ich und Syrus bleiben zurück. Sobald wir alleine sind, ist der Zauber verflogen und ich kann mich endlich rühren. Wutentbrannt laufe ich auf den Punkt zu, wo gerade noch dieses verfluchte Tor war. Ich komm zu spät.
Syrus läuft auf mich zu und verpasst mir mit der Faust einen Schlag ins Gesicht. Auch das noch, ich hab mich gewandelt. Es muss während des Bannzaubers passiert sein. Aber gut das lass ich nicht auf mir sitzen, ich streiche mir über den Mundwinkel, an dem sich ein Rinnsal Blut gebildet hat und geh zum Angriff über. Ich brauche das jetzt, ich muss diese Frustration und Wut loswerden.

Syrus

„Du verdammter Scheißkerl, wie konntest du zulassen, dass sie weggebracht wird. Nein wie konntest du sie überhaupt hier her bringen!“ Schrie ich ihm entgegen und holte zum nächsten Schlag aus. Es fühlte sich so unendlich gut an, ihm eine reinzuhauen.

Doch ich hab ihn unterschätzt, denn im nächsten Moment steht er schon wieder vor mir, pariert meinen Schlag und holt aus. Ich sehe, wie sich seine Muskeln spannen und er trifft mich am Kinn. Es knackt hässlich und ein scharfer Schmerz durchzuckt mich. Doch ich lass mir nichts anmerken. Die Kraft in mir findet meinen gebrochenen Kiefer und die Selbstheilung tritt bin in weniger Sekunden ein. Es ist nicht gerade angenehm, aber es gibt Schlimmeres.

Unsere Kräfte sind sehr ausgeglichen, was mir doch imponiert. Dachte nicht, dass er so stark ist. Eine Zeit lang schlagen wir aufeinander ein, bis wir beide im Dreck sitzen bleiben. Blutverschmiert und schweratmend starren wir uns an. Ciaran findet als erster wieder Worte „Du bist so selbstgefällig, ich habe das gemacht, was richtig ist.“ „Erzähl du mir nicht, was richtig ist, du bist der, der sie so lange hinters Licht geführt hat. Du hättest sie viel früher aufklären müssen. Dann hätte sie eine Chance gehabt sich zu verteidigen.“ Ich kann die Verachtung in meiner Stimme nicht verbergen, will ich auch gar nicht. „Was ich zu tun habe oder gemacht habe geht dich einen Scheiß an“ antwortet er bedrohlich ruhig, als ob ich ihn fürchten würde. „Du bist auch nicht gerade der Kavalier gewesen und hast ihr nicht alles erzählt, sonst wäre sie ja wohl nicht davon gelaufen oder hätte sich so schnell mit dir eingelassen.“ Ich weiß selber das ich nicht zu ihrem Besten gehandelt habe, ich habe vieles falsch entschieden und da er es mir vor Augen führt, überdenke ich tatsächlich was ich hätte ändern können. „Nein“ ich hätte alles genau so wieder gemacht, vielleicht wäre ich etwas vorsichtiger gewesen, damit sie mir nicht entfliehen kann. „Es war meine

Pflicht, sie zu den Göttinnen zu bringen.“ „Ich dachte mir schon, dass irgendwas los ist, ich kann sie nicht mehr spüren.“ „Das liegt daran, dass sie ihre Prophezeiung erhalten hat und wie es aussieht, wurde sie auch von ihren Altlasten befreit. Sie ist wieder ungebunden.“ Ein Schnauben entfährt mir „Wie sollen wir sie jetzt finden?“ „Das ist gar nicht so schwer“ antwortet er mit einem Augenrollen „Hast du nicht die Garde erkannt?“ Jetzt wo er dies erwähnt, kann ich mich doch erinnern. „Zu ihrem Besten sollten wir unsere Meinungsverschiedenheit auf Eis legen und zusehen, dass wir sie dort raus holen.“
Ist das etwa ein Friedensangebot, was hat er nur für Hintergedanken, aber fürs erste brauch ich wohl seine Hilfe um meine Königin zu befreien. Ich kneife die Augen zusammen und überlege. Aber er hat vermutlich recht. „Na gut, dann gemeinsam aber bitte zieh dir verdammt noch mal was an.“ Sein anzügliches Grinsen gefällt mir nicht und er antwortet „Dara stört es nicht, mich so zu sehen.“ Ruhig Blut sag ich mir, du kannst ihn später noch töten.

13.

Dara

Ich öffne die Augen, doch verspüre den Drang sie sofort wieder zu schließen. Abermals befinde ich mich in einer fremden Welt, Ohje nicht schon wieder. Eine Gänsehaut breitet sich aus, bis jetzt brachten meine Träume immer etwas Schreckliches zum Vorschein.

Ich höre das Rauschen des Windes und leises Vogelgezwitscher und ich rieche Blumen. Seltsam beruhigend und tröstend wirkt alles hier. Ich traue mich doch und öffne die Augen. Es dauert kurz, bis ich mich an das helle Sonnenlicht gewöhnt habe. Rings um mich herum wachsen langstielige Blumen, die mindestens einen dreiviertel Meter hoch waren. Ich muss mich aufsetzen, um mehr erblicken zu können. Ein Farbenmeer umgibt mich. Saftige Gräser wiegen sich wie Wellen im Wind. Es wirkte wie Balsam auf meine Seele.

Zum ersten Mal seit Langem fühle ich eine innere Ruhe aufkommen und entspanne mich. Vollgesogen mit Energie und Tatendrang stehe ich auf und wandere durch das hohe Gras. Vorsichtig berühre ich es dabei mit meinen Fingerspitzen und bin erstaunt, wie sanft sich hier alles anfühlt. Die Kraft in mir regt sich. Es ist, als würde sie sich hier verstärken. Wenn ich mich entscheiden könnte, würde ich für immer hierbleiben.

Ich streife immer weiter umher bis ich an eine Klippe ankomme.

Die Vegetation endet plötzlich und unter meinen Füssen ist nicht als schroffes Gestein. Ganz nahe am Rand blicke ich hinab und sehe unter mir ein aufgewühltes Meer und scharfkantige Klippen. Die Gischt ist bis hier oben zu fühlen und eine starke Brise lässt meine Haare fliegen. Ich fühle mich lebendiger denn je.
Etwas entfernt von mir sehe ich eine Gestalt und zucke zusammen. Sehe zu wie sie immer weiter an den Rand sich bewegt. Es muss ein Mann sein, seiner Statur nach und er träg nur eine lederne smaragdgrüne Hose, die tief auf seiner Hüfte sitzt. Seine Haut erstrahlt ebenmäßig und hell. Mein Nacken kribbelt, denn er steht direkt am Rand der Klippe, was hat er nur vor, den dort geht es verdammt tief hinunter. Im nächsten Moment dreht er sich zu mir um. Ein spitzbübisches Lächeln erscheint auf seinem Gesicht und er lässt sich rückwärts fallen.
Mir entfährt ein Schrei. Ist der tatsächlich gesprungen, ich laufe in Richtung des Mannes, jedenfalls auf den Punkt zu, wo er sich fallen ließ. Doch komme ich gar nicht bis dorthin, ich springe erschrocken zurück.
Dieser Mann, der eben noch von der Klippe gefallen war und zumindest tot sein musste, fliegt die Steilküste empor und ich höre sein glockenhelles Lachen. Es ist bezaubernd, atemberaubend schön und ansteckend. Eine Erleichterung kommt auf und wie bescheuert grinse ich ihm nach. Ich kann nur mehr seinen Rücken betrachten, da er extrem schnell an mir vorbei flog. Staunend stehe ich wie angewurzelt da, auf seinem Rücken waren hauchdünne purpurne Flügel.
Die waren definitiv zuvor noch nicht da. Alles um mich herum beginnt sich zu drehen und verschwimmt.

Mein ganzer Körper schmerzt und mir steigt ein modriger Geruch in die Nase. Ich öffne die Augen und stellte fest, dass ich in einem dunklen Raum gefangen bin. steinerne Wände und eine Gittertür, das ist ja wohl ein schlechter Scherz. Könnte glatt als Filmset eines schaurigen Mittelalterfilms herhalten. Irgendwie hab ich das Gefühl, dass nicht gleich jemand Action schreien

wird.
Ich vernehme leises Stöhnen knapp einen Meter neben mir und erschrecke mich fast zu Tode. Neben mir befindet sich in etwa gleich großer Haufen Stroh, wie der auf dem ich halb aufrecht sitze und darauf rührt sich etwas. Eine Silhouette kommt zum Vorschein. Es ist eine junge Frau, die sich neben mir erhebt und mich mit unfassbar dunklen Augen ansieht. Sie ist verdreckt und mit Schnittwunden übersehen. Sie trägt nur ein paar Stofffetzen am Leib, die mal Kleider gewesen sein mussten. Sie wirkt sehr mager und kraftlos. Doch irgendetwas Vertrautes liegt in ihrem Blick, doch kann ich noch nicht sagen was. Ich bin mir noch nicht sicher, ob ich mit ihr sprechen soll oder nicht. Sie nimmt mir die Entscheidung ab. „Du bist die, aus der Prophezeiung, nicht wahr?“ Ich überlege kurz, ob ich wahrheitsgemäß darauf antworten soll oder nicht. Entscheide mich aber dafür, denn wenn ich hier raus will und an Informationen kommen möchte, brauch ich jemanden, der mir diese auch geben kann. „Ja das bin ich, angeblich.“ Wie heißt du“ werde ich gefragt. „Dara ist mein Name.“ Mein Gegenüber nickt wissend „Das ist dann ja durchaus treffend." Verwirrt blicke ich sie an. "Weiß du denn nicht, welche Bedeutung dein Name hat?“ „Ist doch einfach nur ein Name oder nicht?“ Die junge Frau schnaubt „Nur ein Name meinst du? Da täuscht du dich gewaltig, alle magischen Wesen bekommen einen Namen mit Bedeutung und deiner könnte gar nicht treffender sein.“
Warum sagt sie nicht endlich, was sie sagen will, stattdessen redet sie nur um den heißen Brei. Etwas genervt frage ich „Und was bedeutet er dann?“ Sie schüttelt leicht den Kopf, antwortet aber „Dein Name bedeutet das göttliche Geschenk, der Stern oder auch unsere Herrscherin.“ Ich schlucke, ich hatte mit viel gerechnet aber mit so was, soll ich ihr das glauben? Ich weiß es nicht. Sie senkt den Kopf und blickt von unten zu mir hoch, wieder dieser vertraute Blick „Wer bist du?“ Frage ich sie gerade heraus.
Eine Zeit lang schweigt sie und überlegt sichtlich, ob sie etwas von sich preisgeben soll. Sie holt tief Luft und antwortet dann

doch „Ich bin Elyn." „Warum habe ich das Gefühl, dich zu kennen?" „Das kann ich dir leider auch nicht beantworten." „Wo sind wir hier?" „In einem Kerker" kommt es von ihr schnippisch. Na sehr witzig, das hätte ich im Leben nie gedacht. Sie sieht meinen genervten Ausdruck und entschließt sich, mir doch richtig zu antworten. „Wir sind in Elysium, der Stadt der Elfen und noch dazu der Herrschaftssitz." Bei den letzten Worten verdrehte sie die Augen und sprach es in einem abwertenden Ton aus. „Den Herrscher magst du wohl eher nicht?" Es war mehr eine Feststellung als Frage. Ein schnauben kommt von Elyn „Mitnichten."

Eine längere Pause entsteht, doch eine Frage brennt in mir. „Warum bist du eigentlich hier?" Sie verzieht ihr wunderschönes Gesicht zu einer Grimasse, dass trotz der Verschmutzung ebenmäßig und schön war. „Tja meine Abneigung beruht auf Gegenseitigkeit. Er war mit meiner Einstellung nicht einverstanden. Es wird keine andere Meinung zugelassen außer der seinen. So bin ich nicht und so wurde ich auch nicht erzogen. Ich hab meinen Kopf, der ziemlich dick ist. Wenn die glauben mich hier brechen zu können, haben die echt einen an der Klatsche." Sie wurde immer lauter und sprang auf. Sie macht einen Sprung auf die Gittertüre zu und die letzten Worte schrie sie heraus.

Das Tageslicht bescheint ihren Rücken und vor Entsetzen halte ich den Atem an. Dicke blutverkrustete Striemen laufen darüber, ältere wie frische. Ich trau mich nicht sie darauf anzusprechen. Ich überlege, wie ich diese Spannung in der Luft etwas schwächen kann. Doch sie kommt mir zuvor, sie stampft auf ihr Strohlager zu und lässt sich fallen. „Nun zu dir, warum bist du eigentlich hier?" „Das kann ich dir leider nicht so recht sagen." „Solltest du nicht eigentlich in einer anderen Welt sein?" Ich reiße die Augen auf und frage sie atemlos „Woher weißt du das? Woher weißt du über mich Bescheid?" Sie winkt mit der Hand ab und antwortet „Dara, jeder kennt dich und deine Prophezeiungen sind kein Geheimnis. Schon gar nicht dein Verschwinden aus unserer Welt. Ich vermute mal, dass du bei den Göttinnen gefangen genommen wurdest." Ich nicke zur Bestätigung. „Jeder hat deine göttliche Kraft wahrgenommen. Wie konnte er nur so leichtsinnig sein und hat dich nicht gleich wieder versteckt." Sie schüttelt den Kopf. „Wie meinst du das? Kennst du Ciaran?" Sie blickt mich wieder mit diesem seltsam vertrauten Blick wie zuvor an.

Die Erkenntnis trifft mich hart. Diese Augen, ich wusste, dass ich sie kenne. „Wie ich sehe, hast du es erkannt. Er ist mein Bruder." Gott sei Dank, sitze ich noch immer auf meinem Strohhaufen, sonst hätten sicher meine Füße ihren Dienst versagt. „Das heißt dann wohl, das du dich auch in einen Drachen verwandelst oder so?" „So ähnlich zumindest, ich verfüge nur über ein Element, meines ist Feuer." „Ok und Ciaran über mehrere?" So ganz muss ich das nicht gerafft haben.

Sie macht große Augen und starrt mich etwas entgeistert an „Machst du Witze? Du warst mit ihm lange genug zusammen, um ihn besser zu kennen, als ich." Ich atme hörbar aus „Nur leider habe ich erst vor Kurzen erfahren, dass es das hier alles gibt, er hat mir nämlich nichts gesagt, denn ich habe es von Syrus erfahren." Sie verzieht bei diesem Namen das Gesicht „Ganz mieser Umgang, den du da pflegst. Ich kann nur hoffen, du hast dich nicht an dieses Erdenpack gebunden." Fragend blickt sie mich an. Ich blicke zu Boden und schweige. Das muss ihr als Antwort genügen, ich werde mich sicher nicht rechtfertigen vor ihr. „Mein schroffer Ton tut mir leid, aber hast du schon mal überlegt warum seine Familie auf der Erde zurückgelassen wurde als die Welten getrennt wurden?" Das lässt mich aufblicken und zum ersten Mal hinterfrage ich echt, wer Syrus ist und was er mir vorgespielt hat damit ich so hirnlos war.

Ich möchte jetzt nicht weiter darüber sprechen und versuche mich an einem anderen Thema. „Wenn du doch das Feuer beherrscht, warum sitzen wir dann noch in dieser Zelle?" Sie zeigt mit ihren schlanken Fingern an ihren Hals. Noch immer kann ich nichts erkennen, sie dreht sich ins Licht und nun sehe ich ein hauchdünnes eng anliegendes Band. „Trägst übrigens das gleiche" sagt sie, worauf hin ich an meinen Hals fasse. Tatsächlich spüre ich etwas, es ist kein einfaches Band, denn ich spüre winzige Glieder. Es ist eine Kette, auch wenn sie hauchdünn ist, sie lässt sich nicht zerreißen. Sie schneidet bei dem Versuch in meine Hand. Verdammt, was ist das nur. „Hör auf du verletzt dich unnötig, das ist eine Bannkette geschmiedet in den Unterwasserhöhlen der Nixen. Sie wurde mit einem Zauber belegt, den niemand lösen kann, bis auch denjenigen der sie dir angelegt hat. Er bindet unsere Kräfte und somit kein Entkommen. Mit dem Ding wirst auch du zu einem harmlosen Wesen." Elyn kommt auf mich zu und fasst an mein Shirt. Ein Reißen ist zu hören und eine Stoffbahn liegt in ihrer Hand. Gekonnt verbindet sie meine Verletzung, wobei ich sie genau betrachten kann. Sie blickt auf und direkt in meine Augen. Mein Herz zieht sich zusammen, da ich sofort Ciarans Gesicht vor meinen Augen sehe. Tränen laufen über meine Wange. „Hab ich dir wehgetan? Das wollt ich nicht." Ich schüttle den Kopf „ich mache mir Sorgen um deinen Bruder." „Dem ist schon nichts passiert." Sie winkt ab. Ich lasse mich auf mein Lager zurückfallen und konzentriere mich darauf, alles Revue passieren zu lassen. Es muss Schicksal sein, dass ich genau in die Zelle von Elyn gesteckt wurde. Ich betrachte sie einige Zeit lang, wenn sie so dasitzt, wirkt sie zerbrechlich und wirklich jung, obwohl ich sicher bin, dass sie um einiges älter ist als ich. „Glaubst du es war nur ein Zufall, dass ich in deine Zelle gesteckt wurde?" Frag ich sie leise. Mit geschlossenen Augen antwortet sie schnaubend „ Zufall und Schicksal existiert für mich nicht. Diese aufgeblasenen, selbstgefälligen Göttinnen machen sich nur einen Spaß daraus, uns zu quälen, sie sehen uns gerne beim Scheitern zu." Interessante Einstellung, die sie da hat, aber gut.

Ich vernehme Schritte die auf unsere Zelle zukommen, sie werden immer lauter. Eine riesige Gestalt kommt zum Vorschein, ich schlucke bei seinem Anblick. Er schließt die Türe wie von Zauberhand auf und zeigt auf mich. Ein kalter Schauer läuft über meinen Rücken und versetzt jede Zelle in Alarmbereitschaft. „Mitkommen, oder brauchst du eine Sondereinladung" hallt seine laute Stimme in dem Gemäuer nach. Sie wirkte dunkel und bedrohlich. Ich erhebe mich langsam und blicke hilfesuchend zu

Elyn, doch die schüttelt kaum merklich den Kopf. Dieser Hüne wartet bis ich an ihm vorbei in den Gang trete und stupst mich dann von hinten an, sodass ich einen Schritt nach vorne stolpere. Ich will ihn finster anblicken, doch lässt das sein Gesichtsausdruck nicht zu, so ergebe ich mich und gehe voraus den breiten dunklen Gang entlang.

Zu beiden Seiten befinden sich Zellen, in denen überall Gefangene sitzen, wäre ich nicht in dieser Situation würde ich diese unterschiedlichen Wesen bestaunen. Am Ende erreichen wir eine Treppe. Mit jedem Schritt wird es heller und die Treppe führt uns in eine große Halle. Sie wirkt edel, alles aus weißem Stein, der mit goldenen Linien durchzogen ist. Breite Säulen reichen bis an die Decke. In der Mitte des Raumes steht eine Skulptur. Sie zeigt einen großen hageren Mann mit spitzen Ohren und langen Haaren. Er blickt grimmig mit einem fiesen Grinsen zu seinen Füßen runter, dort blicken Kreaturen mit schreckgeweiteten Augen, zu ihm hoch. Ich glaube einen Drachen, einen Zwerg und andere Fabelwesen zu erkennen.

Meine Urangst breitet sich in mir aus. Das muss der jetzige Herrscher sein. Er hat zwar erst seit kurzen die Macht, wenn ich Ciarans Erzählungen glauben schenke doch hat in dieser kurzen Zeit anscheinend schon das Land unterjocht. Wieder werde ich nach vorne gestoßen, schön langsam nervt dieses Verhalten.

Wir gehen weiter bis zu einer gewaltigen zweiflügeligen Tür, die zu beiden Seiten mit ebenso riesigen Wachmännern besetzt ist. Mein Begleiter und einer der Wachmänner blicken sich kurz an, dann fällt ihr Blick auf mich und sie nicken sich zu. Der Wachmann öffnet eine Seite der Tür und winkt uns durch.

Wenn ich dachte, diese Halle wäre schon groß dann hab ich mich definitiv getäuscht. Ich blicke mich um und bin überwältigt von so viel Prunk und Eleganz. Zu meiner Linken befindet sich eine Tafel, die mindestens 20 Personen Platz bietet. Ich lasse den Blick weiter schweifen und erblicke zu meiner Rechten eine Art Sitzlandschaft. Dahinter befindet sich eine immense Ansammlung an Bücherregalen, die alle voll sind. Vor mir befindet sich in etwas Entfernung ein Thron, auf dem ein Mann sitzt.

Erst jetzt fällt mir auf, dass ich beobachtet werde. Das muss der Herrscher sein, denn er gleicht der Statue. Sein Blick ist noch grimmiger, als er draußen dargestellt wird. Dieser Mann ist tatsächlich zum Fürchten. Ich will mir meine Unsicherheit nicht an kennen lassen und hebe den Kopf trotzig.
Mein Begleiter legt mir die Hand in den Rücken und schiebt mich weiter. Bei seiner Berührung kann ich ein Zittern nicht unterdrücken. Ich habe es gespürt, er hat einen Moment gezögert, bevor er mich weiter schob. Mit festen Schritten trete ich vor und blicke diesem Mann in die Augen. Mir stockt der Atem den von Nahem sind seine Züge wunderschön, wahrscheinlich wären sie noch schöner, läge nicht dieser Ausdruck darauf. Er hat eine etwas hohe Stirn, was mit dem Alter vermutlich einhergeht. Lange Schwarze Haare mit leichten silbernen Strähnen umspielen glatt sein Gesicht. Er trägt einen Stirnreifen aus geflochtenen Metall der vorne spitz zuläuft und in seiner Mitte einen riesigen Edelstein trägt. Die spitzen Ohren kommen somit perfekt zur Geltung. Ich kann den Blick von seinem Gesicht nicht abwenden. Hohe Wangenknochen und eine gerade Nase prägen sein Gesicht, doch am interessantesten sind seine Augen. Purpur blicken sie mir entgegen. Ich habe diese Augen schon mal gesehen nur nicht in diesem Gesicht. Wie kann das möglich sein. „Sprich was willst du hier, du bist keine von uns und auch nicht willkommen." So viel Feindseligkeit und Hass schwingt in seinen Worten mit. Ich kann ja noch nicht mal was dafür, dass alle mich zum Spielball machen. Wut steigt in mir auf. „Sie haben mich gefangen genommen. Also vielleicht beantworten sie sich selber ihre Frage." Es war so schnell gesagt, ohne dass ich noch irgendwie nachdenken konnte. Ich sehe blanke Wut in seinen Augen, ich glaube, dass es noch niemand wagte, so mit ihm zu reden. Er steht auf und tritt ganz nah an mich heran. „Du bist nicht würdig, in meiner Welt zu sein, du bist ein Mischblut und gehörst nicht hier her. Du bist eine Bedrohung für diese Welt und bringst nur Unheil über uns." Ich bin nicht in der Lage noch etwas zu erwidern, denn irgendetwas blockiert meine Stimme.

Mit einem boshaften Grinsen tritt er zurück, er wollte etwas sagen und wird unterbrochen.Jemand kommt mit schnellen Schritten auf uns zu, ich erblicke ihn nicht, da er sich von hinten nähert. „Vater ich glaube, es wäre das Beste wenn wir dieses Mischblut wieder in ihre Welt verbannen und das Tor nieder reißen. Sie gehört nicht hier her und sollte so schnell wie möglich verschwinden. Doch will ich nicht die Göttinnen mit ihrem Tod erzürnen.“

Der Herrscher schreitet zurück zu seinem Thron und lässt sich fallen. Er überlegt eine Zeit lang doch nickt dann seinem Sohn zu „In Ordnung, aber mein Sohn, wenn du dich schon in meine Angelegenheiten einmischen musst, dann wirst du dich um dieses Problem kümmern und sie fortschaffen.“ „Natürlich, Vater“ höre ich hinter mir. Ich werde auch von meinem Wachmann am Oberarm gepackt und umgedreht.

Ich erblicke den Rücken des Mannes, er wirkt Jung. Groß gewachsen mit breiten Schultern. Er trägt ein langes wunderschönes grünes Gewand. Moment Mal, meine Augen weiten sich. „Und Koray! Wage es nicht zu scheitern!“ Es war eine Drohung bei der mein Begleiter sowie auch der Mann vor mir innehielten. Er drehte sich nicht um, sondern erwiderte nur durch zusammen gebissenen Zähnen „Natürlich nicht, Vater“. Das Wort Vater triefte nur so vor Verachtung. Wir setzen uns wieder in Bewegung. Ich muss dem Mann vor mir ins Gesicht blicken, um meinen Verdacht zu bestätigen. Doch er drehte mir nur den Rücken zu.

So verlassen wir den Thronsaal und laufen den Gang entlang vorbei an dem Abbild des Herrschers. Dieses Mal zweigen wir nicht zu den Treppen ab, die in den Kerker führten, sondern biegen in einen schmalen Gang ein, der je vor einer einfachen Holztür endete. „Lass uns kurz alleine, Arin“ vernahm man die Bitte des Elfen vor mir. Mein Begleiter hielt kurz inne und schien abzuwägen, ob er mich mit ihm alleine lassen kann, doch dann hörte man seine Bestätigung „Jawohl mein Herr“.

Wir betraten den kleinen Raum, der nicht viel bot, musste eine Art Besenkammer sein. Über die Schulter erblickte ich Arin, wie er neben der Tür Stellung bezog und sie schloss. Koray stand immer noch mit dem Rücken zu mir und ich hörte ihn durchatmen. Ich bin etwas nervös, was will er nur von mir und noch dazu in einer Besenkammer? Langsam drehte er sich um und ich blickte in sein atemberaubendes Gesicht. Ich schnappte nach Luft als er mir in die Augen blickte. Sie sahen genauso aus wie die seines Vaters, nur trug er nicht diesen harten Zug darum. Anscheinend wusste auch er nicht so recht, warum wir hier standen. Er leckte sich etwas verlegen über seine geschwungenen Lippen. Wie sich die wohl anfühlen? Stopp, das kann es doch nicht sein. Der nächste der mir den Verstand raubt oder wie. Ich senkte den Blick, immer noch unfähig etwas zu sagen. Er hob mein Kinn, sodass ich ihn wieder anblicken musste. Seine Wangen spiegelten wohl dieselbe Röte wie meine. „Dara, endlich sehe ich dich." Ich wollte etwas erwidern, nur konnte ich noch immer nicht sprechen. Er blickt mich entschuldigend an, kurz darauf tritt ein besonderer Glanz in seine Augen und ich kann endlich wieder sprechen. „Hast du mir die Stimmer genommen?Warum?" „Weil du sonst noch irgendwelche Dummheiten von dir gegeben hättest. Ich habe dich vor dem sicheren Tod bewahrt. Also bitte ein bisschen mehr Dankbarkeit." Man hörte seinen Unmut in seinen Worten mitklingen. „Wie kannst du dir da so sicher sein?" „Wenn mich nicht alles täuscht, bist du die Auserwählte, die unser Schicksal bestimmt. Glaubst du eine solche Bedrohung, würde mein Vater in dieser Welt lassen?" Die Röte auf seinen Wangen war verschwunden und er strahlte pures Selbstbewusstsein aus. „Warum hast du mir dann geholfen, schadet es nicht dir auch, wenn ich an Macht gelange?" Er überlegte einen Moment lang. „Nicht wirklich, denn ich kenne meine Prophezeiung." „Und?" Ich verengte die Augen, er wird mir jedoch keine Antwort mehr geben. Ein selbstgefälliges Lächeln stand in seinem Gesicht „Es ist dir nicht bestimmt sie zu hören, du wirst es früh genug erfahren" dabei zwinkerte er mir zu. Ich spürte die Wut in mir und wie meine Kraft dabei aufwallte. Ich hasse so viel Selbstverliebtheit. Ich konnte gar nicht so schnell reagieren da spürte ich auch schon seine Lippe an meiner Wange und seine Zunge, die darüber leckte „Du bist süß, wenn du verärgert bist" Boa, so ein

Schuft. Ich wollte einen Schritt zurückweichen, doch war kein Platz. Ich wollte böse auf ihn sein, doch mein doofes Herz machte einen Sprung und mein Puls raste davon. Ich spüre diese Anziehung. Dieselbe wie bei den anderen zweien, das kann nicht gut ausgehen.
Er quetschte sich an mir vorbei, da ich ihm keinen Platz machte, so sehr stand ich neben mir. Ich spürte dabei seinen Körper und musste schlucken. Er fasste mich an der Hüfte und drehte mich so mit ihm herum, dass er an der Tür zu stehen kommt. Er öffnet diese und nickte Arin zu, der sich sofort in Bewegung setzte und mich mit ihm fort zehrte. Wie so ein Schaf trottete ich ihm hinterher, bis wir in der Zelle ankamen. Ich lasse mich auf meinen Strohhaufen fallen und wünschte mich eine Million Kilometer weit weg.

Koray

Noch immer hängt ihr Geruch an meiner Hand, wie kann so ein Mischblut nur so eine Anziehung auf mich haben. Die Göttinnen haben mir zwar prophezeit, dass sie die eine ist und was ich für sie tun werde. Mich hat aber nichts darauf vorbereitet, welche Wirkung ihre Nähe auf mich hat. Mein Verstand setzt komplett aus, nur mehr triebgesteuert und meine Manieren sind dahin. Ich darf ihr nicht offenbaren, wie es sich anfühlt, in ihrer Nähe zu sein. Ihre Macht wirkt wie ein Rauschmittel. Sie darf nie erfahren, wie verloren ich wäre, wenn ich sie nicht haben kann. Ihr Anblick hat mich in meinem tiefsten Inneren erschüttert. Aber diese leichte Berührung ihrer Haut reicht aus, um mir mein Herz zu rauben. Dieses zarte Geschöpf, das über so viel Macht verfügt, erst recht, wenn die Magie ihr, ihre volle Macht offenbart. Im tiefsten Inneren weiß ich jetzt schon, dass ich verloren bin. Sie darf das nie erfahren.

Dara

Elyn betrachtet mich von der Seite her und irgendwann musste ich mir eingestehen, nicht noch länger schweigen zu können, außerdem musste ich mich jemanden anvertrauen. Ich atmete hörbar aus „Was?“ Und blicke ihr direkt in die Augen. Ach verdammt, ich muss automatisch an Ciaran denken. In meinem Kopf ist ein Karussell und es dreht sich mit all meinen Gedanken um mein Gehirn, immer schneller. Einfach frustrierend. Vorsichtig fragt sie „Was ist denn da oben passiert?“ „Nicht viel, aber doch eine Menge, was weiß den ich.“
Ich kann nicht ruhig sitzen bleiben. Ich tigere in dieser elenden Zelle herum. „Du machst mich ganz verrückt mit deinem herum gerenne. Erzähl schon, dann geht’s dir besser.“ „Ich bin zum Herrscher gebracht worden, der mich abgrundtief hasst und am liebsten meinen Tod möchte. Zugleich habe ich noch dessen Sohn kennengelernt. Mega arroganter Arsch, ist der Meinung er habe mich gerettet, da er seinem Vater versprochen hat, mich zurück zur Erde zu bringen. Der hat natürlich auch so eine bescheuerte Prophezeiung von diesen Göttinnen erhalten und überhaupt ich blicke nicht mehr durch und das ärgert mich am allermeisten.“ Ich lasse mich fallen und zieh die Knie an meine Brust. Vor lauter Frust schnürt es mir die Kehle zu und die ersten Tränen bahnen sich ihren Weg, ich versuche sie weg zu blinzeln aber keine Chance, schon brechen alle Dämme.

Elyn

Etwas ratlos steh ich neben Dara, die sich gar nicht mehr beruhigen kann. Ich bin echt nicht gut in solchen Dingen, unter Drachen läuft das anders, hinzu kommt, dass ich das einzige Drachenmädchen in meinem Umfeld bin. Ich bin irgendwie so was wie eine Ausnahmeerscheinung oder wie viele der anderen sagten eine Laune der Göttinnen, denn ich bin die Einzige unter den Feuerdrachen. Diese Gabe erhalten sonst nur männliche Drachen.

Anstatt den ganzen Mädchenkram zu lernen, habe ich das Kämpfen geübt. Sie sieht so zerbrechlich aus, doch geht von ihr so eine immense Kraft aus, die sogar mich im inneren berührt und mich zu ihr zieht. Ich bin bei den Göttinnen aber nicht an Frauen interessiert.

Ein starker Drang, ihr zu helfen, überkommt mich. Sonst sehe ich immer zu, dass ich mich an niemanden binde oder mich verpflichte. Bringt nur Schwierigkeiten. Doch dieses magische Geschöpf, denn eine Elfe ist sie hundertprozentig nicht, hat es anscheinend allen angetan. Das nimmt noch ein furchtbares Ende, wird ein ziemliches Gemetzel geben. Jeder wird sie wollen, spätestens wenn sie sich mit dieser Welt verbunden hat.

Doch meine Aufgabe ist klar definiert von diesen Ziegen. Natürlich musste ich auch eine Prophezeiung erhalten. Nur aus diesem Grund sitze ich in diesem verdammten Loch und hab mich Foltern lassen. Ihre Anweisungen waren ganz klar. „Elyn, du bist die Beschützerin, deine Entscheidung, ob du der zukünftigen Herrscherin hilfst, wird der zündende Funke sein. Wähle weise, die Zukunft ist noch nicht geschrieben. Die Mondgeborene wird sich entscheiden und viel auf deine Meinung geben. Nur eine Wahl ist die richtige, nur einem, wird ihr Herz und somit auch ihre Macht gehören, nur einer wird die Welt nicht ins Unglück stürzen.“ So was hätten sie mir doch gar nicht sagen brauchen, denn wenn ich auch ohne dieser Kenntnis auf sie gestoßen wäre, wäre ich genau wie alle anderen in ihren Bann gezogen worden.

Sie ist die pure Reinheit der göttlichen Macht, schon bei diesem Gedanken läuft ein Schauer über meinen Rücken. Doch das schwerste steht mir gerade bevor, würde sie bedroht werden. Wäre das alles kein Problem aber diese Gefühlsnummer kann ich nicht, doch irgendwie muss ich. Vor allem wird sich zeigen ob Ciaran der Richtige für sie ist oder nicht. So nehme ich meinen Mut zusammen und für das brauch ich definitiv mehr davon als für einen guten Kampf. Etwas unschlüssig ziehe ich sie in eine Umarmung. Es wirkt alles etwas steif, doch nimmt sie meinen Zuspruch an und lässt sich trösten. Erleichterung breitet sich in mir aus. „Warum bin ich nur so unentschlossen und sprunghaft. Wie soll ich mich den richtig entscheiden, es steht so viel auf dem Spiel." Mit großen Augen betrachte ich sie, jetzt kommt also Stufe zwei.

Eigentlich will ich das doch gar nicht wissen, mein Gesicht verzieht sich zu einer unschönen Grimasse, zum Glück sieht sie es nicht. Ich antworte nur „Hmm" hat sie wohl dazu veranlasst, mir ihre ganze Geschichte und ich meine wirklich die ganze, zu erzählen.

Es ist schon Nacht, als sie endlich eingeschlafen ist. Ratlos sitze ich da und überdenke ihre Worte. Sie tut mir wirklich leid. War ich in der Annahme, meine Prophezeiung wäre schon der Knaller, da hatte ich noch nicht ihre gehört. Dachte nie dass diese Ziegen jemanden derartig ins persönliche Unglück stürzen können, ich kann mir nicht vorstellen, was in einem vorgeht, dem man so eine Last auferlegt.

Die Wut in mir wächst ins Unermessliche, diesen miesen Göttinnen gehört mal ein ordentlicher Denkzettel. Ich weiß zwar nicht wie, aber irgendwie spüre ich, dass Dara ihnen und ihren Machenschaften ein Ende setzen kann. Jetzt habe ich noch mehr das Bedürfnis sie zu unterstützen. Aber nicht nur das, wenn ich so darüber nachdenke, wie mein Bruder sie unvorbereitet einfach groß werden ließ, bin ich mir nicht mehr so sicher, ob er die richtige Wahl für sie wäre. Ich werde sie sicher nicht beeinflussen, dass sie ihn wählt. Da werde ich wohl noch mit ihm darüber reden müssen. Aber eines weiß ich mit Sicherheit, ich muss sie unbedingt zur heiligen Quelle bringen, sie muss endlich ihre volle Macht erhalten. Sonst sind wir alle verloren. Doch wie stell ich das an, wir benötigen die Hilfe von Koray, damit wir aus diesem stinkenden Loch kommen und endlich unsere Halsbänder loswerden. Ich muss mit Arin sprechen, er wird mir helfen. Der Rest ist ein Kinderspiel.

Ich lege mich auf meinen Strohhaufen, wobei ich sehr darauf bedacht bin, mich nicht auf meinen offenen Rücken zu legen. Wenn ich endlich wieder meine Magie nutzen kann, sind meine Wunden in Windeseile verschwunden. Dara dreht sich leise stöhnend zur Seite und das Mondlicht fällt genau auf ihr magisches Mal, trotz des magiebindenden Halsbandes, schimmert es. Ich betrachte sie noch eine Zeit lang, bis mir langsam die Augen zufallen.

14.

Dara

Ich sitze im weißen Sand an Ciarans Strand und blicke auf den Horizont. Sonst beruhigt dieser Anblick immer meine wirren Gedanken, nur jetzt gerade nicht.
Zurzeit fühle ich eine Unruhe in mir, selbst jetzt da ich träume, spüre ich sie immer noch. Ich weiß genau das ich Träume, den es wirkt alles viel intensiver, die Farben, Geräusche und Gerüche. Mein Herz ist so schwer, es vermag nicht zu fliegen.
Ich höre leise Schritte hinter mir und sehe auf. Ciaran lässt sich neben mich fallen. Ich sehe ihm in die Augen und weiss sofort was er beabsichtigt. Er beugt sich zu mir rüber, oh Gott das kann ich jetzt nicht und senke den Blick. „Warum bist du so traurig und sag nicht, dass es nicht so ist, denn du weichst meinem Blick aus." „Ich glaube nicht, dass du erfreut wärst, wenn ich dir von meinen Gefühlen berichte" sage ich und blicke ihn prüfend an.
Ich brauche Antworten, um meine Gedanken wieder in den Griff zu bekommen, vielleicht kann er mir helfen. „Vertraust du mir so wenig?" Er wirkt echt enttäuscht. „Ciaran, es ist so viel in letzter Zeit passiert und ich könnte echt einen Freund gebrauchen, der zu mir steht und mich unterstützt. Ich weiß nicht, ob du das kannst, ob du jemals wieder dieser Freund für mich bist. Aber eben nur dieser Freund und im Augenblick definitiv nicht mehr."

Eine Ewigkeit lang sieht er mich mit eisiger Miene an, man sieht den Konflikt in seinem Inneren. Nach einiger Zeit hellt sich seine Miene wieder auf und er setzt sich ganz dicht zu mir, blickt mir in die Augen und seufzt „Dara du bist mir so wichtig, ich kann mein Glück nicht über deines Stellen. Somit bleibt mir wohl nichts anderes über, als dass ich mich deinem Willen füge, zumindest eine Zeit lang. Ich werde dich nicht aufgeben und immer hoffen, dass du deine Meinung noch änderst und mich doch auserwählst. Lieber ein Leben an deiner Seite als eines ohne dich!“ Mir läuft eine Träne aus dem Augenwinkel und im nächsten Moment werfe ich mich in seine Arme. Das waren definitiv die Worte, auf die ich lange gehofft habe. „Gib mich nicht auf, aber ich kann nichts versprechen.“ Schluchze ich an seiner Schulter. Ein leichtes Nicken war zu erahnen.
Eine Zeit lang hält er mich fest, langsam hab ich mich wieder im Griff und ich sehe in sein umwerfendes Gesicht. Er wirkt gerade jünger und frech, ein anzügliches Grinsen liegt auf seinen Lippen „Wie sieht´s aus, Lust auf einen Ritt?“ Prompt stieg mir Röte ins Gesicht und ich boxe gegen die Schulter. Er fängt schallend zu lachen an, dieser dunkle Klang tröstet mein Inneres und ich kann gar nicht anders und stimme in sein Lachen ein. „Dein Blick war zu köstlich. Ich meinte, ob wir eine Runde Fliegen und du fragst was du wissen willst.“ Ich schenke ihm ein strahlendes Lächeln „Gerne“. Er nimmt meine Hand und zieht mich schwungvoll hoch. Ciaran geht ein paar Meter voraus und mir stockt wie jedes Mal der Atem, wenn ihn diese Schwärze einhüllt, bei seinem markerschütternden Schrei, stehen mir die feinen Härchen an den Armen zu Berge.
Wunderschön und anmutig steht er vor mir, er drehte sich zu mir und legte sich auf den Boden damit ich aufsteigen kann. Ich greife in seine Schuppen und ziehe mich hoch. Überwältigend wie sich die Oberfläche dieser Schuppen anfühlt. Ich setze mich direkt in seinen Nacken, sobald ich sicher sitze, breitet Ciaran seine Flügel aus und erhob sich in die Luft. Es war zum ersten Mal richtig befreiend. Fieberhaft überlege ich, was ich ihn Fragen könnte. Oder besser wie. Ich muss meine Gedanken

nicht laut aussprechen, sondern gib ihm Einlass somit kann er auch in seiner Drachengestalt mit mir kommunizieren. „Warum habe ich hier noch keine anderen Elfen gesehen?" „Das ist leicht zu beantworten, wir befinden uns in meinem Gebiet, also dem Gebiet der Drachen und dass du auch keinen anderen Drachen gesehen hast, liegt daran, dass sich mein Volk nur unter ihres Gleichen aufhält. Also fühl dich geehrt, dass ich mich mit dir abgebe." Ich kann bei so viel gespielter Arroganz den Kopf nur schütteln.
Wieder erklingt sein Lachen und er redet amüsiert weiter. „Am besten ich hol mal etwas weiter aus. Diese Welt ist wie die Erde in Kontinente unterteilt. Genau gesagt vier, auf jedem Leben und Herrschen andere Völker." Ciaran schwingt sich höher in die Lüfte, so hoch das ich richtig zu frieren beginne und mir das Atmen schwerer fällt. Wir fliegen einen Kreis, wobei ich alles unter uns erkunden kann.
Es gibt wellenreiches Meer und dahinter Felsen an denen die Gischt nur so hoch spritzt und Hügeln in wunderschönem grün. Ich drehe den Kopf und entdeckte dunkle Wälder, dabei wird mein Herz schwer. Ich seufze und frage Ciaran „Wo ist eigentlich Syrus? Und warum sucht er mich nicht?" Er antwortet sehr reserviert, diese Frage gefällt ihm wohl nicht. „Du hast schon in die richtige Richtung geblickt, dein Herz hat es dir schon gezeigt" danach schweigt er für einige Zeit, bis er mir auf die zweite Frage antwortete. „Er befindet sich gerade gar nicht weit weg, wir haben uns gemeinsam auf die Suche nach dir gemacht. Aber das hier ist unser Traum." Die letzten Worte waren nur ein gepresstes etwas.
Das Verblüffte mich jetzt doch, wie kam es zu diesem Bündnis. „War nicht so nett und gewaltfrei wie du dir das gerade in deinem schönen Kopf vorstellst." Ich hole erschrocken Luft und habe tatsächlich Angst um Syrus. Er lachte ein bellendes Lachen „Braucht dir gar nicht leidtun. Erstens hat er angefangen und mir eine verpasst, aber dass konnte ich nicht so im Raum stehen lassen. Wir haben beide eingesteckt und ausgeteilt. Aber wir beide Leben noch und sind somit auf der Suche nach dir. Du bist

gerade nicht zu orten, wir hatten Angst keine Spur nach dir zu finden." „Ich sitze in einem Verlies und hab tatsächlich interessante Bekanntschaft gemacht. Was die Magie angeht, ich trage dort gerade eine magische Kette, die meine Kräfte bannt." Genug erklärt, ich lasse meinen Blick schweifen und entdeckte in der Ferne schroffe Klippen.
In meinem Inneren fängt es an zu kribbeln. Ciaran spürt meine Veränderung. Und blickte in dieselbe Richtung. „Ja so ist es" vernehme ich in meinen Gedanken auf meine unausgesprochene Frage hin. „Das ist das Land der Elfen. Dort befinden sich Elysium und der Herrschersitz. Dort befindest du dich". „Das versteh ich nicht, du sagtest doch, dass ihr selber über euer Land herrscht" „Ja stimmt schon, aber die Elfen haben leicht verschrobene Ansichten. Sie denken, sie seien das majestätischste Volk von allen und haben sich trotz unserer Einwände dazu auserkoren über alles und jeden zu herrschen. Nur ihre verbotene Macht, die sie durch dunkle Magie erlangten, kann uns alle bezwingen. Solange sie sich zurückhalten und nichts einfordern, herrscht Ruhe." Ciaran setzt zum Sinkflug an. „Doch lange wird diese bedrückende Ruhe nicht mehr vorherrschen, denn du bist jetzt da." „Wie meinst du das?" „Dara, du bist die rechtmäßige Herrscherin und somit auch das mächtigste Wesen der Welten." „So mächtig fühl ich mich doch gar nicht, dass bisschen Magie das ich beherrsche" sage ich mürrisch. „Dann sollten wir schleunigst was dran ändern, du musst zu dieser Königin werden, die du schon immer sein solltest." „Warum hast du mich dann so lange im Dunkeln über meine wahre Herkunft gelassen? Warum willst du mich jetzt stärken? Dann wäre ich auch deine Herrscherin und mächtiger als du?" Seine allgegenwärtige Aura ändert sich und ich verspüre Bedauern. Ciaran brummte „Ja das bist du, aber du bist viel mehr, du bist nicht grausam oder herzlos, du hast Verstand und bist gütig." Daraufhin schweigen wir beide, bis er auf eine Klippe zusteuert und zur Landung ansetzt. Ich blicke mich um und erkenne das Plateau aus meinem Traum wieder. Ich lasse mich von seinem Rücken etwas steifgliedrig runtergleiten, etwas Bewegung schadet Meinen eingeschlafenen

Füssen sicher nicht.
Ich gehe ein paar Schritte und bemerke, wie sich die Umgebung sonderbar verändert. Irgendetwas geht hier vor sich. Doch ich kann es noch nicht zuordnen. Ich spüre ein allzu bekanntes ziehen in meinem Körper, eine Sehnsucht, als mir plötzlich Gänsehaut über den Rücken kriecht, ist mir augenblicklich bewusst, warum ich so empfinde. Ciaran brüllte auf, denn eine Feuerwand trennt uns. Im nächsten Moment spüre ich starke Arme um meine Mitte und ein Flüstern an meinem Ohr „Komm mit mir, meine Königin".

Hitze und Flamme umringen mich. Fast unerträglich brennt es in meinen Augen und ich schließe sie automatisch. Die Hitze nimmt ab, ich kann aber gerade die Willenskraft nicht aufbringen, um sie zu öffnen. Er hält mich immer noch fest in seinen Armen. Wie lange wir still hier stehen kann ich nicht mehr sagen. Mein Herz hat sich seit seiner Berührung schmerzhaft zusammengezogen und wird so lange anhalten bis er mich loslässt.
Irgendwie schaffe ich es, mich langsam zu beruhigen, dennoch fließen heiße Tränen meine Wangen runter. Gerade hatte ich gedacht, meine Emotionen endlich wieder im Griff zu haben, kommt alles wieder anders.
Seit wann bin ich den so weinerlich? Endlich hatte ich einem Traum, in den ich mich wohlfühlte, da stand plötzlich Syrus hinter mir und nimmt mich mit. Schön langsam habe ich echt genug davon, immer von jemanden entführt zu werden. Aber nicht nur das macht mir zu schaffen, auch habe ich ein massiv schlechtes Gewissen, zwar hab ich nichts Schlimmes gemacht aber es reichen meine wankelmütigen Gefühle. Ich kann Syrus nicht in die Augen blicken und spüre seinen aber umso mehr, er mustert mich.
Er sieht mir meine Gefühlslage an, denn er lässt mich plötzlich los und tritt einen Schritt zurück. „Sie mich an Dara!" Forderte er mich auf, doch ich kann und will in diesem Moment einfach nicht. „Rede mit mir" seine Stimme wird immer fordernder, sein

Unmut ist im deutlich anzusehen. Verstohlen hebe ich etwas meinen Kopf und blicke ihn an. Ein strenger verhärmter Zug liegt auf seinem Gesicht. „Verdammt noch mal Dara, ich kann mir schon vorstellen, was passiert ist. Jetzt sei endlich ehrlich zu mir und sprich mit mir." Er läuft aufgebracht hin und her. „Was ist passiert, als du bei ihm warst. Warum willst du mich nicht mehr. Wie kannst du nur so herzlos sein." Es schwingt Schmerz in seiner Stimme mit und die Intensität, in der er spricht, nimmt stetig zu. Ich bin mir sicher, dass ihn gerade sein gekränkter Stolz leitet und er mir noch viel mehr an den Kopf schmeißen will. „Du verdammtes" beginnt er, doch dass lass ich mir nicht gefallen „Halt jetzt mal die Klappe" schrei ich ihm entgegen. „Geht's noch, ich werde von einem Platz zum anderen entführt, mir werden immer nur Halbwahrheiten erzählt. Hättest du mir alles gesagt, wäre ich jetzt nicht in dieser Lage." Wir funkeln uns wütend an. „Und nein, ich habe nicht mit ihm geschlafen, ich wüsste aber nicht, was dich das gerade angehen sollte." Syrus entgleisen seine Gesichtszüge und ein angestrengter Gesichtsausdruck erscheint. Ich weiß genau, was er da versucht. Ciaran hat mir veraten, dass die Göttinnen unsere Verbindung gekappt haben. Er kann nicht mehr in meine Gedanken und Erinnerungen blicken. „Warum versuchst du ständig, in meine Gedanken zu kommen? Es steht dir auch nicht zu und solltest du dich fragen, warum du nicht mehr in meine Gedanken kommst. Kann ich dir die Antwort gerne geben." Ich starre ihn wütend an. Syrus verschließt sich mir und setzt ein gleichgültiges Gesicht auf, nur durch seine geballten Fäuste ist ihm anzumerken, wie es um seine Gefühlslage steht. „Wie kann das alles nur sein. Ich dachte, du hast mich erwählt." Seine Stimme ist eiskalt.

Ich atme durch und beschloss, ihm von den Schicksalsgöttinnen zu berichten. „Ciaran hat mich zu den Göttinnen gebracht, die mir meine Prophezeiung sagten." Syrus Augen weiten sich und er brauchte einen Moment „Was haben sie dir gesagt?" „Sie sagten, dass ich die Auserwählte sei, die über alles Herrschen wird und ihr versuchen werdet, mich zu beeinflussen. Ich muss mich richtig entscheiden, ob du das bist, weiß ich nicht."

Syrus lässt sich auf einen Stein nieder, mit hängenden Schultern und gesenktem Blick sitz er vor mir. Seine Körpersprache spricht Bände. Wir können beide nur schweigen und hängen unseren Gedanken eine Ewigkeit lang nach, bis Syrus meine Hand nimmt und ich die Hitze spüre. Die Flammen kommen so schnell, dass ich mich an ihn klammere. Einen Wimpernschlag später stehe ich wieder auf dem Plateau, von wo aus Syrus mich mitgenommen hatte. Schnell machte sich Syrus von meiner Umarmung frei. Zwischen zusammen gebissenen Zähnen höre ich ihn nur zischen „Meine Königin, ich kann das so nicht, verzeih mir“ und im nächsten Moment stehe ich alleine da.
Diese Reaktion verblüfft mich und eine unerwartete Leere breitet sich aus. Was habe ich denn erwartet, wie er reagieren wird, wenn ich ihm alles sage. Hätte ich mich anders verhalten sollen? Ich weiß es nicht. Hinter mir höre ich Schritte und spüre Ciarans Blicke auf meinen Rücken „Geht es dir gut?“ „Ja und Nein“ antworte ich. „Hat er dich verletzt, wenn ja bring ich ihn um“ „Nein beruhige dich, das hat er nicht. Ich hab ihm alles erzählt. Hat es nicht so gut aufgenommen“ Man hörte ihn tief durchatmen „Dann kann ich verstehen, warum er so reagiert hat.“ Ich blicke aufs Meer hinaus. „Was machen wir jetzt?“ Frage ich. Er will mir gerade antworten, da spüre ich einen starken Sog und schon dreht sich alles.

Mit wackeligen Beinen komme ich in einem Steinkreis zu stehen und blicke mich um. Warum bin ich jetzt hier? Wie lange soll es in diesem Traum noch hin und her gehen. Der Schreck durchzuckt mich, als ich eine Berührung spüre und blicke auf. Hinter mir steht Koray und hat mir eine Hand auf die Schulter gelegt.
Ich sehe im tief in die Augen und aus irgendeinem mir unbekannten Grund entspanne ich mich augenblicklich. Irgendetwas macht er mit mir. Er streicht sacht mit den Fingerspitzen über meinen freien Rücken, erst jetzt fällt mir mein Kleid auf, ein Hauch aus weißer Seide das vorne hochgeschlossen ist, aber meinen Rücken bis knapp über dem Steißbein frei gibt.

Zwischen meinen Schulterblättern fängt es zu Kribbeln an, nur ganz leicht, doch es entwickelt sich zu einem Inferno der Empfindungen. Ich blicke in mit großen Augen an „Was passiert mit mir?“ „Ich gebe dir einen Vorgeschmack darauf, wie es sein wird, wenn du den heiligen Ort betreten hast und deine Magie endlich freien Lauf lassen kannst.“

Ich spüre, wie sich meine Kraft sammelt und zwischen meinen Schulterblättern etwas entfaltet. Nervös blicke ich mich um und muss mich an Koray festhalten, sonst wäre ich umgekippt. Elfenflügel spannen sich zu beiden Seiten circa einen Meter ab. Hauch dünn, fast durchsichtig, in allen Farben Schimmernd, noch unglaublicher ist nur das Gefühl, denn ich spüre sie. Den sachten Wind und die damit gebrachte Kälte. Ein Schauer läuft mir über den ganzen Körper. Koray nimmt vorsichtig mein Kinn und dreht es zu seinem. Mein Herz holpert und mein Puls rast davon.

Seine Augen leuchten Purpur auf und hätte ich gedacht, schon umwerfende Augen zu kennen, werde ich gerade in meinem Grundfesten erschüttert. Ich schlucke schwer, Koray beugte sich leicht zu mir „Ich werde dir helfen du wunderschönes Wesen.“ Unsere Lippen trennt nur noch ein Luftzug, ich spüre bereits seine Wärme und schrecke hoch.

Mein Traum ist zu Ende, ich blicke mich um und sehe Elyn, die mich fasziniert betrachtet. Ich bin komplett durch den Wind, den meine Enttäuschung steht mir ins Gesicht geschrieben. So lass ich mich mit klopfenden Herzen zurückfallen, ich spüre immer noch die Wärme die sein Atem an meinen Lippen. Wie gern hätte ich sie doch gespürt. Ich schlage die Hände vor meinem Gesicht zusammen. Ohje Nummer drei in der Reihe. „Na schöne Träume gehabt?“ Kommt es belustigt von Elyn. „Warum sind die alle nur immer so realistisch“ stelle ich eher die Frage an mich, doch sie antwortet. „Das ist halt mal so in unserer Welt, Träume sind nur eine andere Ebene in der wir uns und auch unseren Sehnsüchten begegnen können.“ „Es wird immer komplizierter.“ Seufze ich.

Syrus

Eigentlich wollte ich nicht in diesen Traum eindringen, aber ich musste sie sehen und spüren. Doch hab ich mir dass alles etwas anders vorgestellt. Ich spüre einen scharfen Schmerz in meiner Brust. So eine Scheiße, sie hat mir tatsächlich das Herz gebrochen. Ich dachte mit, etwas Abstand bekomm ich wieder klare Gedanken, doch ich habe mich selber belogen, habe mir etwas vorgemacht.
Jeder Gedanke kreist nur um sie. Und jetzt das. Aber über eine Offenbarung bin ich froh, dieser Drachenarsch hat sie nicht vernascht. Ich muss mich echt beweisen, wenn ich wieder in ihrer Nähe bin. Sie muss sich für mich entscheiden, sonst bin ich verloren. Ciaran blickt mich kurz nach meinem Erwachen über das Lagerfeuer hinweg direkt an und schüttelt nur den Kopf. „Warum bist du in meinen Traum eingedrungen. Du hattest nicht das Recht dazu." „Ich hab alles Recht der Welt, außerdem muss ich dir, keine Rechenschaft ablegen. Aber eine erfreuliche Wendung gibt es ja doch, du wurdest auch nicht erwählt." Etwas schadenfroh grinse ich ihn an. „Ach küss mich doch, dort wo die Sonne nicht hin scheint." Er dreht sich von mir weg und wir schweigen.

Dara

Eine lange Zeit lang blicke ich gegen die trostlose Gefängnismauer. Ich will nicht mehr darüber sprechen oder auch nur an einen von ihnen denken. Stunden lang habe ich mit Elyn darüber gesprochen. Ich weiß nicht, warum ich so schnell zu ihr vertrauen gefast habe, aber irgendwie spüre ich eine Verbundenheit und ich habe das Gefühl, sie sei die Richtige dafür. Vielleicht liegt es auch daran, dass sie einfach Ciaran zu ähnlich ist und ich mein Leben lang mit ihm verbracht habe. Wir wurden den ganzen Tag immer nur von den Wachen unterbrochen, die ab und an mal etwas Wasser und Brot brachten.

Meine Gedanken werden unterbrochen von Schritten und dieses Mal sind es mehrere. Elyn springt auf und stellt sich sofort zu mir. Was mir natürlich ein Schmunzeln entlockt. Sie nimmt dieselbe Haltung ein, wie Ciaran, wenn er mich beschützen wollte. Unsere Tür öffnet sich und Arin tritt ein. „Mitkommen" hallte es dunkel nach. Seine Stimme ist so laut und tief, sie vibriert in meinem Inneren, auch Elyn zuckt zusammen.

Wir bleiben beide stehen, da wir etwas unschlüssig sind, wen er damit meint. Ein genervtes Geräusch ist zu hören „Beide" hallt es wieder. So treten wir aus unserer Zelle und gehen dieses Mal von zwei Wachen begleitet in die andere Richtung. Wir biegen um eine Ecke und stehen vor einer kleinen Wendeltreppe, die steil nach oben führt. Gespannt aber doch nervös erklimmen wir die Stufen. Oben angekommen stehen wir vor einer wenig einladenden Holztür. Arin hämmert 3-mal dagegen, wodurch sie sich öffnet.

Helles Licht blendet mich und ich trete einen Schritt hinaus. Es dauert etwas, bis ich mich an das Sonnenlicht gewöhnt habe und meine Umgebung endlich scharf erblicke. Wir stehen in einem kleinen Hof. Arin wendet sich zu mir um und bindet meine Hände zusammen. Großartig, so erscheint eine Flucht noch viel unwahrscheinlicher, zumal wir immer noch diese Halsketten tragen. Ich blicke über meine Schulter und sehen, dass

Elyn ebenso die Hände gefesselt werden. Ich spüre Arins Hand an meinem Rücken und er mich nach vorne schiebt. So trete ich durch den Torbogen auf offene Fläche. Vor mir stehen 3 Pferde, gesattelt und bereit. Ich bin verblüfft über die Anmut und die Größe der Pferde. Ihr Fell ist strahlend weiß und glänzt in der Sonne. Ihre Mähne wurde akkurat geschnitten. Mich würde interessieren, wie diese Rösser mit langer Mähne aussehen würden. Wahrscheinlich noch viel imposanter.
Arin schnappt mich, als wäre mein Gewicht nichts und schmeißt mich förmlich in den Sattel. Ein entsetzter Laut dringt aus meiner Kehle. Elyn geht es nicht anders. Arin steigt auf das vordere Pferd und stößt einen leisen Pfiff aus, sofort setzen sich alle Tiere in Bewegung, ich hatte echt zu tun mich noch schnell an der Mähne fest zu halten. Er zog das Tempo immer mehr an und im nächsten Moment galoppierten wir, in einem rasanten Tempo, über die Grasfläche, auf einen Wald zu.
Mein Herz schlägt aus Angst fest in meiner Brust und lässt das Adrenalin durch meine Blutgefäße rauschen. Arin wusste genau, wo es lang geht, auch die Pferde kennen anscheinend unseren Weg, denn sie verlangsamen nicht ihre Geschwindigkeit, auch nicht als die Bäume enger standen. Nach einer gefühlten Ewigkeit wurde Arin langsamer und hielt dann abrupt an, wir standen mitten im Wald an einer kleinen Lichtung, könnte sogar romantisch sein, würden wir nicht in Fesseln hier stehen.
Er hilft mir vom Pferd, plump falle ich auf meinen Hintern, da von dem langen Ritt meine Beine noch nicht begriffen haben, dass sie mein Gewicht wieder tragen sollten. Jetzt da ich in völliger Ruhe am Boden sitze setzten auch die ersten Schmerzen ein. Reiten ist echt nicht meine Lieblingsdisziplin. Ich verziehe das Gesicht und erblicke Elyn, ihr geht es nicht anders. Sie ist es genau so wenig gewohnt wie ich. Ich vernehme ein leises Plätschern, darum der Halt.
Arin hat die Pferde zu einem Bach gebracht. Sie stillen dort gierig ihren Durst. Wenn ich ihnen so zusehe, geht es mir nicht anders, ich schlucke schwer, meine Kehle fühlt sich staub trocken an. Er muss meinen Blick bemerkt haben, denn er füllt seinen Leder-

beutel mit Wasser und kommt auf mich zu, er hält ihn mir hin. Ich bin etwas perplex, erst sein Blick sich verfinstert, greife ich danach. Er holt einen Zweiten hervor und reicht ihn Elyn. Ich sehe zu, wie sie danach greift, ihre Fingerspitzen berühren sich dabei ganz sacht. Was beide einen Moment innehalten lässt und sie sich gegenseitig anstarren. Schnell lässt er ihn los und dreht sich um. Ich hab genau gesehen wie sich bei der Berührung, ihre Pupillen geweitet haben. Das werde ich später mal hinterfragen müssen.
Das weiche Gras hinter mir wirkt so einladen, ich lass mich einfach umfallen und werde in diesem Leben nicht mehr aufstehen, sag ich zu mir selber. Die letzte Zeit hat Spuren hinterlassen, verdreckt und hundemüde schließe ich die Augen.

Nur um sie gleich darauf wieder zu öffnen, aber nicht in dieser Ebene. Etwas genervt schüttle ich den Kopf. Muss ich den jedes Mal träumen? Rund um mich sehe ich nur Wasser, endloses tiefschwarzes Wasser. Ich will gar nicht wissen, was dort alles auf mich lauern könnte. Unter meinen Fingern ertaste ich rauen, scharfkantigen Fels.
Es ist kalt, sofort sucht sich die Kälte ihren Weg in meine Glieder und lässt mich zittern. Riesige angsteinflößende Gewitterwolken verdunkeln den Himmel, in dem immer wieder gewaltige Blitze zucken. Der Wind weht salzige Luft in mein Gesicht. Alles in allem nicht sehr einladend. Mein Gesicht verzieht sich zu einer Grimasse, hoffentlich erwache ich gleich wieder.
Ich fühle Blicke auf mir, so intensiv. Schnell drehe ich mich, doch nichts ist zu sehen. Mein Atem beschleunigt sich und die Angst macht sich in mir breit. „Zeige dich“ brülle ich gegen den Wind. „Ich weiß, dass du mich beobachtest“.
Die Wasseroberfläche ist komplett still, der Wind hat keine Gewalt darüber, was mir echt einen Schauer über den Rücken jagt. Ein Knistern geht von der Oberfläche aus, pure und dunkle Magie. Ich blicke auf einen Punkt und genau dort teilt sich lautlos das Wasser.
Ich sehe weißes Haar, es wirkt grotesk und gar nicht passend

für diese Umgebung. Je weiter er aus dem Wasser taucht, vermehrt sich meine Angst, aber irgendetwas schwingt noch mit. Mein Interesse ist geweckt, ich weiche jedoch instinktiv so weit an den hinteren Rand meines Felsens. Lautlos gleitet er aus dem Wasser.

Jetzt bemerke ich seine beeindruckende Erscheinung, ich habe damals schon Aquaman beeindruckend gefunden. Aber das, was ich sehe, lässt meine Knie erzittern. Sein weißes Haar ist raspelkurz geschnitten, er trägt einen ebenso weißen Vollbart, der am Kinn in kleinen Zöpfen geflochten ist. Ich betrachte sie genau und sehe das kleine schwarze Perlen und Diamanten hinein geflochten wurden. Seine Züge wirken kantig jedoch fein. Eine feine Narbe verläuft über die linke Augenbraue bis zu seinem Wangenknochen. Sein Hals ist so breit wie mein Oberschenkel und geht fließend in breite Schultern über. Ein Oberkörper könnte nicht gestählter sein als seiner. Über seinen Körper verläuft ein feines Linienmuster, es beginnt an seinem Hals mit Spitzen und bahnt sich seinen Weg über die Brust und den Bauch fort, bis hin zu seiner Schwanzflosse.

So stopp, ich muss zweimal hinsehen, ja doch es ist eine Schwanzflosse, die im Kontrast zu seinem restlichen Körper in einem dunklen Grün schimmert. Ich lasse meinen Blick wieder zu seinem Gesicht hochgleiten und sehe einen wissenden Gesichtsausdruck auf seinem Gesicht. Sofort schießt die Röte auf meine Wangen, ich glaube mir ist sogar etwas Spucke aus dem Mund geflossen, als ich ihn so gemustert habe. Doch ich kann den Blick nicht von ihm abwenden.

Langsam schwebt er auf mich zu. Anders kann man das nicht nennen, da sich das Wasser nicht bewegt. „Wie kommt es, dass du zartes hilfloses Wesen, diese gefährlichen Gewässer beschreitest und den Weg zu mir gefunden hast." War seine dunkle melodische Stimme zu hören, sie beschert mir eine echte Gänsehaut. Glaubt er ich, wäre hilflos, ich spüre wie sich Wut in meinem Inneren sammelt. „Warum bist du so ein arroganter Macho". Ich drehe mich um und kann doch nirgends hin.

Einfach nur weg von hier denke ich und spüre die Kraft in mir, sie bahnt sich ihren Weg zu meinen Schulterblättern und lässt wie beim letzten Mal hauchzarte Flügel erscheinen. Ich spüre den Wind wie eine warme Brise, einladend zieht es mich von diesem Felsen weg. Langsam beginnen meine Flügel zu schlagen und ich erhebe mich ein Stück und schwebe davon. Herrlich, ein bekannter Duft steigt mir in die Nase, es riecht nach Ciaran, Syrus und Koray zugleich.

Wie ist das möglich, ich höre ihre Stimmen, die mich fort von hier locken. Plötzlich braust etwas an mir vorbei und ich bremse abrupt ab. Der Fremde war direkt vor mir aus dem Wasser erschienen, lautlos. „Man lässt mich nicht so stehen“ sprach er mit gebieterischer Stimme. „Ich schon“ war alles, was ich antworte, ist ja schließlich mein Traum und will schon an ihm vorbei. Irgendwie regt dieser Kerl mich auf. Ich will gerade an ihm vorbei, da hält er meine linke Hand fest und eine Energie durchzuckt mich. Noch nie haben meine Ranken Heller gestrahlt als jetzt. Er zieht meine Hand zu sich und legt sie sich auf die Brust und da erkannte ich, was meine Berührung mit ihm macht.

Diese atemberaubende Zeichnung auf seinem Körper leuchtet Silber auf. Zum ersten Mal blickt er mich an und seine Augen weitet sich, durch die Erkenntnis die in trifft. Ich blicke in diese Augen, smaragdgrün und die Zeit bleibt stehen. Ich fühle wie sich unsere Energien verbinden, mein Herz holpert, bis es mit seinem im Einklang schlägt. Ein Gefühl der Geborgenheit machte sich breit. Ich bin überwältigt, aber auch dieser unfassbare Mann vor mir blickt genauso drein. Wir beide haben noch nie so etwas gefühlt, ich sehe es an seinem Blick. Keiner von uns kann den Blick abwenden. Wie ein Magnet zieht es uns zueinander, keine Gegenwehr ist möglich. Ich spüre die Hitze seiner Haut und rieche seinen betörenden himmlischen Duft, dem kein anderer gerecht werden kann und weiß, er ist der eine. „Wer bist du?“ Hauche ich. Er beugt sich etwas zu mir und atmet tief meinen Duft ein. *„Deine Bestimmung“* daraufhin zieht er mich an sich und seine Lippen treffen auf die meinen.

15.

Elyn

Dara schreckt hoch, sah nach einem interessanten Traum aus. Röte ziert ihre Wangen und ein glasiger Ausdruck liegt in ihrem Blick. In Gedanken scheint sie noch kilometerweit weg. Doch da laufen schon die ersten Tränen über ihre Wange und ihre Hände bedecken ihren Mund „Was ist los Dara?“ „Ich habe ihn gesehen.“ Flüstert sie. „Wer ist er?“ „Meine Bestimmung“ bringt sie gerade noch heraus. „Wenn du mir erzählst, was du geträumt hast und wie er aus sah, kann ich dir vielleicht weiter helfen.“ Somit ist es ja beschlossene Sache, dass mein Bruder nicht der Richtige für sie ist, doch mir graut schon vor ihrer Antwort, denn ich hab da so einen Verdacht. Sie erzählt mir alles und als sie geendet hat, sitze ich etwas ratlos neben ihr. Verdammt noch mal, gerade er. Diese vermaledeiten Hexen müssen sich doch echt einen schlechten Scherz erlauben oder? Dara sitzt eine Zeit lang da und ich überlege, wie ich ihr das nun schonend beibringe. „Wer war das?“ Kommt sie mir zuvor. „Was weißt du über diese Welt?“ „Na ja es gibt 4 Welten und jede wird von der jeweiligen Art beherrscht, nur einer herrscht über alle oder so.“ „Dara, ich glaube, ich muss etwas weiter ausholen.“ Verstohlen blicke ich zu Arin, der aber mit den Pferden beschäftigt ist.

„Ellyll besteht, wie du ja schon weißt, aus 4 Welten, in jeder

Himmelsrichtung befindet sich eine. Somit gibt es die Erde, Dragun, Eldaron und Esilio. In ihrer Mitte befindet sich Elysium die weiße Stadt. Die Erde kennst du ja, sie wird von den Elementelfen bevölkert. Dragun ist mein Heimatland, dass hast du ja schon kennengelernt. Es gibt dort endlose Süßwasserseen und Inseln. In Eldaron sind alle Elfen beheimatet und da befinden wir uns gerade. Esilio, tja wie soll ich dir das jetzt sagen“ Ich überlege, doch es hilft nicht sie soll die Wahrheit erfahren. „In Esilio leben nur Verbannte. Es ist ein abscheulicher Ort, dunkle Magie und das reine Böse hält sich dort auf. Also kein sehr guter Umgang.“ Sie blickt mich fragend an „Diesen Mann, den du mir beschrieben hast, ist Tenebris. Er ist die Dunkelheit, seine Macht ist beängstigend, er war es der die Erde von dieser Welt trennte. Er beschwor einen dunklen Zauber und das Tor war zerstört. Warum er das gemacht hat, kann ich dir leider nicht beantworten.“ Nachdenklich blickt sie zu Boden, leicht schüttelt sie den Kopf. Sie will es nicht wahrhaben und ich genau so wenig, ich werde zusehen, dass sie noch irgendwie beeinflussen kann, Ciaran ist doch die bessere Wahl.

16.

Koray

Wie immer hat dieser Ort eine umwerfende Aura. Ich sitze in einem Steinkreis und versuche, mich zu konzentrieren. Es ist nicht irgendeiner, sondern der heilige Ort.

Ich habe Arin beauftragt, Dara und das Drachenmädchen hier her zu bringen. Irgendwie habe ich das Gefühl, sie wird noch eine wichtige Rolle in dem großen Ganzen spielen. Immer wieder will ich meine Gedanken beruhigen, doch es gelingt mir einfach nicht. Jedes Mal wenn ich mich mit der Kraft der Welten verbinden möchte, kommt ein seltsames Gefühl auf und Daras Gesicht tritt in den Vordergrund. Schön langsam glaube ich, die Göttinnen verwehren mir ihre Gunst.

Leicht frustriert erhebe ich mich und blicke zu meinem Lagerfeuer, das in einigen Metern Entfernung nicht mehr brennt. Ach verdammt, ich habe anscheinend mehr Zeit hier verbracht, als mir lieb ist. So verlasse ich den Steinkreis und schreite auf mein Lager zu. Etwas Seltsames liegt in der Luft und ich blicke mich noch mal um.

Im Steinkreis sprühen Funken in allen Regenbogenfarben und formen eine Kugel, ein Bild schärft sich in ihr. Das, was ich zu sehen bekomme, lässt mich innehalten. Ich sehe nur Tenebris Rücken, aber es ist genug. Seine magische Zeichnung leuchtet silbern. Ein Schrei abgrundtiefer Wut verlässt meine Kehle.

Sie hat irgendwie den Weg zu ihm gefunden und sei es nur im Traum. Ich spüre wie sich meine Wut bündelt und reiße mit meinen Gedanken einen riesigen uralten Baum aus. Werfe ihn mit alle Kraft in Richtung Steinkreis fliegen. Doch er prallt gegen eine Art Schutzschild und da sehe ich, wer sich dort befindet und mich an diesen Bildern teilhaben lässt. Lachesis, sie ist die Schicksalsgöttin die unseren Faden bemisst den Klotho spinnt, nur um ihn, wenn ihnen nicht gefällt, wie wir unsere Entscheidungen treffen, von Atropos durchtrennen lässt und allem ein Ende setzt. Sie grinst mir ins Gesicht und wendet mir darauf hin den Rücken zu. War ja klar das sich diese Biester wieder einmischen, sie musste die Zusammenkunft der beiden im Traum geplant haben.

Ich muss mir etwas einfallen lassen, und zwar schnell, Dara ist bald hier, ich spüre ihre wachsende Macht, je näher sie diesem Ort kommt.

Dara

Arin kommt auf mich zu und hilft mir hoch. „Wir müssen weiter“ erklingt seine Stimme. Er reicht Elyn die Hand und zieht sie ebenfalls hoch. Verblüffend zu betrachten wie vertraut sie doch sind. Wieder tritt dieser Glanz in ihre Augen.
Erneut am Rücken dieses beeindruckenden Rosses, geht es dieses Mal gemächlicher weiter. Obwohl es sich eigentlich angenehm anfühlt, den starken Körper und die Wärme des Tieres unter mir zu spüren. Sie breitet sich in meinen Beinen aus, doch schafft sie es nicht bis in meine schmerzenden Glieder vorzudringen. Dennoch hat es etwas Tröstliches.
Ich blicke Elyn an, seltsamerweise weicht sie meinem Blick aus und versinkt vollkommen in ihren Gedanken. So bekommt sie nicht mal mit, dass sie gerade auf einen tief hängenden Ast zusteuert. „Elyn, pass auf.“ Rufe ich ihr zu, worauf hin sie gerade noch den Kopf einziehe kann. Ihr Gesicht spricht Bände. Sie atmet schwer aus und lächelt mich dankbar an. Ich blicke mich um. „Wo reiten wir hin“ flüstere ich zu Elyn. Arin hat stur den Kopf nach vorne gerichtet. „Wir sind im verbotenen Wald, nur Auserwählte dürfen in beschreiten, vorausgesetzt sie finden ihn“ „Warum ist es verboten ihn zu betreten?“ Elyns Augen werden groß und mit andächtiger Stimme sagt sie „Weil sich in seinem Zentrum der heilige Ort befindet, spürst du denn nicht die Magie, die alles umfasst?“ Jetzt wo sie es sagt, betrachte ich alles etwas genauer und höre in mich hinein. Sie hat Recht, es herrscht eine magische Stimmung in diesem Wald.
Es ist still, keine Tiere und sonstigen Geräusche sind zu hören, nur die festen Schritte der Pferde und ihr stetiges schnauben. Es fühlt sich an, als wäre es kälter geworden den kleine weiße Wölkchen, steigen aus den Nüstern der Pferde auf, ich teste es und auch mein Atem ist sichtbar. Das Licht wird dunkler und der Wald dichter, nur mehr wenige Sonnenstrahlen treffen auf den Waldboden und beleuchten den aufsteigenden Nebel. Er wird immer dichter und fühlt sich schwer auf meiner Haut an. Eine

innere Unruhe gibt mir das Gefühl, dass uns dieser Wald prüfen will.

Arin vor uns bleibt stehen und spricht schnell und laut in einer mir fremden Sprache. Die Nebelwand vor ihm wird noch dichter und seine Stimme noch lauter. Er färbt sich bedrohlich blutrot und mischt sich mit blauen Fäden. Ein purpurfarbenes Tor entsteht. Blitze durchzucken den Nebel, Arin gibt den nötigen Schenkeldruck und die Pferde durchschreiten den offenen Durchgang. Er schließt sich augenblicklich hinter uns.

Gleißendes Sonnenlicht blendet mich und Wärme steigt in meine steifen Glieder, ein Knistern liegt in der Luft und vor uns nimmt eine Lichtung Form an. Ein kleiner See befindet sich am linken Rand, in dem immer wieder kleine Fontänen emporsteigen. Daneben hat jemand ein Lager eingerichtet, doch das Feuer ist schon aus. Ich sehe eine Gestalt, die von rechts auf uns zukommt. Sofort erkenne ich ihn. Diese unfassbar purpurnen Augen fixieren mich und mir läuft ein Schauer den Rücken hinunter. Arin steigt ab und hilft uns von den Pferden. Mittlerweile ist Koray bei uns angekommen „Willkommen am heiligsten Ort, den die Welten zu bieten haben." Ich kann ihm nur zunicken. „Ich werde mich mit Arin zurückziehen, damit ihr euch an der heiligen Quelle waschen könnt. Denn so..." er rümpft die Nase „kann ich dich nicht zum Steinkreis bringen. Dort liegt ein frisches Gewand für dich bereit." Er blickt mir tief in die Augen und holt ein Messer hervor. Unsere Fesseln fallen zu Boden. Ich bringe nur ein Nicken zustande. Arin und Koray blicken sich an und verschwinden in die Richtung, aus der er zuvorgekommen ist.

Etwas unsicher blicke ich zu Elyn. „Unfassbar arroganter Arsch" murrt sie und macht sich auf den Weg ins Lager. Ich folge ihr und sehe zu, wie sie die bereitgelegten Kleider inspiziert. Sie hält ein Kleid hoch, atemberaubend schön, strahlend weiß. Ich kann mir schon denken, wie es an mir aussehen wird, hab ich dieses doch schon im Traum gesehen. Kopfschüttelnd lässt sie es wieder fallen und greift nach zwei Tüchern, die als Handtuch dienen sollen, glaub ich zumindest. Sie sieht an sich hinab

und mustert mich ebenfalls „Wird ja auch Zeit, dass wir endlich etwas Wasser abbekommen." „Ich denke auch" denn ich kann mich nicht erinnern, wenn ich mich das letzte Mal richtig gewaschen habe. Manche Sachen sind angesichts der Lage in der wir uns befinden, in den Hintergrund getreten. Jetzt fühl ich mich doch etwas unwohl in meiner Haut und freue mich auf ein Bad. Was wird mich erwarten? So kann ich nur hoffen, dass es nicht allzu kalt ist oder Schlimmer.
Ich bleibe aber etwas unsicher stehen. Nach all der Zeit schaffe ich es noch immer nicht, in matschigen Schlamm zu steigen. Ich verziehe das Gesicht und wünschte mir, es gebe Stufen oder wenigstens Steine, die nicht glitschig sind. Lockend zieht mich das Wasser an, kleine Wölkchen aus Dampf steigen empor, was mich hoffen lässt, dass das Wasser warm ist. Das Ufer vor mir leuchtet in hellem Licht auf und ich traue meinen Augen nicht. Es ist tatsächlich ein magischer Ort, denn vor mir erscheint ein steinernes Becken. Elyn blickt mich an, ebenso sprachlos wie ich. „Warst du das?" Fragt sie mich. Ich hebe kurz die Schultern „Mag sein, ich habe mir gewünscht, dass ich nicht in schlammiges Ufer steigen muss." „Wenn ich bis jetzt Zweifel an deiner Herkunft hatte, hast du sie gerade ausgemerzt, du bist wahrhaftig die Auserwählte." Etwas zaghaft steh ich immer noch da und weiß nicht, ob ich mich hier komplett entkleiden soll. Ich blicke zu Elyn und musste fast schmunzeln. Ganz unverblümt hat sie sich schon ihrer gesamten Kleidung entledigt und steigt in das Wasser. Abermals blicke ich mich um, da ich das Gefühl habe beobachtet zu werden, nirgends ist etwas zu sehen. Somit befreie ich mich kurzerhand auch meiner Kleidung und steige in das für mich erschaffene Becken.
Wohlig warm empfängt mich das Wasser und ich tauche komplett unter. Als ich auftauche, grinst mich Elyn mit einem breiten Lächeln an. Mir steigt sofort Röte ins Gesicht, weiß aber nicht weshalb. Ich sehe sie fragend an. Sie nickt nur in meine Richtung und deutet auf meine Haare. Hoffentlich habe ich jetzt nicht eine Kröte oder glitschige Algen darin. Sofort fasse ich auf meinem Kopf, doch ist nichts Außergewöhnliches zu ertasten.

Ich lasse meine Hand an den seidigen Strähnen entlang gleiten und ziehe eine mit nach vorne in mein Sichtfeld. „Ohhhh" ist alles, was ich sagen kann. Jetzt weiß ich warum Elyn so verzückt schaut. Es leuchtet förmlich und schimmert in allen Regenbogenfarben. Eine Ewigkeit lang kann ich meinen Blick nicht losreißen und lasse es immer wieder durch meine Finger gleiten. Bis mir die veränderte Umgebung auffällt. Die Sonne steht nun tief, ich erhasche einen Blick auf Elyns Rücken, diese Striemen nehmen mir fast die Luft. Es müssen Höllenqualen gewesen sein. „Ach wird schon wieder" und sie winkt ab, sie muss meinen Blick in ihrem Rücken gespürt haben.
Da fällt mir ein, ich wollte sie ja noch auf Arin ansprechen. „Du sag mal, was ist das zwischen dir und Arin?" Abrupt dreht sie sich zu mir und die Röte färbt ihre Wangen rosa. „Wie meinst du das?" „So wie ich es gesagt habe, ich hab doch gesehen, wie ihr euch anseht." Wir blicken uns lange an und dann bricht sie doch ihr Schweigen „Na gut, ich kenne ihn von früher, bevor er einer der Wachen dieses Scheusals wurde. Du musst wissen alle magischen Wesen schicken ihre besten Kinder in die Obhut der Garde, um sie im Kampf zu trainieren. Somit auch mich. Ich bin nie bestimmt gewesen den Thron zu besteigen und so blieb mir nicht viel über und ich wählte die Garde. Immer noch besser sein eigener Herr zu sein, als zwangsverheiratet zu werden. Arin war derselben Gruppe zugeteilt. Bevor sich die Elfen als allumfassende Herrscher auserkoren hatten, war die Garde zum Schutz und für den Frieden unter den Völkern zuständig, hat sich dann geändert und die Elfen benutzen sie für ihre Belangen. Na ja er gefällt mir halt immer noch gut." So war das also, es muss ihn fertiggemacht haben sie leiden zu sehen. „Wer hat dir diese Wunden am Rücken zugefügt?" Bei ihrem Gesichtsausdruck rechne ich schon mit dem schlimmsten, doch da sagt sie „Keine Sorge es war nicht Arin, ein viel Älterer der Garde, er war damals schon ein Lehrmeister und wir hatten schon immer Schwierigkeiten miteinander. Arin verlies jedes Mal den Raum, sonst hätte er womöglich eingegriffen und das stand im nicht zu, keiner widersetzt sich dem Herrscher." „Hier herrschen echt kranke

Regeln." Ich schüttle den Kopf. „Tja Dara du bist nicht mehr auf der Erde. Komm klar damit! Ich tu es auch, außerdem heilen diese Verletzungen, sollten wir endlich diese verdammten Ketten loswerden." Daraufhin steigt sie aus dem Wasser und reicht mir die Hand. Ich habe tatsächlich Hilfestellung notwendig. Sie reicht mir ein Tuch und ich wickle mich sofort ein. So setzen wir uns kurz ans Feuer.

Nanu, es war ja vorher ausgegangen. Seltsam dabei hatte ich fast immer den Blick auf meine Umgebung gerichtet und keinen bemerkt, der es hätte anzünden können. Hier passieren so viele seltsame Dinge, dass ich bald aufhören muss, sie zu hinterfragen. Nachdem meine Haare endlich halbwegs trocken sind, begutachte ich das Kleid, dass ich tragen soll. Darunter kommen noch andere Kleidungsstücke zum Vorschein. Warum muss ich ausgerechnet ein Kleid tragen? Elyns Kleider sind viel praktischer, eine lederne Hose und ein eng anliegendes Hemd und darüber ein Harnisch. Die Kleider passen perfekt. „Na da hat uns aber jemand erwartet. Das sind Sachen aus meinem Kleiderschrank." Sie grinst wissend. Ich glaube ich weiß auch, wer ihr diese mitgebracht hat, es muss Arin gewesen sein. Ich schlüpfe in mein Kleid und lasse es mir von Elyn im Nacken schließen. Dabei streicht sanft ihre Hand über mein magisches Zeichen, ich schnappe nach Luft. „Oh entschuldige bitte, aber es leuchtet ganz sanft im Licht des aufgehenden Mondes." „Kein Problem" ich winke ab.

Wir setzen uns wieder ans Feuer und warten. „Was jetzt wohl kommen mag?" Die Frage ist an mich selber gerichtet. Aber ich erhalte prompt eine Antwort. „Na ja das wofür wir gekommen sind, wir entfesseln dich." Koray taucht hinter einem Baum auf, dicht gefolgt von Arin. Wie lange die zwei wohl schon hier hinter uns herumschleichen? Mag sein, dass ich deshalb immer ein komisches Gefühl hatte. War ja klar, dass sie uns im Auge behalten. Er kommt auch mich zu und schnappt mich an der Hand und ein elektrischer Schlag durchzuckt mich. Ich ziehe überrascht die Luft schnell ein und ein selbstgefälliges Grinsen tritt auf sein Gesicht. Arroganter Arsch. Er zieht mich mit sich in Richtung Wald.

Ein kurzes Stück gehen wir durch das Unterholz, bis wir auf eine Lichtung kommen. Ein mystisches Leuchten erhellt diesen Ort, Koray bleibt Stehen doch ich gehe weiter auf die Mitte der Lichtung zu. Sie zieht mich förmlich an. Ich blicke mich um und erkenne am Boden ein Rankenmuster.
Der Drang sie zu berühren kommt so unverhofft und so gehe ich in die Knie und berühre einen Ausläufer mit den Fingern, ein Kribbeln breitet sich aus. „Warte“ sagt Koray und kommt auf mich zu, er berührt den Verschluss der Kette und spricht leise in einer seltsamen Sprache. Es klickt und endlich ist die magische Fessel meiner Kraft verschwunden. Sogleich spüre ich, wie meine Magie zu fließen beginnt. „Was ist das für ein Ort“ „Das ist der heiligste Ort aller Welten, kraftvoll und voller Magie. Dieser Ort erkennt dich, er hat ein Gedächtnis und erinnert sich an alle, die vor dir hier waren. Nimm dort in diesem Steinkreis Platz und entfessle deine Kraft. Verbinde dich mit dieser Welt.“ Ich schlucke, etwas vibriert in mir, mein Innerstes spürt die bevorstehende Wandlung. So hole ich tief Luft, mit jedem Schritt, dem ich näher komme verstärkt sich die Anspannung in mir.
Vorsichtig setzt ich mich, es fühlt sich warm an und das Leben pulsiert unter mir. Ich schließe meine Augen und konzentriere mich auf die Kraft, die in mir wohnt. Ich atme tief ein und spüre den Schwingungen rund um mich nach. Mein Körper weiß anscheinend genau, was er zu tun hat. Ich neige mich etwas nach vorne und lege meine Hände auf den Boden.
Sobald beide den Boden berühren, liegt eine Spannung in der Luft, es knistert und all meine Haare stehen zu Berge. Ich blicke auf und sehe wie außerhalb des Steinkreises die Bodenranken zu leuchten beginnen. Das Licht bahnt sich seinen Weg zu mir, wie ein stetiger Fluss. Mein Körper nimmt alles auf, wie ein Schwamm. Jede einzelne Zelle meines Körpers fühlt sich frei und leicht an.
Da sehe ich plötzlich Elfen und andere Geschöpfe, es müssen jene sein die sich vor mir mit diesem Ort verbunden hatten. Sie

tanzen und feiern ausgelassen. Eine Stadt, aus weißem Marmor und Gold, in deren Mitte, ich als ihre Herrscherin stehe. Das Bild ändert sich, wird düster und alle Glückseligkeit verschwindet. Nun sehe ich das Leben, das alle magischen Geschöpfe unter dem jetzigen Herrscher führen. Wobei es den Elfen noch am besten ergeht. Ich schnappe nach Luft. Korays Vater steht direkt vor mir und er blickt mir, mit abgrundtiefen Hass direkt in die Augen.
Mit einem Mal ist alles weg und starke Arme greifen nach mir. Ciaran zieht mich in eine Umarmung und im nächsten Moment sind wir verschwunden. Mein letzter Blick traf auf purpurne, vor entsetzen weit aufgerissene Augen.

Immer noch ist diese Schwärze unangenehm für mich. Gott sei Dank ist es schnell vorbei und sie gibt uns frei. Ich spüre Sand unter meinen Füßen und der Wind weht salzige warme Luft durch mein Haar. Immer noch in Ciarans Armen blicke ich hoch und sehe in sein wunderschönes Gesicht. Verblüffend wie ähnlich er seiner Schwester sieht. Fest drückt er mich an seine Brust und küsst meinen Scheitel. „Bei den Göttinnen, ich hatte solche Angst um dich. Geht's dir gut?“ Ich horche in mich hinein und antworte ihm wahrheitsgemäß „Eigentlich ganz gut.“ „Du warst eine geraume Zeit, wie vom Erdboden verschluckt und als ich dich endlich wahrnahm, wusste ich, dass ich handeln muss. Deine Aura ist förmlich explodiert, ich glaube jedes Wesen in dieser Welt weiß, dass ihre Herrscherin erwacht ist.“ Seine Augen weiten sich und im nächsten Moment lässt er sich auf die Knie fallen und spricht „Meine Königin ich folge dir und nur du entscheidest über mein Schicksal. Ich lege es in deine Hand.“ Das ist mir jetzt doch zu viel. Ich greife nach seiner Hand und ziehe ihn hoch, wobei ich leicht den Kopf schüttle. Er grinst mich wissend an und nickt.
Hinter ihm sehe ich eine Gestalt und zucke zusammen. Er kommt auf mich zu und ich weiß nicht, ob ich weinen, lachen oder mich genieren soll. Syrus schiebt Ciaran zur Seite und schließt mich in die Arme. „Endlich bist du wieder frei und bei

mir.“ Er hebt mein Kinn an und blickt mir in die Augen, Halleluja, ich versinke fast in diesem Gold. „Es tut mir leid, dass ich in euren Traum eingedrungen bin, ich hatte eigentlich nicht das Recht dazu“ Ich blicke zwischen beiden hin und her, da ich es immer noch nicht so recht glauben kann „Tatsächlich seit ihr gemeinsam unterwegs“ Beide grinsen mich an „Tja deine Rettung, hatte oberste Priorität und da haben wir unsere Differenzen kurzerhand beiseitegeschoben.“ Gibt mir Syrus als Antwort. Da staune ich doch ganz schön. Ich atme erleichtert tief durch. Ich versinke in meinen Gedanken und blicke dem Horizont entgegen, das Meer in weiter Ferne wirkt bedrohlich und doch zieht es mich an. Ich nicke in die Richtung und frage „Was ist das dort“. Wolken haben sich hoch aufgetürmt und es scheint, als ob sie an einer unsichtbaren Barriere nicht vorbei können. Keiner der beiden will mir antworten. Ich ziehe die Augenbrauen hoch und kann es nicht fassen. „Was wollt ihr mir verschweigen? Lügt mich nicht an, unsere Beziehung befindet sich generell auf sehr dünnem Eis, was Vertrauen angeht.“ Lange sehen sie sich an und überlegen. Bevor einer etwas sagt, fällt es mir wie Schuppen von den Augen und ich weiß es. „Esilio“ flüstere ich und spüre eine Sehnsucht, die mich ruft. Ciaran und Syrus heben gleichzeitig den Kopf und sehen mich entgeistert an. Ich blicke Ciaran mit zusammengekniffenen Augen an „Tja, ich habe in meinem Gefängnis eine interessante Bekanntschaft gemacht.“ Sein Unmut zeichnet sich auf seinem sonst so wunderschönen Gesicht ab und lässt es hart erscheinen. Er hat so gar keine Ahnung, wen ich damit meine. „Wieder etwas dass ihr mir verschwiegen habt.“ „Wer hat dir von Esilio erzählt?“ Kommt es etwas ungeduldig von ihm. „Elyn“ bei ihrem Name entgleiten seine Gesichtszüge endgültig. „Wie ist das möglich? Wo?“ Ungeduldig wechselt er von einem Bein auf das andere. Ich lasse ihn noch etwas Warten, den ich finde es nur fair, wenn sie auch mal sehen wie das ist. „Wie sie in meine Zelle oder ich in ihre gekommen bin weiß ich nicht, nur so viel, sie hat sich gegen irgendwas oder jemanden aufgelehnt und wurde dann dafür bestraft. Ihre Augen haben mich an dich erinnert und so bin ich schnell dahinter gekommen.“ Missmutig atmet er schwer aus. „Was ist eigentlich alles passiert?“ Fragt mich Syrus, er nimmt mich an der Hand und zieht mich an eine Feuerstelle. Wir setzen uns und ich erzähle ihnen, was sich dort zugetragen hat. Wobei ich das Ende unserer Traumbegegnung auslasse. Beide schlucken, als ihnen bewusst wird, dass ich Koray kennengelernt habe und dass er mich beschützt hat. Ich bin so müde nach all der Aufregung und kämpfe mit dem Schlaf. Ciaran trägt mich in seine Hütte und bettet mich auf Kissen. Kaum liege ich, bin ich auch schon weg.

Ciaran

Ich sehe sie an. Sie strahlt so viel Macht aus. Jede Zelle meines Körpers sehnt sich nach ihr. Wie kann das sein. Sie wirkt so zerbrechlich und unendlich erschöpft. Vorsichtig streiche ich über ihr Haar. Es ist wunderschön und leuchtet im Mondlicht. Sie ist das schönste Geschöpf, das in den Welten existiert.

Doch wie soll das alles nur weiter gehen. Sie muss jetzt ihre Kraft beherrschen lernen und den jetzigen Herrscher stürzen. Sie wird Verbündete brauchen, denn es wird einen sehr blutigen Kampf um die Macht geben. Bei dem Gedanken sie womöglich bald auf einem Schlachtfeld zu sehen wird mir schlecht. Ich schlucke die aufkommende Übelkeit runter und der nächste Gedanke ist der Wichtigste von allen. Alles andere ist wie ausgelöscht. Ich muss sie schützen, mit allem, was ich habe.

Mich beängstigt nur noch mehr, dass sie auf der Suche nach diesem Verstoßenen ist, sie darf ihm nicht in Wirklichkeit begegnen. Denn seine Macht ist dunkel und wird sie sofort einnehmen. Es wird sie kein anderer mehr für sich erobern können, denn sie wird sich für ihn entscheiden. Ich spüre es, sie hat sich uns verschlossen. Er hat sie in der Traumebene gefunden und sie wird gnadenlos von diesem Abschaum angezogen. Die Dunkelheit greift nach ihr. Ihre Macht hat eine Art Schutz um sie gelegt. Sie darf ihm nie begegnen. Es gibt nur eine Lösung, sie muss mich wählen und dazu wird mir jedes Mittel recht sein.

Koray

Ich reiße wahllos Bäume aus und werfe sie umher, einer nach dem anderen zerberstet mit solcher Wucht, die andere in Angst und Schrecken versetzen würde. Es spiegelt meine Wut wieder. Wie konnte das passieren. Natürlich hatte bis hier her die magische Kette ihre Arbeit sehr zuverlässig erledigt, doch musste ich sie ihr abnehmen. Sie hätte sich sonst nie mit der Macht verbinden können. Aber ich hatte den Drachen nicht auf meiner gedanklichen Liste. Wie konnte ich so naiv sein.
Ihre Macht hat mich so geblendet und jetzt fehlt sie mir so sehr, es bereitet mir fast körperliche Schmerzen. „Wo bist du nur meine Mondkönigin?" Ich muss sie finden, aber bis dorthin werde ich mich hier noch abreagieren. Sobald ich verschwunden bin, wird wieder alles so sein wie vorher. Der heilige Wald erinnert sich und lässt die Zerstörung verschwinden.
Ich muss sie finden, ich muss sie finden. Ich wiederhole es immer wieder. Schwer atmend bleibe ich stehen und das Drachenmädchen tritt in mein Sichtfeld. Sie ist noch immer gebunden und kann ihre Macht nicht nutzen. Vielleicht sollte ich mich mal etwas ausführlicher mit ihr unterhalten. Sie kennt ihn anscheinend, das hat mir ihr Blick verraten. Sie muss wissen, wo er sie hingebracht hat.

17.

Dara

Ich öffne die Augen und erblicke ödes, graues Land. Nichts ist grün, es ist totenstill und kein Leben ist zu sehen. Wo bin ich den jetzt wieder gelandet. Ich drehe mich im Kreis und erkenne nur Geröll, Felsen und Asche. Sie befindet sich überall und bedeckt den Boden, wie frisch gefallener Schnee. Bis zu den Knöcheln versinke ich darin. In der Ferne sind die Reste des abgebrannten Waldes zu erkennen.

Was ist hier nur passiert. Ich setze einen Schritt voraus und stoße gegen etwas Rundes. Es kullert davon und ich blicke ihm nach. Es wird von einem weißen Gebilde gestoppt. Ich mache noch einen Schritt und sehe mir das runde Ding genauer an. Alle Farbe weicht aus meinem Gesicht und ich stolpere einige Schritte rückwärts nur, um das nächste runde Ding anzustoßen. Ein entsetzter Schrei bleibt mir in der Kehle stecken. Ich drehe mich zu Seite und versuche, diesem schrecklichen Ort zu entkommen. Aber überall zeigt sich mir dasselbe Bild. Die Erkenntnis trifft mich wie ein Schlag mitten auf die Brust, es raubt mir den Atem. Ich stehe auf einem Schlachtfeld und rund um mich sind Gebilde, die zum Teil in Asche versinken. Nein, keine Gebilde es sind Skelette in unnatürlichen Formen. Manche kopflos, manchen fehlen Arme oder Beine. In anderen Stecken Waffen. Der Tod liegt in der Luft, ich schmecke es auf meiner Zunge, er ist allgegenwärtig. Was ist hier nur passiert. Tränen sammeln sich in meinen Augen. Hinter mir spüre ich eine Aura und drehe mich langsam um. Ich will es gar nicht wissen, wer oder was da ist, denn das Grauen hält mich auch so schon in seinen erbarmungslosen eiskalten Klauen. Dennoch bewegt sich mein Körper von selber. Ein Schluchzen steigt meine Kehle empor und ich laufe auf ihn zu. Tenebris öffnet rechtzeitig die Arme und fängt mich auf. Ich weine hemmungslos an seiner Brust. Er hält mich einfach nur fest, doch ich bin zu schwach. Ich schaffe es nicht, mich zu beruhigen. „Was ist hier passiert" schluchze ich. „Hier? Noch gar nichts, aber es wird so kommen, wenn du dich falsch entscheidest. Suche einen Weg zu mir und wir können all das Leid verhindern." Alles um mich wird schwarz und er ist weg.

Ich höre in die Stille, ohne dabei die Augen zu öffnen. Leises Gemurmel dringt an mein Ohr. „Ich glaube sie weiß schon von ihm und dass gefällt mir gar nicht." Höre ich Ciaran zu Syrus leise sagen. „Ich vermute auch und mir eben so wenig." Antwortet Syrus, wobei er hörbar ausatmet. Einen Moment lang ist es ganz still und ich spüre ihre Blicke in meinem Rücken, ich bewege mich nicht und versuche still und ruhig zu atmen. Ich bin gespannt, ob sie noch irgendwas Interessantes von sich preisgeben. Ciaran spricht als Erster wieder „Du weißt schon, was er ist? Wir dürfen das nicht zulassen" wieder stille. Syrus lässt sich zeit mit seiner Antwort, oder will er nicht antworten? Die Anspannung in mir steigt. „Weiß den irgendjemand, was er wirklich ist? Dennoch weiß ich, wozu er in der Lage ist und werde in mit Sicherheit nicht unterschätzen. Zurzeit bin ich mir nicht sicher, ob jemals irgendjemand außer ihm, eine Chance bei ihr hat, sollten sie sich hier begegnen. Spürst du es den nicht, Ciaran? Sie ist keine Elfe, sie ist so viel mehr."
Was soll denn das jetzt wieder bedeuten? Meine Gedanken drehen sich wie ein Strudel und sie nehmen immer mehr Fahrt auf. Wenn keiner der beiden noch etwas sagt, muss ich darauf hoffen, dass mir Elyn noch mal begegnet. Vielleicht kann sie mir sagen, was das alles bedeuten soll. Beide schweigen, ach Mist.

Nach einer gefühlten Ewigkeit muss ich doch noch eingedöst sein. Ich öffne die Augen und blicke über die hölzerne Terrasse auf den Horizont. Der Morgen dämmert und färbt alles in ein atemberaubendes Rot. Von den beiden ist nichts zu sehen. Ich strecke meine eingeschlafenen Glieder und atme den Duft des Meeres ein, der durch die offene Terrassentür zu mir weht. Wo die beiden nur stecken?

Ciaran

Ich hasse diesen Ort, nur bleibt mir nicht viel über. Es hat jetzt oberste Priorität, Dara muss ihr Wissen über Esilio verlieren. Aber noch viel wichtiger, sie muss Tenebris vergessen. So bleibt mir keine andere Wahl und ich suche einen der dunklen Druiden auf.
Dieser Ort lässt meine Nase rümpfen. Ein etwas modriger Geruch liegt in der Luft und es wirkt Düster. Es kommen nur sehr wenige Gestalten in diesen verwunschenen Teil von Eldaron. Er liegt direkt an der Grenze zu meinem Reich. Bleiche Tierschädel hängen entlang des dunklen Weges und außer dem Geschrei von Totenvögeln ist nichts zu hören. Bei ihrem Klang stellen sich meine Haare im Nacken auf, doch lass ich mir mein Unbehagen nicht anmerken. Vor mir taucht eine Hütte aus Stein auf und eingedeckt mit Schindeln. Alles in allem macht es keinen einladenden Eindruck auf mich. Ich spüre seine Aura, bevor ich ihn sehe. Er ist einer der ältesten und gefürchtetsten Druiden, die es in den Welten gibt. Man tut gut daran nichts mit ihm zu tun zu haben, doch bleibt mir keine Wahl. So wie ich ihn kenne, wird mein Belangen einen hohen Preis haben. Auch wenn ich der Herrscher über die Drachen bin, so macht er nichts umsonst. Ein dunkler Schimmer erscheint in der etwas kleinen Holztür und Asor kommt zum Vorschein. Er trägt ein langes dunkles Gewand aus rauem Filz, es sitzt nicht wirklich. Seine breiten Schultern lassen ihn noch magerer erscheinen. In seiner rechten Hand hält er einen langen Gehstock, der aus schwarzem Stein gemacht wurde. An seiner Spitze thront ein rubinroter riesiger Edelstein. Seine Präsenz lässt mich immer wieder erschaudern. Sein Gesicht ist nach wie vor von einer tief hängenden Kapuze verdeckt, nur sein schneeweißes Haar hängt einige Zentimeter heraus. „Was willst du hier, Alfa der Drachen?“ Er kennt mich, natürlich. Seine Stimme dröhnt leise und bedrohlich. Ich muss echt den Verstand verloren haben, um ihn aufzusuchen. „Ich brauche etwas von dir“ Jetzt hebt er den Kopf und ich blicke

in sein Gesicht. Ein weißer Bart umspielt seinen Mund, auf dem ein grausames Grinsen thront. Doch am schlimmsten sind seine Augen. Genau so weiß wie sein Haar, es ist keine Iris zu erkennen. „Du weißt wohl, dass meine Gunst einen hohen Preis hat.“ „Dessen bin ich mir bewusst.“ Ich atme angestrengt aus, die Luft rund um mich macht es mir schwer. „Dann komm und wir werden uns einig werden.“

18.

Syrus

Ich kann nur hoffen, dass alles gut geht und Ciaran weiß, was er tut. Ein so starker Zauber hat immer seinen Preis und hinterlässt Wunden. Langsam gehe ich aus dem Wald auf das niedergebrannte Feuer zu. Ich habe Holz geholt, denn ich konnte nicht neben ihr sitzen bleiben. Die Versuchung wäre zu groß. Sie steht am Rand des Wassers und blickt Richtung Esilio. Auch wenn ich nicht mehr in ihren Kopf blicken kann, sehe ich ihr doch an, dass es ihr nicht gut geht.
Gerade könnte ich mich nicht mehr hassen dafür, dass wir ihr das antun. Der Zweifel nagt an mir und ich bin mir nicht sicher, ob es der richtige Weg ist. Ich muss sie ablenken. Fieberhaft überlege ich, was ich machen könnte, bis mir etwas einfällt und so lasse ich das Holz einfach neben dem Gluthaufen fallen und trete auf sie zu. Sie dreht sich nicht um, obwohl sie mich längst bemerkt hat. Ich bleibe neben ihr stehen und sehe sie an. Meine Augen weiten sich und ich schlucke, denn in diesem Moment löst sich die erste Träne und kullert ihr schmales Kinn entlang. Vorsichtig wische ich sie weg und endlich hebt sie ihren Blick und trifft den meinen. Mein Herz zieht sich schmerzhaft zusammen. Ich will sie trösten, sie beschützen und gerade hasse ich Ciaran.
Dachte ich noch, Abstand macht es mir leichter, sie in den Hin-

tergrund zu drängen, so hab ich mich selbst belogen. Mein Herz gehört immer noch ihr. Ich kann nicht anders und schmeiße meine Vernunft über Bord. So ziehe ich sie in eine Umarmung. Die sie sofort erwidert. Sie braucht Halt und Zuneigung, die ich ihr nur bereitwillig gebe. Ich spüre ihre Macht, noch mehr da sie mit ihren kalten Fingerspitzen meine magischen Zeichen berührt. Es pulsiert in mir, dieses Gefühl ist fast nicht zu ertragen. Was würd ich alles mit ihr machen, sollte sie sich noch mal für mich entscheiden. Ich lehne mich ein Stück zurück und blicke in ihre Augen. Sie strahlen so viel aus und erscheinen nach ihrer Vereinigung mit den Kräften der Welten noch viel silberner und ein Funkeln liegt darin. Wenn sich etwas bewegt sehe ich den Regenbogen in ihren Augen, der gleiche Schimmer erscheint auch in ihren Haaren. Sie ist so unglaublich schön, einer Göttin gleich. Ich spüre ein Knistern in der Luft und bin sofort alarmiert. Erschrocken blicke ich auf Dara, sie steht wie versteinert da und ein schmerzerfüllter Schrei verlässt ihre Kehle.
Im nächsten Moment verdreht sie die Augen und sackt in meinen Armen zusammen. Wie Schuppen fällt es mir von den Augen. Ciaran hat seinen Zauber bekommen, ist nur die Frage, wie viel Schaden er angerichtet hat. Ich greife ihr unter die Kniekehle und hebe sie hoch, so trage ich sie zum Lagerfeuer zurück und bette sie auf meinem Schoss. Sie sieht so leblos aus, es jagt mir pure Angst durch die Eingeweide. Mit zitternden Fingern ertaste ich ihren Puls am Hals, ihr Herz schlägt. Wenn auch nur schwach. Eine gefühlte Ewigkeit sitzen wir regungslos da, bis sie sich endlich etwas bewegt und ich ihre Macht wieder fühlen kann. Sie hebt den Kopf und blinzelt mich an. „Was ist passiert?“ Fragt sie noch etwas müde und kuschelt sich wieder in meine Arme. Erleichterung breitet sich in meinem Inneren aus, denn sie blickt mich an, als ob sich nie etwas zwischen uns verändert hätte seit der Höhle. „Dir ist schwindlig geworden und du warst kurz weg“ Sie grinst mich an und schmiegt sich an meine Brust. Ohje, was war das für ein Zauber. Der Zwiespalt macht mir zu schaffen. Es würde mich unendlich glücklich machen da sie mich voller Liebe betrachtet, aber das schlechte Ge-

wissen nagt an mir und hinterlässt einen fiesen Geschmack auf meiner Zunge.
Schwer schlucke ich diese Gefühle hinunter und stelle sie auf ihre wackeligen Beine. „Huch“ sagt sie nur und klammert sich an mich, da sie schwankt. Ich überwinde mich und schenke ihr ein aufrichtiges Lächeln, das sie nur zu gern erwidert. Dieser Blick haut mich um. Ich muss sie ablenken, sonst kann ich für nichts garantieren. „Wo sind wir denn?“ Fragt sie und sieht sich um. Schnell muss ich mir etwas einfallen lassen. „Wir sind in Ciarans Reich.“ Mit schockgeweiteten Augen blickt sie mich an. „Sind wir den in Sicherheit?“ Ciaran, was hast du nur gemacht, denk ich mir. Ich brauche schnell eine Erklärung. Doch da entfährt ihr ein schriller Schrei, als sich Schwarzer Nebel neben uns ausbreitet. Im nächsten Moment steht Ciaran neben uns. Dara will schon flüchten, doch halte ich sie wie in einem Schraubstock fest. Er blickt mich missmutig an. Ich hebe die Augenbrauen fragend, er schüttelt kaum merklich den Kopf. „Ciaran ist nicht unser Feind, Dara, das weißt du doch.“ Sage ich zu ihr, ich sehe die Verwirrtheit in ihrem Blick. „Du musst dir den Kopf ganz schön gestoßen haben, als du zuvor zusammen geklappt bist. Kannst du dich den nicht erinnern, dass wir gemeinsam mit Ciaran und seiner Schwester Elyn unterwegs waren und du endlich deine vollen Kräfte besitzt.“ Mit großen Augen blickt sie mich an und überlegt. Ciaran nickt bestätigend und jetzt hellen sich ihre Züge auf und sie geht auf Ciaran zu und umarmt ihn. „Danke, dass du mir hilfst, aber warum kann ich mich nicht erinnern? Es fühlt sich an, als wäre eine riesige Wolke in meinem Kopf in der meine Erinnerungen stecken und ich kann nicht zu ihnen durch.“ „Dara, das wird schon wieder, du hast ja uns und kannst uns ja fragen.“ „Wo ist denn deine Schwester?“ Sie blickt herum. „Die ist schon vorgeflogen und kontrolliert unsere Grenzen.“ Lügt er wie gedruckt ohne mit der Wimper zu zucken. „Okay, was wollten wir den machen?“ Fragt sie als Antwort. „Wir machen, wofür wir gekommen sind und trainieren deine Kräfte.“ Ein Glänzen tritt in ihre Augen und man sieht ihr die Freude an. Wie unglaublich ihr Lächeln doch ist.

Ciaran

Ich dachte nicht, dass er ihr so viel von ihrer Erinnerung nimmt. Das schlechte Gewissen nagt an mir. Später muss ich mit Syrus sprechen, aber unter vier Augen. Ich muss wissen wie weit ihre Erinnerungen fehlen. Doch jetzt müssen wir zusehen, dass sie endlich mit ihrer Macht umgehen lernt. Sie muss sich Schützen lernen. „Sag mal Dara, wie war es, sich mit den Welten zu verbinden?“ Frage ich sie. Ihre Augen strahlen doch sieht man ihr an, dass sie etwas beschäftigt. Ihre Augenbrauen ziehen sich zusammen, eine kleine Falte erscheint dazwischen „ Ich kann dir leider nicht sagen, was ich gesehen habe oder wie es war, ich kann mich einfach nicht erinnern.“ Ich schlucke die Übelkeit runter, die aufzusteigen versucht. Syrus geht es nicht anders, denn er schenkt mir einen vernichtenden kurzen Blick. Sie sieht uns an und merkt die Anspannung „Okay und was passiert jetzt“ fragt Dara etwas ängstlich. „Alle magischen Wesen wissen jetzt von dir und somit müssen wir zusehen, dass du deine Kräfte in den Griff bekommst. Du bist jetzt eine vollwertige Elfe.“ Meine Gedanken rasen, sie ist doch so viel mehr, ich spüre es. Ihre Aura hat sich verändert und es gibt nur ein Wesen in dieser Welt, der ihr ähnelt, doch das werde ich verhindern. „Bis auf meine Ohren sieht nichts elfenhaft an mir aus“ antwortet Dara und reißt mich aus meinen Gedanken. „Das wird gleich ganz anders aussehen, konzentriere dich auf dein Licht und denke an Elfenflügel. Stell sie dir genau vor.“ Wieder bildet sich diese Falte zwischen den Augen und man sieht ihr deutlich an, wie sehr sie es probiert.
Ein Knistern umgibt sie und im nächsten Moment ist ein Paar wunderschöner durchsichtiger Flügel auf ihrem Rücken erschienen. Sie schimmern in allen erdenklichen Farben, filigrane silberne Ranken bilden wunderschöne Blumenmuster. Sie öffnet die Augen und ein Freudenschrei ist zu hören. Wir können gar nicht anders und jubeln mit ihr mit, ihre Freude ist so ansteckend. „Du siehst so unglaublich aus, die reinste Macht, die Macht einer geborenen Königin“ Daras Wangen werden

etwas rot, sie freut sich ehrlich über dieses Kompliment. Wenn sie wüsste, dass sie alles sein kann, alles das in ihrer Fantasie nur möglich ist. „Probiere sie aus“ fordert Syrus sie auf. Langsam beginnt sie mit den Flügeln zu schlagen, immer schneller und siehe da, plötzlich schwebt Dara einige Meter über dem Boden. Vor Schreck hat sie vergessen, mit den Flügeln zu schlagen und fällt. Genau in meine Hände, denn Göttinnen sei Dank, hab ich es kommen sehen und konnte sie fangen. Sonst hätten unschöne blaue Flecken ihren zarten Körper verunstaltet. „Noch mal aber dieses Mal erschrick nicht“ Syrus schmunzelt. Und tatsächlich gelingt es Dara, sich mühelos zu erheben und sich in der Luft zu halten.
Immer wieder übt sie es, bis es ihr mühelos gelingt ohne daran zu denken. Syrus sieht mir begeistert zu, gefällt mir gar nicht, wie er sie anstarrt. Denn auch Dara hat es bemerkt und schenkt ihm ein umwerfendes Lächeln. Aus meinen Gefühlen heraus habe ich mich im nächsten Augenblick in meine Drachengestalt verwandelt und stehe neben Dara in der Luft und nicke ihr auffordernd zu. Sie weiß genau, was ich will. Ein Funkeln erscheint in ihren Augen. Sie nimmt die Herausforderung an und so steigt sie höher. Ich blicke noch einmal zu Syrus, dem das Lachen vergangen ist, und schenke ihm mein schönstes Drachenlächeln.
Sofort folge ich ihr, ab und an überhole ich sie und zeige ihr jegliche Flugmanöver, die sie auf Anhieb hinbekommt. Aus Übermut brülle ich mein Vergnügen hinaus und die Luft erzittert. Es lässt sie kurz innehalten, bis sie es zuordnen konnte und stimmt mit einem Freudenschrei mit ein. Ich hatte lange nicht mehr solchen Spaß. Wir fliegen entlang der Steilküste und setzen zum Sturzflug an, als ich im Augenwinkel eine Gestalt wahrnehme. Sie ist in der Luft stehen geblieben. Ich habe zu viel Schwung und presche an ihr vorbei. Sie blickt in die Richtung, wo ich zuvor den Schemen gesehen hatte. Mein Beschützerinstinkt kommt zum Vorschein und ich fliege, so schnell ich kann vor Dara. Erst jetzt sehe ich, dass die Gestalt einen gespannten Bogen in der Hand hält, der direkt auf meine Brust zielt. Ich blicke über meine

Schulter und sehe, wie sich zwischen Daras Augen wieder diese Falte bildet „Wer bist du?“ Ruft sie. Erschrocken sehe ich sie fassungslos an.

Der Zauber hat zwar funktioniert und ihre Erinnerungen blockiert, aber ihr Blick verrät mir, dass sie ihn in gewisser Weise wiedererkennt. Kein Wunder, denn er hatte sie vor seinem Vater beschützt und diese Augen vergisst man nicht so einfach. „Müsstest du das nicht wissen?“ Hört man die melodische Stimme von Koray.

Da lässt sich der Prinz der Elfen plötzlich von der Klippe fallen, er nimmt rasant Geschwindigkeit auf und im letzten Moment glitzerte es hinter ihm und hauchzarte Flügel erschienen. Dara zieht scharf die Luft ein, verdammt sie erinnert sich an etwas. Mit ein paar Flügelschlägen ist dieser verdammte Elf auch schon näher an sie herangerückt.

Ein bedrohliches Knurren dringt aus meiner Kehle. Er hält in der Luft inne und mustert Dara. Ein arroganter Zug liegt auf seinem Mund und er spricht mich direkt an „Nana, nicht so aggressiv, was ist los mit ihr? Wohl nicht so funktioniert, wie du es haben wolltest was?“ Er zwinkert mir zu, dreht in der Luft um und im nächsten Augenblick, schießt er davon. Ich kann seine Geschwindigkeit nicht fassen. Dachte ich, wir Drachen wären schon schnell. Wie mir dieser Elf auf den Geist geht, mit seiner herablassenden Art und der dazu passenden Überheblichkeit. Dara blickt mich nicht an, dreht sich weg und fliegt zurück. Warum nur machte es mir nur so viel aus, sie so zu sehen. Schweigend folge ich ihr.

Nach einer Weile merke ich, wie sie müde wird, sofort setze ich mich im Flug vorsichtig unter sie und sie lässt sich fallen. Ihre Flügel haben sich aufgelöst und sie atmet schwermütig aus.

Ich fühle, wie betrübt sie ist und das frisst mich innerlich fast auf, ich will sie etwas aufheitern und steure eine andere Insel an. Wir laden in einem kleinen Waldstück und ich sehe ihren fragenden Blick. Ich lasse die Schwärze aufkommen und stehe schlussendlich in meiner menschlichen Gestalt vor ihr, ihre Augen weiten sich.

Oh Mist ich hatte vergessen, dass sie nicht mehr weiß, wie es ist, wenn ich mich verwandle. So stehe ich nackt vor ihr. „Warte kurz“ sage ich zu ihr und lass mich in schwarzen Nebel einhüllen. Ich werde mir nur schnell eine Hose besorgen, obwohl mir die Röte in ihrem Gesicht schon gut gefallen hat.

19.

Dara

Oh Gott, Ciaran stand gerade Splitter Faser nackt vor mir. Ich spüre, wie meine Wangen heiß geworden sind. Denn ich konnte nicht verhindern, dass gewisse Bilder in meinem Kopf auftauchen und mir noch mehr Röte auf die Wangen zaubern. Ich dachte, ich habe mich an Syrus gebunden, ist es nicht seltsam, dass mich ein anderer Mann dennoch so aus der Fassung bringen kann.

Ich bekomme leichte Kopfschmerzen, je länger ich darüber nachdenke. Irgendwas ist da in meinem Kopf, doch kann ich mich nicht erinnern. Frustrierend. Schwarzer Nebel taucht vor mir auf und ich spüre auf meiner anderen Seite Hitze.

Ciaran hat Syrus mitgebracht. Ihr Anblick ist atemberaubend, wie kann man nur so unfassbar gut aussehen. Das hält ja keiner aus, wie soll ich da an was anderes denken. „Wer war das?“ Frage ich mit geschlossenen Augen. „Wenn meinst du?“ Fragt Syrus nach. Ciaran atmet hörbar aus und schüttelt leicht den Kopf „Das war der Prinz der Elfen, ziemlich arroganter Arsch für meinen Geschmack“ dabei verzog er sauertöpfisch das Gesicht, was mich schmunzeln lässt. „Wo habt ihr ihn gesehen?“ Kommt von Syrus und der sieht jetzt auch alles andere als erfreut drein. Komisch, warum reagieren die zwei so heftig auf ihn.

Ciaran lässt sich fallen und spielt genervt mit einem Stein am

Boden doch antwortet er „Als wir vorher herumgeflogen sind, ist er plötzlich aufgetaucht.“ „Das haben wir jetzt davon, du musstest ja unbedingt mit ihr wegfliegen.“ Wirft Syrus ihm vor. Ich begreife gerade gar nichts. Seltsam, aber immer mehr Zweifel kommen in mir auf. Ich bin mir gerade nicht sicher, wem der beiden ich trauen kann oder lügen mich sogar beide an.
Wieder sticht es unangenehm in meinem Kopf. „Was hat er da eigentlich vorher gemeint, Ciaran?“ „Nichts, er hat einfach nur versucht mich aus der Fassung zu bringen.“ Kommt es schnell von ihm. Ich glaube ihm nicht, doch werde ich mich mit dieser Antwort fürs Erste zufriedengeben müssen.
Mein Blick schweift herum und ich erblicke nur üppigen intensiv grünen Wald. „Was genau wollen wir hier?“ „Ich will dich etwas aufheitern, komm.“ Er steht auf und bahnt sich vor uns einen Weg durchs Unterholz. Ich blicke Syrus an und bin etwas ratlos. Er schenkt mir ein Lächeln und greift nach meiner Hand. Sofort breitet sich in meinem Inneren eine Wärme aus. Es ist nicht die Berührung, sondern der Blick aus goldenen Augen, die mich so faszinieren. Meine Aufmerksamkeit liegt auf seinen Lippen. So verlockend. Was wollten wir gleich noch mal hier, er raubt mir den Verstand. Magisch zieht es mich zu ihm.
Ciarans Stimme reißt mich aus meiner Trance. „Wo bleibt ihr den?“ Höre ich ihn rufen und er kommt wieder näher. Es ist mir unangenehm, dass er uns in dieser Umarmung sieht. Ciaran schenkt Syrus einen vernichtenden Blick. Dieser grinst jedoch nur spitzbübisch und hebt unschuldig die Schultern. Ich mache mich los und stapfe Ciaran hinterher. Was ist nur los mit mir. Ich bin doch sonst nicht so getrieben. Wieder durchzucken mich Kopfschmerzen. Hätte ich gerade ein Déjà-vu oder was war das. Umso mehr ich mich darauf konzentriere, werden diese Kopfschmerzen unerträglicher. „Was ist mit dir?“ Höre ich Syrus fragen. „Es geht schon wieder“ lüge ich. Sein Blick durchbohrt mich und ich verspüre den Drang, ihm die Wahrheit zu sagen. „Ich bekomme jedes Mal Kopfschmerzen, wenn ich das Gefühl habe, mich zu erinnern.“ Syrus schweigt. Er wirft mir lediglich einen mitleidenden Blick zu. „Seit wann hast du die Kopfschmer-

zen?" „Hat angefangen als wir diesen Elf vorhin getroffen haben." Antworte ich. Sein Blick verfinstert sich augenblicklich. Warum nur?

In mir zieht sich etwas zusammen. Es macht mein Herz ziemlich schwer und eine Erinnerung taucht auf. Es lässt mich innehalten und ich muss Luft holen. „Du hast ihn nicht das erste Mal gesehen, hab ich recht?" Ciaran ist stehen geblieben und sieht mich an. „Ich kann mich an einen Traum erinnern. Ich hatte von ihm geträumt, ich weiß aber nicht warum." Ich schüttle den Kopf. „Diese Träume schicken dir die Göttinnen, entweder wollen sie dich warnen oder sie spielen einfach nur mit dir. Ist im Grund da selbe." Er drückt meine Schulter und geht weiter „Dara jetzt kuck nicht so traurig, es wird alles wieder werden, außerdem möchte dir unser Drachenfreund etwas Besonderes zeigen." Syrus zwinkert mir zu. Ich schlucke meinen Frust runter und schließe zu Ciaran auf.

Wir sind an einem kleinen Wasserloch angekommen. Immer wieder steigen Blasen auf. Das Wasser ist tiefschwarz, was mir nur wieder einen Stich in meinem Kopf gibt. Ich starre ins Wasser und habe das Gefühl rauen Fels unter meinen Fingern zu spüren.

Ich reibe meine Handflächen gegeneinander, bis dieses Gefühl weg ist. Syrus und Ciaran betrachten mich nachdenklich, doch keiner sagt etwas. „Was ist das?" „Das hier ist der Eingang in ein anderes Reich. Ich kann dir einen ihrer Bewohner rufen." Ciaran fixiert die Wasseroberfläche, danach spricht er leise und melodisch in einer fremden Sprache. Es hört sich nach einem Klagelied an. Es spiegelt meine Gefühle wieder und ich kämpfe meine Tränen zurück.

Ich beobachte ihn genau, er berührt immer noch singend die Oberfläche, wodurch sie sich in türkisblaues Wasser wandelt. Luftblasen steigen auf und irgendwas kommt rasend schnell aus der Tiefe auf mich zu. Ich mache einen Schritt zurück. Stauned betrachte ich die Meerjungfrau, die gerade am Rand Platz genommen hat. Sie hat wirre Locken in einem hellen Grün. Ihre Haut wirkt ebenso grünlich. Ihr Oberkörper ist komplett nackt

und ihre Brüste werden durch ihre Locken verdeckt. Sie lächelt mich an. Doch ist das kein schönes Lächeln, es ist furchterregend. Sie bleckt dabei spitze Zähne. Ihre schwarzen Augen erinnern an Katzenaugen und das Licht bricht sich in ihnen. Ich blicke an ihr hinab und sehe eine Schwanzflosse in einem dunklen grün. Wieder durchzuckt mich ein Schmerz, kann nur hoffen es bemerkt keiner, der Schmerz ist unerträglich.
Eine betörende Stimme erklingt und sie stimmt in Ciarans Gesang ein. Jetzt ist mir klar, warum es so viele Geschichten über Meerjungfrauen gibt, die Seemänner in ihren Bann zogen. „Das ist. Avy, die Herrscherin über das Meervolk." Sie verbeugt sich leicht vor mir, wobei mir erst jetzt ihre filigranen Ketten auffallen, die sie über den ganzen Körper trägt. „Ich grüße dich, meine Königin. Unsere Unterstützung sei dir gewiss. Ich habe hier ein Geschenk für dich." Sie überreicht mir ein Diadem, gefertigt aus dem gleichen Material wie ihr Schmuck." Meine Augen weiten sich, denn ich erinnere mich an eine hauchzarte Kette und blicke auf meine Hand. Eine feine Narbe verläuft über meine Handfläche, die muss gerade erst verheilt sein. Meine Augenbrauen ziehen sich zusammen, es verwirrt mich. Ich kann mich nicht erinnern, wann ich mich verletzt hätte. Angestrengt versuche ich, mich zu erinnern und zucke zusammen. Syrus ist sofort zur Stelle und spricht anstatt meiner „Die Königin dankt dir und deinem Volk für deine Zusage." Sie neigt ihr Haupt und ist im nächsten Moment auch schon wieder verschwunden und mit ihr, die helle Färbung des Wassers. Zurück bleibt nur ein schwarzes Loch.
Ich kann nicht mehr und meine Beine geben nach. Ciaran will an mich herantreten, aber lässt ihm Syrus nicht zu mir. „Ich bringe sie in deine Hütte, du findest ja selber den Weg zurück" Er greift unter meine Kniekehle und hebt mich hoch, als würde ich nichts wiegen. Ich lehne meinen Kopf an seine Brust und schließe erschöpft die Augen. Hitze umfängt uns und es wird schwarz. Es dauert nur einen Moment und er hat uns an Ciarans Strand teleportiert. Der Schlaf legt sich schützend über mich und meine Gedanken.

Ich öffne die Augen und sitze auf einer Bank im Garten meiner Uni. Okay denk ich mir, mal ein Traum, der mit meinem menschlichen Leben zu tun hat. Ich habe das Gefühl, schon eine Ewigkeit weg von zu Hause zu sein. Wie mir dieses langweilige Leben doch fehlt. Ich spüre die Kühle des Marmors an meinen Fingern und streiche darüber. Es ist ein wirklich schöner Traum, die Sonne schein warm auf meinen Rücken und die Vögel singen ihre schönsten Lieder. Es ist so friedvoll und schön. Warum kann es nicht immer so sein. Ein Licht blendet mich und ich kneife die Augen zusammen. Ich blinzle dem Licht entgegen, es ist unangenehm und doch langsam gewöhne ich mich daran. Es wirkt freundlich und kommt immer näher. Je näher es kommt, desto größer wird es und ich spüre eine angenehme Wärme auf meinem Gesicht. Es ist ganz nahe und ich genieße dieses Gefühl. Jede Zelle meines Körpers nimmt es auf. Ich fühle mich glücklich und frei. Frei von allen Sorgen. Meine Wange berührt etwas und ich öffne verwundert die Augen. Ich blicke in ein makelloses Gesicht das dem Meinen exakt gleicht.

Etwas erschrocken will zurückweichen und falle fast von meiner Bank. Es hält mich in ihrem Bann. „Fürchte mich nicht, mein kleiner Stern. Wie sehr ich mir schon immer wünschte, dich endlich wieder zu sehen.“ Ich begreife nichts und blicke nur verwirrt dieser wunderschönen Erscheinung entgegen. Was sagt sie da? „Ich habe dich erschaffen aus meinem Licht und wie ich sehe, hast du dich endlich mit dem noch fehlenden Teil verbunden.“ Wie meint sie das? Ist das etwa meine Mutter? „Ja, wenn du so willst, bin ich deine Mutter.“ Wie soll das denn sein? „Aber ich bin doch ein Mensch oder eine Elfe oder was auch immer nur bin ich sicher nicht eine solche Erscheinung wie du.“ Sie schenkt mir ein warmes Lächeln „Mein kleiner Stern, du bist so viel mehr. Du bist nichts von alle dem und doch bist du alles. Du kannst alles sein, was du nur sein magst. Du bist eine neugeborene Göttin. Du bist allmächtig und die einzige die es schafft das Gleichgewicht in den Welten wieder herzustellen. Zu lange leben alle schon in Furcht, Hass und Elend. Durch dieses grausame Spiel der Göttinnen. Doch du musst aufpassen, wem du vertraust. Ich sehe, dein Geist wurde beeinflusst, ein starker Zauber liegt auf dir. Suche deine Beschützerin und lass dir von ihr etwas reichen, dass deine Kräfte bannt. Es wird auch diesen Zauber lösen.“ Mit großen Augen blicke ich sie an, die Verzweiflung ist mir ins Gesicht geschrieben. „Verzweifle nicht mein kleiner Stern“ so kommt sie auf mich zu und nimmt mich in den Arm. Ein Gefühl von Urvertrauen, Stärke und Zuversicht durchflutet mich. Ich spüre meine magischen Zeichen aufleuchten. Doch das ist nicht alles, Wärme und ein Kitzeln breitet sich aus und ich spüre es bis in die Zehen. Noch immer trage ich dieses Kleid, ich hebe vorsichtig den Rock etwas zur Seite und staune. Mein magisches Zeichen hat sich ausgebreitet, es reicht jetzt bis zu meinen Zehen. Ihre Stimme ist nur mehr ein Flüstern "Wenn die Zeit gekommen ist, werden wir uns wider sehen." Ich blicke auf und bin alleine. Ein Sog zieht mich nach hinten, lässt alles um mich herum verschwimmen.

Es ist dunkel doch merke ich dass ich wieder im Hier und Jetzt bin. Seltsamer Traum, vernebelt dringt die Erinnerung dieses Traumes in mein Bewusstsein. Schnell stehe ich auf und blicke mich um, wo bin ich? Ich brauche einen Lichtschalter, so taste ich mich im Dunkeln herum. Ich muss sehen, ob dieser Traum auch hier seine Spuren hinterlassen hat. Ich tapse herum. „Aua“ rufe ich laut aus und halte meinen großen Zeh. „Dara?“ Höre ich Syrus rufen. „Geht schon“ antworte ich „hab mir nur den Zeh gestoßen.“ Ich blinzle gegen das Licht und bedecke meine Augen. Syrus hat das Licht angemacht und kommt direkt auf mich zu. Er nimmt meine Hand und schiebt mich auf einen Hocker. Er geht in die Hocke und begutachtet meinen Fuß. Mit Argusaugen betrachtet er meinen großen Zeh und sein Blick wandert weiter. Ich sehe seine geweiteten Augen und höre ihn scharf die Luft einziehen. Ich kann mir schon denken, was er sieht. Wie in meinem Traum schlängeln sich diese silbernen Ranken über meinen Fuß. Vorsichtig und nur mit den Fingerspitzen berührt er sie. Seine Berührung entfacht etwas in mir. Mein Herzschlag galoppiert davon, im selben Moment breitet sich ein Kribbeln in meinem ganzen Körper aus. Unter dieser feinen Berührung beginnt mein Muster zu leuchten. Ich hebe den Kopf und blicke in goldene Augen. Augen, in denen ich mich verlieren will. Wagemutig strecke ich die Hand aus und streiche über Syrus Gesicht. Meine Hände wandern weiter, entlang seines Halses in seinen Nacken, dabei spüre ich, wie er auf mich reagiert. Eine Gänsehaut breitet sich über seinen ganzen Körper aus und ein Seufzen verlässt seine Lippen. Weiche, wohlgeformte Lippen, die sich leicht geöffnet haben. Nichts auf dieser Welt begehre ich in diesem Moment mehr, so ziehe ich ihn leicht zu mir. Wobei er meinem Willen bereitwillig nachgibt. Kurz bevor sich unsere Lippen berühren, trifft noch mein Blick den seinen und was ich sehe, lässt mich die letzte Distanz überwinden und ich gebe meinem Verlangen nach.

Syrus

Das Verlangen in mir explodiert in meinen Adern. Es rast meinen Körper entlang, jede einzelne Zelle wird davon erfasst. Wie kann jemand nur eine solche Gewalt über mich haben. Ich bin verloren, ich rieche ihren zarten blumigen Duft, ich spüre ihre weichen, warmen Lippen auf meinen und nun öffnet sie die ihren. Ich schmecke sie und es gibt kein Halten mehr. Mein Verstand und die Vernunft lösen sich einfach auf, ist nicht mehr existent. Ich nehme ihren Kopf in meine Hände und vertiefe diesen Kuss. Die ihrigen wandern meinen Oberkörper entlang und schlüpfen unter mein Shirt. Halleluja, wenn sie so weiter Macht garantiere ich für nichts und nehme mir, was ich will und so, wie es aussieht, will sie mich genau so sehr. Ich lasse meine Hände sinken und streife ihren freien Rücken entlang bis zu ihrem Steiß. Mit einem Ruck ziehe ich sie auf meinen Schoss und stehe mit ihr auf. Sie schlingt die Beine um meine Hüften und ich weiß, dass sie mein Verlangen spürt. Rückwärts bewege ich mich mit ihr auf die Couch zu und setzte mich. So kommt sie rittlings auf mir zu sitzen und ein Keuchen entkommt ihrer Kehle.

Ein Räuspern ist zu hören. „Ähm, störe ich?" Ciarans Stimme trieft vor Abscheu und Wut.

Dara zuckt zusammen und springt sofort von meinem Schoss. Verfluchter Arsch muss der jetzt kommen. Dara weicht seinem Blick aus und ich sehe die Röte und Scham, die ihr ins Gesicht geschrieben ist. Ich kann sie so nicht sitzen lassen und beuge mich etwas zu ihr. Meine Hand berührt ihr Kinn und dreht es in meine Richtung, tief blicke ich ihr noch mal in die Augen und küsse sie. Es ist ein sehr unschuldiger Kuss, der ihr aber gerade alles gibt, was sie braucht. Mit glasigen Augen grinst sie mich an. Ich drehe mich zu Ciaran herum und blicke ihn grimmig an. „Ein bisschen Privatsphäre wär doch ganz nett." Meine Stimme nahm dabei einen sehr dunklen bedrohlichen Klang ein, der mich selber etwas schockierte.

Wann bin ich den so empfindlich geworden? Ich kenne mich

zurzeit selber kaum wieder. Etwas stimmt hier ganz gewaltig nicht. Langsam aber doch kommt mir öfter der Gedanke, dass wir alle nicht richtig Handeln. Es fühlt sich an, als ob wir gesteuert werden und nur die Marionetten in einem sehr grausamen Spiel sind. Wie konnte ich mich nur so verleiten lassen. Ich hab alle meine Prinzipien irgendwie über Bord geworfen und hab mich in dieser Prophezeiung verrannt. Aber nicht nur ich handle falsch. Etwas stimmt hier einfach nicht. Die Morgenröte kriecht herein und taucht alles in ein warmes Licht. Dara leuchtet förmlich in diesem Schein. Etwas Abstand tut uns bestimmt sehr gut.

„Dara, dass mit dem fliegen klappt ja schon super, jetzt müssen wir nur noch das Kämpfen im Flug üben, denn ich glaube, du hättest dich nicht verteidigen können." Dara schüttelt zur Antwort den Kopf. Ich stehe auf und ziehe Dara mit mir hoch. Sofort springt Ciaran auf den Zug auf und sagt zu ihr „Der nächste Punkt auf unserer Liste, Verteidigung. Du kannst mit deinen Kräften ein Schutzschild erschaffen." Ihre Augen beginnen zu leuchten.

Wir verlassen die Hütte und machen uns auf den Weg zum Strand. „Ich weiß nicht ob ich das zurzeit schaffe, ich bin noch ziemlich fertig." Dara hat anscheinend keine Lust mehr auf Magie. Missmutig verzieht sie Ihr schönes Gesicht. „Du hast keine andere Wahl, du musst den Crashkurs jetzt durchziehen, alle anderen magischen Wesen haben es von klein auf gelernt." Erwidert Ciaran. Sie schnaubte und giftet ihn an. „Hast ja selber Schuld das ich noch nicht mehr kann." Seine Miene wurde ernst und ein kehliges Knurren ist zu hören. Aber Dara lässt sich nicht beeindrucken und reckt aufmüpfig das Kinn. Seine Wut ist fast greifbar und zwischen zusammen gebissen Zähnen knurrt er „Erschaffe mit deiner Magie ein Schutzschild." Sie blickt mich etwas hilflos an, unvorbereitet trifft sie auch schon ein Schwall Wasser. Sie schwankt bedrohlich und kann sich gerade noch auf den Beinen halten. Mit großen Augen und einem schockierten Gesichtsausdruck blickt sie ihn an, ich sehe, wie sie ihren Mund öffnet und in schimpfen will, da schießt der nächste Schwall

Wasser knapp an ihrer Wange vorbei, gerade noch rechtzeitig hat sie ihren Kopf zur Seite bewegt. Ich blicke ihnen fassungslos zu und war wie festgewachsen. Ciaran hörte nicht auf und jagte sie umher, ihre Kondition geht bald zu Neige. Mit letzter Kraft und Verzweiflung versucht sie ein Schutzschild zu erschaffen. Ihr Zeichen beginnt zu leuchten und Magie strömt aus ihrer Hand. Es breitet sich schnell aus und bildet eine schützende Kugel um sie. Der nächste Schwall Wasser wird abgeschwächt, aber noch nicht ganz abgehalten. „Du musst deine Kraft mehr bündeln." Rufe ich ihr zu. Ich sehe, wie sich wieder eine Falte zwischen ihren Augenbrauen bildet. Augenblicklich bildet sich eine weitere Kugel aus Regenbogenfarben um sie und der nächste Angriff prallt ab. „Endlich" brüllt Ciaran und steht genauso schweratmend da wie Dara.
Sie lässt das Schutzschild zusammenfallen und sackt kraftlos auf den Boden. „Warum muss man dich immer bis zum Äußersten treiben damit du tust, was man verlangt" in Daras Gesicht sieht man deutlich, dass sie nicht mehr kann. Immer noch ziert diese Falte ihre Stirn. Ich mag sie nicht, sie lässt sie so unendlich traurig wirken, es verzehrt ihr sonst so makelloses Gesicht.
Mit schnellen Schritten gehe ich auf sie zu und hebe sie hoch, sofort legt sie ihren Kopf an meine Brust. Ich trag sie in die Hütte und bette sie auf den weichen Kissen. Sie blickt mich an und ein leiser Vorwurf ist zu sehen. „Es tut mir leid wenn wir dir zu viel zumuten, aber wir müssen dich schützen" sie schüttelt sacht den Kopf, atmet schwerfällig durch und ist eingeschlafen.

Syrus

Ich komme gerade aus seiner Hütte und blicke ihn finster an. Ciaran steht unschlüssig neben der Eingangstür, er wollte sich um sie kümmern, aber sie war voller Verachtung für ihn. Ich deute ihm mit einem Nicken zu, sich mit mir zum Feuer zu setzen. Wortlos folgt er mir und lässt sich auf einen Stamm fallen. Ich stochere mit einem Stock im Sand herum und male undefinierbare Muster in den Boden.

Noch immer bin ich verärgert, diese negativen Gefühle, wollen einfach nicht verschwinden. Starr halte ich meinen Blick gesenkt, denn wenn ich ihn anblicke, juckt es mich in den Fingern. Zugern würde ich ihm eine Reinhauen. „Na spuck es schon aus, verdammt noch mal“ kommt es wütend von ihm. Viel Geduld hat er nicht, das hab ich in dieser kurzen Zeit, die wir gemeinsam verbringen schon mitbekommen. Er braucht eben so wie ich diese Konfrontation, um seinem Frust abzubauen. „Hast du sie noch alle, sie so zu Überfordern. Sie hätte sich ernsthaft verletzen können.“ Ich stehe auf und bin kurz davor ihn an zu springen. Arroganter Drachenarsch. „Jetzt komm mal wieder runter, außerdem weiß ich, welche Knöpfe ich bei ihr drücken muss, um etwas zu erreichen. Hat doch prima geklappt.“ Ein breites Grinsen breitet sich auf seinem Gesicht aus. Er will mich mal wieder aus dem Konzept bringen, doch da hat er sich geschnitten. Kann ich nämlich auch. Ich spiegle auf meinem Gesicht sein Grinsen und erwidere trocken „Tja die wirklich wichtigen Knöpfe hast du wohl noch nicht gedrückt.“ Sein Grinsen versteinert und wird zu einer unansehnlichen Fratze.

Abrupt steht er auch auf und geht mit schnellen Schritten einige Meter weit weg. Ich spüre die Magie, ehe ich sie sehe. Es knistert und schwarzer Nebel zieht schnell auf. Er umhüllt ihn und ein animalischer Schrei ist zu hören. Der Nebel breitet sich aus und so schnell er gekommen war, ist er auch wieder weg. Vor mir steht Ciaran in seiner beeindruckenden Drachengestalt. Das muss ich neidlos zugeben, er wirkt mächtig und beängstigend.

Ein leichtes Zittern geht von ihm aus. Er richtet sich zu seiner vollen Größe auf, schenkt mir noch mal einen vernichtenden Blick und schwingt sich in die Lüfte. Rasant nimmt er an Geschwindigkeit zu, speit einen Feuerball in die Luft und fliegt geradewegs hindurch. Schon ist er verschwunden. Ich staune nicht schlecht.
Er hat bis jetzt noch nie ein Element bewusst verwendet, um zu verschwinden. Würde mich nur interessieren wo er jetzt wohl hingesprungen ist. Ich bin mir aber ziemlich sicher, dass wir das alles noch bald genug erfahren werden. Etwas unschlüssig stehe ich alleine da, entschließe mich aber zu Dara zu gehen. Ich werde sie nicht wecken, aber ich muss einfach in ihre Nähe. Mit den Fingern fahre ich mir durch die etwas strähnigen Haare und seufze.
Was mach ich eigentlich hier? Ich bewege meine Füße und bin in nu bei ihr. Sie liegt immer noch so auf dem Sofa, wie ich sie hingelegt habe. Sie wirkt ruhig und entspannt. Ihre Gesichtszüge waren die letzte Zeit zu oft ernst. Sie wirkt so jung und so unantastbar. Dabei entwischt mir ein triumphierendes Lächeln, ich bin der Einzige, der sie berührt hat. Sonst noch keiner.

20.

Dara

Ich stehe an der Klippe und wider sehe ich diesen arroganten Elf vor mir stehen, seine wunderschönen Flügel glitzerten im Sonnenlicht. „Na hast du wieder den Weg zu mir gefunden." „Warum wieder" frage ich ihn und bin verwirrt. Langsam dreht er sich um und ich blicke in unfassbar purpurne Augen.

Eine Erkenntnis trifft mich so unverhofft. Er muss es mir ansehen den er sagt „Du spürst es nicht wahr? Da ist etwas, doch es ist nicht zu greifen." Mit großen Augen blicke ich an und kann nur nicken „Woher?" Ein schüchternes Lächeln breitet sich an seinem Mund aus.„Tja Dara, wir haben uns schon hier in dieser Traumebene getroffen, sowie auch im echten Leben. Ich hab dich gerettet und gemeinsam mit Elyn zum heiligen Ort gebracht." Einzelne Bildfetzen wollen an die Oberfläche, doch schaffen sie es nicht gänzlich. Ich kneife die Augen zusammen und will sie erzwingen, doch es hat alles keinen Sinn. „Warum?" Tränen sammeln sich in meinen Augen.

Sein Lächeln ist schon lange verschwunden und Unsicherheit zeichnet sich auf seinem Gesicht ab. „Ein starker Zauber liegt auf dir, den ich leider nicht lösen kann. Er ist mächtig und ein wahrlich dunkler Zauberer muss ihn gemacht haben." Ich schüttle den Kopf, so ähnlich hat es meine Mutter auch gesagt.

Tränen laufen meine Wange hinab und aber er hält sie auf. Zart berühren seine Fingerspitzen meine feuchte Wange. Er betrachtet sie und macht etwas, dass ich nicht erwartet hätte. Er führt sie an seine Lippen und kostet sie im nächsten Moment. „Du schmeckst so unschuldig“ Mir bleibt der Mund offen stehen, hat er das jetzt echt gesagt und gemacht. Er rückt immer näher, ich kann die Wärme seines Körpers förmlich spüren. Er ist mir ganz nahe und ich schlucke.

Seine Finger berühren wieder meine Wange und bahnen sich seinen Weg über meine Schultern zu meinem Rücken. Augenblicklich kribbelt es zwischen meinen Schulterblättern und meine Flügel erscheinen. „Flieg mit mir“ haucht er an meinem Ohr und mein Körper verselbstständigt sich und nimmt seine Hand. Sein magisches Zeichen, befinden sich an derselben Stelle wie meines und durch seine Berührung leuchten beide auf. Meine silbern und im scharfen Kontrast, seine Purpur. Ganz von alleine bewegen sich meine zarten Flügel und wir schweben über das Land. Endlos, über offene Flächen und dichte Wälder. Über weites Wasser und schroffe Felsen.

Es ist befreiend und fühlt sich richtig an. Es gibt in diesem Moment nur ihn, mich und diese Freiheit. Leicht schmerzt es in meinem Kopf, irgendwas will an die Oberfläche. Ich verdränge es, es ist mir schlichtweg in diesem Moment egal. Er bedrängt mich nicht, er sucht nicht mal wirklich meine Nähe und doch ist es so viel. Pures Glück durchflutet mich.

Ciaran

Feuer umgibt mich und ich gebe mich ihm hin. Es brennt die Frustration weg. Ich lasse den Schmerz zu da er mich ins hier und jetzt zurückholt. Schon ist es wieder vorbei und ich schwebe in der Luft über dem heiligen Ort, dort wo ich Dara mitfortgenommen habe. Ich kann nur hoffen, das Elyn noch irgendwo in der Nähe ist. Auf diesen arroganten Prinzen bin ich zwar nicht scharf, aber ich hab den leisen Verdacht, dass sie immer noch mit ihm unterwegs ist.

So kreise ich über dem See. Mist, nichts mehr zu sehen, ich lande und untersuche die Lagerstätte, muss schon ein paar Tage her sein, dass sie aufgebrochen sind. Ich muss sie finden, sie kann mir vielleicht helfen. Mit einem kraftvollen Sprung hebe ich mich in die Lüfte und konzentriere mich darauf, Magie zu fühlen. In einiger Entfernung nehme ich, drei Gestalten wahr. Einer sprüht nur so vor Magie, die Zweite nur sehr dezent und die Dritte gar nicht. Seltsam, wenn es Elyn wäre, müsste sie die anderen überstrahlen, nach mir ist sie die stärkste im Drachenreich. Sie besitzt so viel davon. Was bleibt mir anderes übrig, ich werde mich dort mal umsehen müssen. Lautlos bewege ich mich durch die Luft, nutze nur die Winde.

Sie sind schon ein ganz schönes Stück gekommen. In etwas Entfernung Lande ich, zurück in meine menschliche Gestalt kann ich mich nicht verwandeln, wäre zu laut. Stört mich aber auch nicht, bevor ich mit Dara zur Erde bin, war ich nur in meiner Drachengestalt unterwegs gewesen. Alles andere wäre auch absurd gewesen. Ich bewege mich deshalb auch sehr diskret. Näher muss ich gar nicht da meine Drachenaugen perfekt sehen. Koray liegt neben dem Feuer und schläft. Der andere, muss wohl seine Wache sein, sitzt ganz nahe bei Elyn und sie unterhalten sich leise.

Ich traue meinen Augen nicht, denn sie flirtet tatsächlich mit diesem Kerl. So wird es schwierig, sie unbehelligt mit zu nehmen. Etwas unsicher blicke ich zu Koray, ein seltsames Leuchten

umgibt ihn. Doch mehr beschäftigt mich, warum Elyn immer noch bei ihnen ist und da sehe ich es an ihrem Hals. Ich muss zweimal hinsehen. Wie kann das sein, von wo und vor allem wie sind sie in den Besitz dieser Kette gekommen. Jetzt wird mir auch klar warum sie immer noch mit ihnen herumlungert. Sie haben ihre Kräfte gebunden. Natürlich hatte doch Dara so etwas erwähnt. Es bleibt nur mehr die Frage, wie sie zu der Kette gekommen sind. Das Nixenvolk hat doch Dara gerade erst die Treue geschworen und doch stammt dieses magische Schmuckstück aus ihrer Schmiede. Es bindet alle magischen Kräfte.
Nur dadurch konnte auch Tenebris in Esilio gebannt werden. Gnade uns, wenn er jemals frei kommt, denn seine Rache wird tödlich sein. Bei diesem Gedanken richten sich meine Nackenschuppen auf. Ich weiß nur das Korays Vater einen Handel mit ihm geschlossen hatte und ihn dann nach Erfüllung seines Teiles betrogen und mit vereinten Kräften gebannt hat. Das war alles bevor ich die Macht des Alfas über die Drachen von meinem Vater erlangte.
Ich habe Tenebris nur einmal erlebt und er war angsteinflößend. Jede seiner Poren triefte nur so vor Macht. Er strahlte das Unheil höchst persönlich aus und ich weiß nicht was die Alten dazu bewegte mit ihm zu handeln und so zu hintergehen. Seine Aura war ganz besonders und wenn ich so drüber nachdenke erinnert sie mich an jemanden. Jemanden der so zierlich ist und doch ebenso Stark. Wie kann es sein, dass sie die gleiche Aura besitzt wie er. Ich weiß nicht mal genau, was er eigentlich ist. Sollte mir doch zu denken geben. Ich muss unbedingt Elyn um Rat fragen, eventuell hat sie eine Erklärung für das. In diesem Moment hatte ich fast Elyn vor mir vergessen, so vertieft war ich in meinen Gedanken. Sie hat sich etwas abseits hingelegt mit Blick in meine Richtung.
Im nächsten Moment spüre ich ein leichtes Vibrieren in mir. Es ist das Band zwischen Elyn und mir. Sie hat mich natürlich entdeckt. Sonst spüre ich sie mehr, doch dieses verfluchte Ding blockiert alles. Ich sehe, wie sie nickt und mir damit Bescheid gibt. Der Moment ist gekommen, um sie zu befreien.

Von ihrem Begleiter fehlt jede Spur. Leise schleiche ich auf sie zu. Es muss alles ganz schnell gehen, damit es keiner bemerkt. Noch mal fällt mein Blick auf Koray, der ist aber immer noch von diesem seltsamen Leuchten umgeben und so nutze ich diese Chance. Mit einem Satz bin ich bei Elyn, die sich so lautlos und schnell auf meinen Rücken zieht und schon heben wir ab. Jetzt ist es mir einerlei, ob sie mich entdecken, ich schleudere einen Feuerball vor mich und mach mich bereit für den Ortswechsel.
Es dauert nur einen Flügelschlag und das Feuertor hat uns mit sich genommen. Ich habe uns ein gutes Stück weit weg von meiner Hütte gebracht und lande auf einer Felsformation, die gerade mir und Elyn Platz bietet. Sie lässt sich von meinem Rücken fallen und blickt mich erwartungsvoll an. So lasse ich mich von der Schwärze einfangen und mich verwandeln. Es ist mir egal, dass ich nackt vor ihr stehe. Sie kennt mich und ich kenn sie. Da gibt es keine Scham. Ich atme tief durch und werde fast von ihr umgerissen, da sie mich umarmt. „Ich hab dich vermisst." Ich grinse in ihr Haar, „Hat aber zuvor nicht so gewirkt, als ob du jemanden vermissen würdest. Warst ja verdammt noch mal am Flirten." Den Vorwurf in meiner Stimme kann ich leider nicht zurückhalten. Augenblicklich werden ihre Wangen etwas rot. Sie wendet sich ab und blickt zu Boden, dennoch antwortet sie mir. „Du sprichst von Arin. Er hat die Ausbildung mit mir gemacht und irgendwas ist da zwischen uns, aber so recht kann ich es nicht sagen. Er ist zu sehr Wache und seinem Prinzen ergeben, als dass er in diesem Moment, etwas aufkommen hätte lassen. Außerdem werfe ich nicht alle Prinzipien über Bord. Also entspann dich mal." Dabei boxt sie mir gegen die Schulter. Wir blicken uns wortlos an und verfallen aber beide in Gelächter. Ich weiß, dass sie eigentlich gut auf sich aufpassen kann, doch kommt ab und an, der große Bruder zum Vorschein. Ihr Gesichtsausdruck wird ernst und sie spricht mich ohne Skrupel direkt an. „Jetzt erzähl aber mal wie geht es Dara? Koray sagte sie sei anders?" Etwas verlegen blicke ich zu Boden den sie wird mich für die Mittel, die ich gewählt habe, verachten.
Tief atme ich ein und presse dann aber alle Luft aus meiner

Lunge. „Tja das ist so ne Sache." Sie sieht mein Zögern und zieht die Augenbrauen hoch, denn sie weiß jetzt schon, dass ihr meine Erzählungen nicht gefallen werden. „Ich habe einen Zauber auf sie wirken lassen, der sie einiges vergessen ließ." „Wie viel?" Jetzt kneift sie die Augen zusammen und ich glaube, sie wird sich gleich auf mich stürzen. „Sie weiß nichts von der Prophezeiung oder von Koray oder von Dir. Ich wollte nicht, dass er ihr so viele Erinnerungen nimmt." Eigentlich rechne ich damit, dass ich im nächsten Moment umgerissen werden doch sie blickt mich nur still an. Was bei Weitem noch schlimmer ist. Ein Seufzen entweicht ihr und sie lässt sich auf den Boden fallen. So setze ich mich neben sie und wir blicken lange aufs Meer hinaus. „Wie konntest du nur und was war vor allem der Preis, den du für einen solch mächtigen Zauber bezahlt hast?" Noch immer blickt sie stur geradeaus. „Ich habe ihm etwas von meiner Energie überlassen." Abrupt dreht sie den Kopf in meine Richtung. „Du weißt, dass man nie genau sagen kann, wie es sich bemerkbar macht wenn man ein Teil seiner Magie hergibt?"

Ich springe auf und fahre mir durch die etwas zu langen Haar „Ja, verdammt" schrei ich ihr entgegen. „Ich weiß selber, dass es ein hoher Preis war, aber ich kann nicht zulassen, dass sie sich für diesen Verbannten entscheidet. Sie gehört mir." „Du bist so ein Macho, bis gerade eben glaubte ich, auch noch du wärst die richtige Wahl, aber schön langsam weiß ich es nicht mehr." „Ich wusste nicht, wie viel er ihr von den Erinnerungen nehmen wird. Außerdem sind sie nicht weg, sie sind in ihrem Geist eingesperrt. Sie ist stark denn ab und an habe ich das Gefühl, dass sie sich erinnert." „Was hast du den geglaubt. Du involvierst einen Schwarzmagier und es läuft nach deinem Ermessen? Du bist echt manchmal geblendet von deinem Ego. Kann man ihn rückgängig machen?" „Unter gewissen Voraussetzungen schon." „Dann werden wir das auch machen, ich fasse es nicht." „Kannst du mich den gar nicht verstehen?" Frage ich sie niedergeschlagen. „In gewisser Weise vielleicht, aber hättest du ihre Prophezeiung gehört, wärst du sicher anders damit umgegangen. Wo ist sie eigentlich?" Sie wechselt das Thema so

unverhofft, dass ich es auch gut bleiben lasse. „Sie schläft wahrscheinlich noch in meiner Hütte." Antworte ich. „Du hast sie alleine gelassen?" Kommt es entsetzt von ihr. Jetzt ist es an mir sauer zu werden. „Nein Syrus ist bei ihr." War sie zuerst entsetzt, so ist sie jetzt fassungslos. „Und du denkst nicht, dass er gerade alles daran setzt dich auszuspielen?"
An dass habe ich echt nicht gedacht. Darum fehlt sie mir auch immer so, wenn sie nicht bei mir ist. Sie behält immer den Überblick und sieht das große Ganze. Dara bringt mich aus der Bahn, mein berechnendes Denken existiert anscheinend nicht mehr. Ich deute ihr mit dem Kopf in die Richtung, in die wir müssen und lasse im nächsten Augenblick die Dunkelheit über mich hereinbrechen. Schwungvoll erhebe ich mich in die Luft und sehe nach, wo Elyn bleibt. „Na sehr witzig, glaubst du ich stehe ohne Grund noch so in dieser Gestalt vor dir?" Sie legt die Hand an ihren Hals. Ach ja, die Bannkette. Ich lege die Flügel an und bin auch schon wieder neben ihr auf dem Boden. So beuge ich meine Vorderbeine und lasse sie auf mir Platz nehmen. Wir müssen echt zusehen, dass sie dieses Ding loswird. Bleibt nur die Frage wie.

Dara

Noch immer fliegen wird durch die Lüfte, ganz nahe am Boden entlang. Ich erblicke seltsame Gestalten, Trolle und Riesen. Bei ihrem Anblick weiten sich meine Augen. Sie blicken alle zu mir hoch und sind genau so überrascht. Doch dass war noch nicht alles. Kleine Feen bilden Schwärme und umkreisen mich. Ich höre sie kichern und lachen und ein leises Surren geht von ihnen aus. Es müssen ihre Flügel sein, die in einem irren Tempo schlagen. Erinnert an kleine Kolibris. Ich bin ganz verzückt über ihre Anwesenheit.

Von Weitem sehe ich eine Ebene, sie ist umrandet von Baumriesen. Noch nie hab ich solch riesige und majestätische Bäume gesehen. Auf der offenen Fläche ist ein Meer aus Blumen zu sehen. Es duftet wunderbar. Koray setzt zur Landung an und ich tue es ihm gleich. Ich breite die Arme aus und drehe mich im Kreis, ein warmer Wind umspielt meinen nackten Rücken.

Aus dem Augenwinkel erhasche ich etwas Riesiges mit Fell und bleibe stehen. Jetzt weiß ich, dass ich in einem Märchen gefangen bin. Bei jedem Schritt donnert es und die Erde erbebt. Ein beeindruckendes schwarzes Pferd tritt aus dem schatten der Bäume heraus. Es ist so schwarz wie die dunkelste Nacht und sein Fell glänzt in der Sonne, als wären Millionen von Diamanten darin. Einige Meter vor mir bleibt es stehen und ich muss den Kopf in den Nacken legen, um ihm in die Augen zu blicken. Seine Pupillen weiten sich und es macht etwas, was ich nicht erwartet hätte. Dieses majestätische Tier verneigt sich vor mir und ich vernehme eine leise Stimme in meinem Kopf. „Ich bin Elios Fürst der Rösser, ich stehe in deinem Dienst meine göttliche Her-

rscherin.“ Ich bin fasziniert und sprachlos.
Ein Impuls lässt mich meine Hand heben und streiche sanft über seinen Nasenrücken. Ein Zittern durchläuft ihn und er erhebt sich schlagartig. Auch Koray zieht scharf die Luft ein. Ich blicke ihn fragend an und er schüttelt nur leicht den Kopf. Entschuldigend sehe ich mich nach Elios um. Erhobenen Hauptes steht er vor mir. Im nächsten Augenblick flirrt die Luft über seinem Rücken und beeindruckende gefiederte Flügel nehmen Form an. Ein lautes Wiehern ist zu hören und er macht kehrt. Er macht einen Satz nach vorne und galoppiert davon. „Wenn du mich brauchst, denk an mich und ich bin da.“ Höre ich in meinen Gedanken und er erhebt sich in die Lüfte. Schon ist er weg.
Ich bin zutiefst fasziniert von diesem beeindruckenden Ross. Diese Welt ist einfach unglaublich und wunderschön. Langsam kann ich mich an die Erde nicht mehr erinnern, oder will ich es vielleicht nicht mehr? Sie hat ihren Glanz komplett verloren. Diese Welt ist unberührt und ihre Bewohner sind im Einklang mit allem rund um sie. Ich sehe zu Koray und er lächelt mich an. Alles beginnt sich zu drehen und verschwimmt. „Bis bald meine Königin“ höre ich ihn noch flüstern.

Ich öffne die Augen und strecke mich. So entspannt war ich schon lange nicht mehr. Die Sonne geht gerade auf und ich blicke aufs Wasser. Dieses Wohnzimmer ist jedes Mal wieder beeindruckend. Eine Seite ist aus Glas und gibt den Blick in die Landschaft frei. Wunderschön glitzert das Wasser in der Morgenröte. Ein dunkler Punkt ist am Himmel. Er wird schnell größer, ist das Ciaran? Muss er sein den die Sonne, lässt ihn erstrahlen in seinem dunkelblau. Beeindruckend wie galant er durch die Lüfte segelt.
Ich blicke an mir runter und hab echt das Bedürfnis nach einer Dusche und frischer Kleidung. Ich drehe mich um und durchsuche den Raum. Da hinten ist eine Tür, schnurstracks gehe ich darauf zu und öffne sie kurzer Hand. Tatsächlich befindet sich dort ein kleines Badezimmer mit Toilette und Dusche. Ich tretet ein und blicke in den Spiegel über dem Waschbecken. Meine

Haare sehen aus wie eine einzige verfilzte Matte und meine Wangenknochen treten etwas mehr hervor als sonst. In letzter Zeit habe ich deutlich zu wenig an mich gedacht. Ich lasse mein ehemals weißes Kleid auf den Boden fallen.
Zum ersten Mal sehe ich meine magische Zeichnung in voller Größe. Ich drehe das Wasser auf und stelle mich sofort darunter. Eine Gänsehaut breitet sich über meinem gesamten Körper aus. Wie ich es mir gedacht habe, kommt kein warmes Wasser. Aber es macht mir in diesem Moment nichts aus. Es belebt mich. Ich schnappe mir einen Tiegel mit einer undefinierbaren Substanz. Vorsichtig rieche ich daran. Sofort sehe ich Ciaran in Gedanken vor mir wie er diese Dusche benutzt. Es riecht eindeutig nach ihm und ein Gefühl nach zu Hause macht sich breit. Unweigerlich muss ich an ihn und mich denken.
Was ist nur mit uns passiert, war er nicht immer mein Beschützer und engster Vertrauter. Ein leiser Zweifel zwängt sich in meine Gedanken. Ich habe das Gefühl, noch andere Erinnerungen an ihn zu haben, doch breiten sich sofort diese stechenden Kopfschmerzen aus. Im Geiste lasse ich mein Leben an mir vorbei ziehen. Schon lange hatte ich keine Zeit für mich und meine Gedanken.
Alles ist so verworren und kompliziert. War das tatsächlich meine Mutter? Wie meinte sie dass „ich könne alles sein, was ich will". Sollte ich doch hinterfragen, warum ich hier bin. Wieder breiten sich diese stechenden Kopfschmerzen aus. Ich drücke mir rechts und links gegen die Schläfe. Es muss einen Weg geben diese Erinnerungen zurück zu holen, ohne unter solchen Schmerzen zu leiden. Übelkeit steigt in mir auf umso länger ich es versuche. Es hat alles keinen Sinn. Hatte meine Mutter nicht gesagt, ich soll auf meine Beschützerin hoffen.
Tja bleibt mir wohl nichts anderes über. Ich Fasse in den Tiegel und nehme mir etwas heraus. Fühlt sich etwas glitschig an und angewidert verziehe ich das Gesicht. Trotz alledem reibe ich es zwischen meinen Fingern und es beginnt zu schäumen. Ich verteile es auf meinem Körper und hab das Gefühl mit Ciaran zu duschen, großer Gott, Röte breitet sich sofort auf meinen Wan-

gen aus. Ich schüttle den Kopf um den Gedanken, wie es wäre, mit ihm hier unter der Dusche zu stehen, zu verdrängen. Verdammt wo kommen den diese Gefühle her. Sofort habe ich ein schlechtes Gewissen, da mir Syrus in den Sinn kommt. Männer! Ich seufze und verdränge alle Gefühle.
Ich darf mich nicht von ihnen beherrschen lassen. Es ist immer noch etwas ungewohnt meine langen Haare zu kämmen. Sie fühlen sich so seidig an und glänzen in den Regenbogenfarben. Genau so ungewohnt ist der Anblick meiner magischen Zeichen, die mir bis zu den Zehen reichen. Leicht berühre ich sie und es fühlt sich an, als würden sie vibrieren. Die Kraft in mir schwillt an. Ich fühle mich stark und frei. Fast so frei wie in meinem Traum. Alleine der Gedanke daran lässt meinen Rücken kribbeln und meine hauchzarten Flügel erscheinen. Huch etwas wenig Platz hier drin. Ungeschickt wickle ich mich in ein Handtuch und verlasse das Badezimmer. Wobei ich alles abräume, was meinen Flügeln in die quere kommt.
Ich betrete das Wohnzimmer und 3 Augenpaare sind auf mich gerichtet. Wie erstarrt mit offenem Mund stehen Ciaran und Syrus da und starren mich an. Erst jetzt fällt meine Aufmerksamkeit auf die dritte Person. Es ist eine junge Frau. Ich habe das Gefühl, sie zu kennen. Der Schmerz durchflutet meinen Kopf und ich stolpere und die junge Frau ist sofort an meiner Seite und stützt mich. Ihr Gesicht ist ganz nah an meinem und unsere Blicke treffen sich. Scharf hole ich Luft, diese Augen. Ich kenne sie, denn sie sind Ciarans so ähnlich. Sie lächelt mich freundlich an „Hallo Dara, ich bin Elyn.“ Meine Augen ziehen sich zusammen. Ich kenne sie, nur woher ist die Frage. Meine Schmerzen lassen leider nicht nach. So führt sie mich zum Sofa, damit ich mich setzen kann. Sie muss viel mit dem Teil meiner Erinnerung zu tun haben, an den ich mich leider nicht mehr erinnern kann. Ciaran und Syrus setzen sich gegenüber und ich blicke immer wieder zwischen Ciaran und Elyn hin und her. Ciaran verdreht etwas genervt die Augen und sagt aber „Bevor du mich noch länger mit deinem Blick löcherst. Elyn ist meine Schwester, wie du ja weißt.“ „Hm, weiß ich das?“ Sage ich eher zu mir als

zu den Anwesenden, denn ob es meine Freunde sind, kann ich gerade nicht beantworten, dafür fehlt mir einfach ein zu großer Teil meiner Erinnerungen. Elyn blickt ihren Bruder Böse an. Was mir nur bestätigt, was ich mir schon lange gedacht habe. Er hat irgendwas mit meinem Zustand zu tun. Syrus ist auch nicht gerade eine Stütze, denn er blickt nur zu Boden.

Eine seltsame Stille herrscht und ich räuspere mich, da ich es nicht ertrage. „Ähm gibt es hier Kleidung, die ich anziehen kann?" Ciaran nutzt sofort die Aufforderung und springt auf. „Leider nein, aber ich besorg dir was." So schnell konnte ich gar nicht reagieren, da ist er schon zur Tür raus. Kann man nur hoffen, dass er wieder kommt. Ich blicke ihm lange hinterher bis Syrus mich an der Schulter berührt und mich so aus meiner Starre löst. Ich zucke etwas zusammen. Seine Iris spiegelt das Sonnenlicht wieder und ich betrachte sie fasziniert. „Du musst Hunger haben, komm" Ich grinse, denn es fühlt sich so vertraut an, so ergreife ich seine Hand. Er führt mich nicht zur Tür hinaus, sondern durch die Glasfront.

Eine warme Böe blast mir entgegen und bläht mein Handtuch auf. Siedend heiß wird mir wieder bewusst, dass ich ja fast nackt hinter ihm her laufe. Fest halte ich mit meiner freien Hand das Handtuch oberhalb der Brust zusammen. Keine Ahnung warum ich gerade so verlegen bin. Er dreht sich halb zu mir um, da ich etwas ins Stocken gekommen bin, und bemerkt die Röte auch meinen Wangen. Wissend schmunzelt er. „Jetzt mach mal Platz" kommt es harsch von Elyn.

Ein Grinsen schleicht sich auf mein Gesicht, denn sein Gesichtsausdruck spricht mal wieder Bände. Er ist komplett überrumpelt von ihrer Selbstsicherheit. Sie schnappt sich meine Hand und wir marschieren auf eine Sitzlounge zu. „Schon klar, ich serviere dann mal das Frühstück" entgegnet Syrus schnippisch. Elyn blickt mich an und wir müssen beide loslachen. Er macht auf dem Absatz kehrt und ist verschwunden. Ich mag sie jetzt schon, hab ich beschlossen. Schweigend sitzen wir da und genießen den Anblick und die leichte warme Brise, die mir um die Nase weht. Fast wie fliegen, da war ja noch was. Ich blicke

sicherheitshalber über meine Schulter, obwohl ich es schon gespürt hatte, meine Flügel müssen sich zuvor irgendwann wieder aufgelöst haben. Sie bemerkt meinen Blick und antwortet „Sind verschwunden während deiner Kopfschmerzen und ich dich zum Sofa geführt habe." Sie blickt mich nicht an, sondern richtet ihre Aufmerksamkeit den Wellen und den Vögeln zu, die immer wieder im Sturzflug ins Wasser eintauchten. „Und nein ich kann nicht deine Gedanken lesen, wie du siehst, trage ich immer noch dieses verfluchte Ding. Dein Blick und deine Mimik sind ein offenes Buch für jeden, der etwas genauer hinschaut." Ihre Art erinnert mich so sehr an Ciaran, ich schüttle leicht den Kopf. „Was" kommt es jetzt von ihr und sie sieht mich fragend an. „Ihr seid euch so ähnlich" erwidere ich. Sie schnaubt „Glaue mir, ist nicht immer ein Segen." „Kann ich mir vorstellen." Ich weiß, wie er mich behandelt hat, und ich bin nicht seine leibliche Schwester. „Er ist der Ältere und denkt, mich beschützen zu müssen." „Du bist also auch ein Drache, hast du die gleichen magischen Fähigkeiten wie er?" Frage ich sie. „Ja und Nein. Ciaran ist eine Ausnahme unter den Drachen, da er wie du ja weißt alle vier Elemente beherrscht. Ich dagegen nur das Feuer" Sie wirkt dabei aber nicht eifersüchtig oder neidisch. „Ich habe außerdem noch die Gabe der Heilung." Das ist interessant. „Wie bist du eigentlich hergekommen? Gibt es auch einen Grund?" Sie überlegt lange, bis ich eine Antwort erhalte. „Ciaran hat mich mitgenommen, er ist auch der Grund, warum ich hier bin. Er dachte sich wohl dass es dir guttäte eine Frau in deiner nähe zu haben." Sie sieht mich nur an und wartet auf meine Reaktion. Ich lächle sie an, denn in der Tat tut es gut.
Mein Magen knurrt laut und wie aus dem nichts steht auch schon Syrus da und stellt drei Tassen auf den Tisch. Ebenso wie Brot und kleine Schalen mit unterschiedlichen Lebensmitteln. Eine Art Aufstrich und verschiedene Sorten an Obst und Gemüse. Vermute ich jetzt mal, denn sie kommen mir nicht bekannt vor. Aber es schmeckt alles köstlich. Das Essen verläuft äußerst einsilbig, jeder hängt seinen Gedanken nach. Am Strand unten erscheint aus dem Nichts ein Wasserball und gibt Ciaran

frei. Erstaunlich denk ich mir nur. Er trägt ein Bündel in der Hand und kommt zu uns rauf. Fast feierlich überreicht er es mir. Ich greife danach und verschwinde damit ins Bad.
Bei näherer Betrachtung stockt mir der Atem und eine Träne sucht sich ihren Weg. Er war tatsächlich in meiner Wohnung. Ja genau, bei mir zu Hause. Er hat mir eine schwarze Hose und mein Lieblingsshirt mit genommen, ebenso wie frische Unterwäsche und einen Pulli. Ich rieche daran und presse es fest an meine Brust. Es dauert etwas, bis ich mich wieder beruhige und in meine Sachen schlüpfe. Auch an meine Zahnbürste und einen Haargummi hat er gedacht. Er kennt mich echt besser als sonst wer. Ich putze meine Zähne und flechte meine langen Haare zu einem Zopf. Es tut gut nicht immer mit offenen Haaren herumlaufen zu müssen, wenn sie kurz sind, geht's ja. Aber in dieser Länge ist es fast unerträglich für mich. Ich lege den dicken Zopf über eine Schulter nach vorne und betrachte mich im Spiegel. Das erst mal seit einer gefühlten Ewigkeit fühl ich mich wie ich selber. So gestärkt trete ich ins Freie.
Ciaran sitzt bei seiner Schwester und sein Blick hellt sich sichtlich auf. Er sieht mir an, wie viel Freude er mir mit meinen Sachen gemacht hat. Ich gehe auf ihn zu und umarme ihn. Wie lange hab ich das nicht mehr so gemacht. Es fühlt sich gut an. Auch Ciaran blickt seit langen Mal entspannt drein. So setze ich mich zu ihnen und folge ihrem Geplänkel. Syrus setzt sich zu uns, ist aber etwas reserviert Elyn gegenüber. Immer wieder blickt er sie so seltsam an. Ihr fällt es auf und mit ihrer Reaktion hätte keiner Rechnen können, denn sie blickt ihn genau so an und streckt ihm unvermittelt die Zunge heraus. Ich lache so sehr, was die anderen aus dieser Situation rettet und miteinstimmen. Elyn mag ich, sie wirkt so selbstbewusst und stark. Aber vor allem korrekt. Eine Zeit lang unterhalten wir uns gemütlich. Bis Ciaran und Syrus heftig zu diskutieren anfangen. Als sich Ciaran nicht mehr verbal gegen ihn wehren kann, leuchten seine Augen auf und er schießt ihm kurzerhand eine Wasserkugel ins Gesicht. Er hat sie so schnell entstehen lassen, Syrus konnte nicht mehr ausweichen und ist jetzt patschnass. Beide springen

auf und jagen sich gegenseitig mit Geschossen aus Wasser und Feuer am Strand umher.
Wir bleiben sicherheitshalber mal sitzen und betrachten alles aus sicherer Entfernung. Sie sind sich ebenbürtig. „Männer" kommt es lachend von Elyn. Ich schmunzle mit ihr mit und betrachte sie und es blitz an ihrem Hals etwas auf. Sofort kommt mir ihre Kette in den Sinn. Sie folgt meinem Blick und betrachtet jetzt ebenfalls die feinen Glieder. „Erkennst du sie?" Sofort breiten sich Kopfschmerzen aus. Leicht schüttle ich den Kopf. „Sie bannt meine Kräfte, du hast auch schon mal eine getragen." Die Schmerzen nehmen immer weiter zu. Meine Hand verselbstständigt sich, ich hab den unerbittlichen Drang, sie berühren zu wollen. Leicht zittern meine Finger und ich spüre wie sich meine magische Energie, den Weg an die Fingerkuppe bahnt.
In dem Moment, als ich die Kette berühre, leuchtet sie auf und fällt ab. Elyn starrt mich mit offenen Mund an und springt im nächsten Moment auf. Ein Freudenschrei entfährt ihrer Kehle und sie sprintet auf den Strand zu. Schwarzer Nebel zieht auf und hüllt sie ein. Syrus und Ciaran blicken entsetzt zu mir und dann zu Elyn. Ein markerschütternder Schrei ist zu hören und die Schwärze gibt einen wunderschönen eisblauen Drachen frei. Mein Blick fällt sofort zu dem hässlichen Muster das ihren Rücken ziert. Hellrote noch fast blutige Striemen. Elyn erstarrt und Licht dringt aus den hässlichen Narben und Wunden. Es spinnt ein feines Netz um sie und hüllt sie komplett ein. Hitze steigt auf und lässt den Kokon, den sie gesponnen hat sichtlich dampfen. Ciaran und Syrus laufen auf mich zu. Elyn zieht meinen Aufmerksamkeit magisch an. „Was ist passiert? Wie hast du die Bannkette runter bekommen?" Ciarans Gesicht spiegelt Unglauben. „Ich hab sie nur berührt." Syrus und Ciaran drehen sich im Kreis und suchen den Boden ab. „Wo ist sie?" Fragt Syrus. „Ich weiß es nicht." Lüge ich. Als alle mit dem Anblick von Elyn beschäftigt waren, hab ich sie schnell in meiner Hosentasche verschwinden lassen. Ich hab das Gefühl, dass ich sie noch brauchen kann. Beide blicken mich skeptisch an, ich lasse mich auf keine weitere Diskussion ein und richte wieder

meinen Blick auf Elyn. „Wird jetzt eine Weile dauern, bis sie sich geheilt hat." Seufzt Ciaran und lässt sich auf einen Sessel fallen. Keiner sagt ein Wort, wir drei betrachten Elyn.
Diese Warterei macht mich fertig, ich kann nicht mehr sitzen. Zu lange habe ich nichts getan mich nur treiben lassen und alles irgendwie akzeptiert. Ich stehe auf, Ciaran und Syrus wollen sich auch erheben doch winke ich ab. Diese Zeit brauch ich jetzt für mich. Schritt für Schritt nähere ich mich dem Wasser. Kurz bevor meine Zehen das Nass berühren, bleibe ich stehen und lasse meinen Blick und somit auch meine Gedanken schweifen. War ich zuerst noch so befreit und gut gelaunt. Wirft mich ein beklemmendes Gefühl aus der Bahn. Mit dem nächsten Schritt stehe ich in der Gischt. Die in Wellen über meine Zehen schwappt und mit jeder, schlägt mir eine Sehnsucht entgegen. Ich spüre es ganz genau. Es berührt etwas tief in meinem Inneren. Es zerbricht mich fast, ich kann nicht sagen, was es ist. Oder vielleicht wer? Mit stechenden Schmerzen sinke ich auf meine Knie und berühre das Wasser mit meinen Fingern. Meine Fingerspitzen prickeln und Tränen laufen mir über die Wangen und tropfen ins Wasser. Irgendwie verändert sich die Wirkung des Wassers auf mich. War sie zuerst fordernd und betrübend, kommen mit jeder Welle Hoffnung und Zuneigung mit. Ich kann es nicht anders beschreiben, aber es tröstet mich. Fernweh ergreift mich, umso länger ich auf den Horizont schaue. Ich spüre ein vibrieren und höre ein Summen, dass stetig lauter wird. Elyns Kokon leuchtet auf und bekommt Risse. Gebannt betrachte ich dieses Spektakel. Leuchtende Fitzelchen fliegen durch die Luft. Es erinnert ein wenig an Asche, die der Wind mitnimmt. Elyn steht still in ihrer Drachengestalt majestätisch da und reckt den mächtigen Kopf. Ihr ganzer Körper hebt sich, als sie tief Luft holt. Sie blickt mich mit ihren hellblau leuchtenden Augen an.
Hatten ihre Augen zuvor so viel von Ciaran, sind sie jetzt doch ganz anders. Sie ist kleiner als Ciaran doch ebenso beeindruckend. Von ihren Verletzungen ist nichts mehr zu sehen, was für ein Glück, dass sie über diese Kräfte verfügt. Schwarzer Nebel

fängt sie ein und sie steht augenblicklich nackt vor mir. Betreten blicke ich zu Boden, irgendwie hab ich immer noch Probleme mit Nacktheit in meiner näheren Umgebung. Ihr glockenhelles Lachen ist zu hören und sie sprintet ins Haus. Auch Syrus lässt dieser Anblick nicht ganz kalt. Mit offenem Mund blickt er ihr nach. Auch kein Wunder, bei einem so perfektem Körper. Irgendwie kommt bei mir aber keine Eifersucht auf, nur tiefste Bewunderung. Ich mache mich auf dem Weg und folge ihr ins Haus.

Syrus

Ich schlucke hart, denn der Anblick von Elyn hat mich echt umgehauen. Sie ist neben Dara das schönste Wesen, dass ich je gesehen habe. Selbstbewusst und mit sich im Einklang. Ich halte die Luft an, denn Dara hat meinen Blick gesehen, doch wirkt sie in keiner weise verwundert. Im Gegenteil sie blickt ihr bewundernd hinterher und macht sich auf den Weg ihr zu folgen. Seit diese Kette verschwunden ist, wirkt Dara verändert. Ich habe den leisen Verdacht, dass sie die Kette an sich genommen hat, nur weiß ich noch nicht was sie damit vor hat. Sie sah zuerst so verletzt aus als sie in der Gischt stand. Mit ihren Gedanken meilenweit weg. Ich merke, dass er um sie kämpft und bei der kleinsten Gelegenheit versucht sie zu erreichen. Ich bin mir sicher, dass es Tenebris war, man spürte bis hier hoch die magischen Schwingungen, die mit jeder Welle ankamen. Wundert mich, dass es Ciaran nicht bemerkt hat. Oder war er so abgelenkt von seiner Schwester. War ja auch ein ziemlich beeindruckendes Spektakel, als ihr Kokon zerbrach. Dara plant etwas das lässt sich nicht abstreiten, sollte sie irgendwie diesen Zauber brechen können, hoffe ich, dass uns die Göttinnen gut gesonnen sind. Ich weiß schon lange, dass sie keine Elfe ist. Sie ist so viel mehr und hat die Macht uns alle zu zerstören. Warum hat sie Ciaran nicht schon in unserer Welt eingeweiht. Es wäre jetzt um so viel einfacher. Ich denke, wenn sie ihre Erinnerungen wieder erlangt wird sie ausrasten und das endet Böse. Sie ist sonst so sanft und mitfühlend. Doch beeinflussen ihre Gefühle ihre magische Kraft und die ist echt beängstigend. Ich brauche etwas Abstand zu den drei. „Bin kurz mal weg“ rufe ich Ciaran zu und die Flammen tragen mich fort.

21.

Dara

Elyn ist im Bad verschwunden und ich lasse mich in die vielen Kissen auf der Couch fallen. Dieser ganze Tag raubt mir meine Kraft und ich schließe kurz die Augen. Nur kurz, ich atme tief durch und höre den Singvögeln zu.

Ich öffne die Augen und befinde mich auf einer Lichtung. Ich begreife nicht ganz, warum ich jetzt hier bin, doch da sehe ich etwas vor mir im Gras liegen. Ich sehe genauer hin und schrecke im ersten Augenblick zurück, dann eile ich aber darauf zu. Eine Person liegt blutüberströmt vor mir im Gras und ich habe schon die Befürchtung, dass ich zu spät komme. Ganz vorsichtig berühre ich die Schulter und sofort höre ich ein Aufstöhnen. Ich drehe die Person zu mir herum und erstarre. Koray liegt schwer verletzt vor mir und ich bin einfach nur hilflos. Ich weiß nicht, was ich machen soll, Tränen bilden sich augenblicklich in meinem Augenwinkel und verschwämmen meinen Blick. Mit dem Handrücken wische ich sie weg und unterdrücke ein Schniefen. Ich kann mich jetzt nicht in Mitleid verlieren, er braucht Hilfe. Nur wie soll ich ihm helfen. Seine Augenlider flattern und geben seine purpurne Iris frei.

Sie haben jeglichen Glanz verloren. „Was soll ich tun?" Frage ich mit leichter Hysterie in meiner Stimme. Seine Lippen bewegen sich doch kommt kein Laut. Ich beuge mich zu ihm und halte

mein Ohr ganz nah an seine Lippen. „Nichts, ich nehme meine Strafe hin." Erschrocken drehe ich den Kopf und blicke ihn an. „Du brauchst Hilfe, sonst stirbst du." Meine Lippen beben, ein schluchzen entfährt mir und ich bedecke schnell den Mund mit meiner Hand. „N…. Nicht, weine nicht wegen mir." Jede kleinste Bewegung kostet ihm sichtlich Kraft, er nimmt meine Hand von meinem Mund. Ein leichtes Lächeln breitet sich auf seinen Lippen aus. „Wenigstens durfte ich dich noch einmal sehen. Dara, versprich mir, verlasse diese Welt und kehre heim." Er hustet und krümmt sich vor Schmerzen. „Ich kann dich doch nicht einfach hier Sterben lassen." Meine Tränen laufen in Bächen meine Wange hinunter und tropfen ihm auf die Brust. Jede leuchtet auf bei der Berührung.
Sein Körper nimmt sie auf und es erscheint, als gebe sie ihm etwas Kraft. Nur wird es nie und nimmer ausreichen um ihn zu retten. „Lege die Kette an, ich weiß, dass du sie bei dir trägst, sie wird den Zauber brechen." Er atmet rasselnd aus und benötigt einige Augenblicke, bis er weiter sprechen kann. „Vertraue keinem, schon gar nicht diesen verdammten Göttinnen. Wir sind nur Spielfiguren ihn ihrem kranken Spielen." Wieder bricht er ab und krümmt sich. Er drückt auf seinen Bauch und da sehe ich, dass sein Blut nur so aus ihm heraus sprudelt. Lange dauert es nicht mehr, oh Gott, ich will ihn nicht sterben sehen. Mit aller Kraft hebt er die Hand und streicht über meine Wange. Mein magisches Zeichen leuchtet auf. „Benutze die Kette erst, wenn du den Durchgang in deine Welt geöffnet hast, sprich dann diese Worte CEANGAIL A H-UILE DAD DRAOIDHEIL …" Seine Hand sinkt langsam zu Boden und mit seinem letzten Atem und den Worten „meine Königin" haucht er sein Leben aus. Ich sinke auf meine Fersen zurück und presse beide Hände vor meinen Mund. Unfassbares Grauen und Trauer erfasst mich. Es wird alles schwarz und dreht sich.

Ich schrecke hoch und weine bitterlich. „Dara was ist los?" Elyn sitzt neben mir und sieht sichtlich überfordert aus. Aus einem altbekannten Reflex heraus ziehe ich die Knie an die Brust. Ich

hab das Gefühl zu zerbrechen, ich versuche, mich zusammen zu halten. „Ciaran“ ruft Elyn sichtlich hilflos. In ihrer Stimme steckt so viel Verzweiflung, da stürmt er schon voller Sorge im Blick zur Tür herein. „Was ist passiert.“ Er stürmt weiter auf mich zu und versucht, mich zu trösten.
Doch kann ich das gerade nicht zulassen. Hilflos blicken mich beide an. „Ich weiß nicht, was mit ihr ist, ich bin aus dem Bad gekommen, da ich sie schluchzen hörte. Aber sie schlief. Ich hab sie nicht wach gekriegt, egal was ich versuchte.“ Erklärt ihm Elyn. Ich bekomm es nur so am Rande mit. Mein ganzes Ich fühlt sich an als wäre es in Watte gepackt. Ciaran schüttelt neben mir den Kopf. „Wie können wir ihr nur helfen“ fragt Elyn. Ciaran atmet schwer aus „Gar nicht, sie braucht einfach Zeit. Im Moment dringt nichts und niemand zu ihr durch.“ Ich verfalle in eine Starre und Zeit spielt keine Rolle mehr.

22.

Syrus

Gut gelaunt teleportiere ich mich wieder zu den dreien. Der Abstand tat wirklich gut. Ich brauchte jetzt einfach mal eine gewisse Zeit für mich, so hab ich mich einfach in unser Höhlenversteck teleportiert. Warum bin ich da nicht schon eher drauf gekommen. Entspannt tragen mich die Flammen zurück zu Ciarans Insel. Die Hitze gibt mich frei und ich merke sofort, dass sich etwas verändert hat.

Wo sind den alle. Eine Gänsehaut breitet sich auf meinem Rücken aus. Ich spüre, dass sie hier sind und gehe auf die Hütte zu. An der Tür angekommen öffne ich sie vorsichtig und trete ein. Es ist mir nicht ganz klar, was hier los ist. Dara ist komplett aufgelöst, Elyn und Ciaran sitzen schweigend neben ihr. „Was ist den hier los?“ Ciaran sieht mich nicht an, er lässt seinen Blick starr auf Dara gerichtet. Antwortet aber „Wir wissen es noch nicht. Dara ist so in ihrem Schockzustand gefangen, sie konnte noch nichts sagen.“ „Wie meinst du das?“ Frage ich verwirrt. „Ich war im Bad und hab plötzlich Dara weinen und schreien gehört. Als ich raus kam, hat sie noch tief geschlafen. Es muss irgendwas in ihrem Traum passiert sein.“ Ich trete näher an sie heran und gehe vor ihr in die Hocke. Vorsichtig berühre ich ihren Arm, den sie über ihr Knie geschlungen hat. Sie reagiert nicht. Ich spreche sie an doch auch, dass hat keine Wirkung. Ich lasse mich auf meine Fersen sinken und überlege, was ich machen kann. Mir fällt nur eines ein.

Meine Augen beginnen zu leuchten und ich spüre wie meine magische Kraft sich einen Weg an meine Fingerspitzen bahnen. Vorsichtig streiche ich über ihre linke Hand. Berühre ihre Zeichnung und sie holt laut Luft. Sie atmet so schnell, als wäre sie gerade fast erstickt. Sie hebt ihren Kopf und sieht mich an. Sie durchbohrt mich mit ihrem Blick. „Was ist los, Dara?“ Frage ich sie mit vorsichtiger Stimme. „Er ist tot.“ Kommt es etwas stockend und rau. „Wer ist tot?“ Eine neue Flut an Tränen läuft ihre Wangen hinab. Ich ziehe sie einfach mit einem Ruck in meine Arme und halte sie fest. Anfangs will sie mich noch weg drücken, nur hat sie keine Chance. Sie weint hemmungslos an meiner Brust.

Nach einiger Zeit merke ich, wie sie leiser wird und ihre Tränen versiegen. Kaum hörbar sagt sie „Koray, er ist tot.“ „Woher willst du das wissen?“ Frage ich skeptisch. „Er war in meinem Traum, oh Gott es war so schrecklich. Überall Blut und ich hab ihn sterben sehen. Irgendwie hab ich das Gefühl, es hat mit mir zu tun. Er musste wegen mir sterben.“ Sie bricht ab und wird von Schluchzern heftig geschüttelt. „Schschsch … war doch nur ein Traum.“ Versuche ich, sie zu beruhigen. Doch da mischt sich Ciaran ein. „Syrus, ich glaube nicht, dass es ein Traum in eigentlichem Sinne war. Hier in Ellyll, sind es keine Fantasien, sondern nur eine andere Ebene, in der wir uns begegnen.“ Jetzt kommt Leben in Dara, sie springt auf und hetzt aus dem Zimmer. Verblüfft sehen wir drei uns an, doch jagen ihr sofort hinterher. Ich sehe nur noch, wie sie ihre Hände nach vorne streckt und im nächsten Moment von so hellem Licht umgeben ist.

Tja und weg ist sie. Sie hat sich tatsächlich zum ersten Mal teleportiert und das, ohne es jemals geübt zu haben. Geschweige den hat ihr das jemand erklärt. Ich kann nur hoffen, dass alles gut geht. „Wo ist sie?“ Höre ich Ciaran aufgeregt rufen. „Sie hat sich teleportiert“ antworte ich. „Ist sie den verrückt. Wie hat sie das geschafft, es hat ihr niemand jemals erklärt.“ Ciaran ist außer sich. Ich muss was tun. So setzte ich mich in den feuchten

Sand und versuche, ihre Magie zu spüren. Es dauert einige Zeit bis ich mich genügend unter Kontrolle habe, um in diesen Zustand zu kommen. Ciaran und Elyn waren dabei nicht gerade eine große Hilfe. Sie haben sich in ihre Drachengestalt verwandelt und tigern hinter mir am Strand herum. Endlich, ich spüre sie. Sie hat es echt geschafft sich zu dem Tor, das zur Erde führt, zu teleportieren. „Ich weiß, wo sie ist." Und springe auf. Sofort lasse ich ein Tor aus Feuer entstehen und springe hinein.

Die Hitze verbrennt mich fast, da ich etwas unkonzentriert bin. Ich hoffe es geht ihr gut. Ich trete aus dem Feuer und blicke mich um. Ciaran und Elyn erscheinen zeitlich kurz versetzt in der Luft. Beide landen augenblicklich neben mir und ich vernehme ihre Stimmen in meinem Kopf. Was sich sehr komisch anfühlt. Dachte ich immer, dass nur aneinander gebundene Wesen so kommunizieren können. „Wo ist sie?" Höre ich Ciaran und Elyn gleichzeitig. Ich blicke mich um, wir stehen am Anfang der Ebene, an deren Ende das magische Tor steht. Dort denke ich und beide Drachen folgen meinem Blick. Sie läuft auf das Tor zu. Wir setzten uns in Bewegung und stürmen los. Etwas Seltsames liegt in der Luft. Dara bleibt abrupt stehen und blickt sich verwirrt um. Ihre nächste Bewegung war so schnell, sie hat beide Hände nach vorne gestreckt und ein Schutzschild erschaffen. Gerade noch rechtzeitig, denn spitze Geschosse prallen daran ab. Verdammt, ihr Schild ist zu schwach und dass hier ist eindeutig ein Hinterhalt.

Wir laufen wieder los, wobei sich sofort die Drachen erheben und in einem Höllentempo zu ihr fliegen. Ciaran ist der erste, der bei ihr ist. Sofort schirmt er sie mit seinem Körper ab. Kurz darauf kommt Elyn bei ihnen an, dicht gefolgt von mir. Sie lässt augenblicklich eine Wand aus Feuer entstehen. „Alles OK mit dir?" Frage ich sie. „Ja" kommt es gehetzt von ihr. „Was hast du nur vor Dara." Sie blickt sich um und läuft wieder los Richtung Tor. „Ich kann nicht mehr, ich will dass alles nicht mehr." „Dara sei vernünftig und lass uns verschwinden." Ich laufe ihr nach, Ciaran und Elyn decken uns ab. „Dara bitte" flehe ich, doch sie schüttelt den Kopf und strauchelt. Etwas hat sie erwischt. Entsetzt blicke ich sie an. Sie hält sich den Oberschenkel und ihre Augen weiten sich, zwischen ihren Fingern quillt Blut hervor. Vor uns tut sich eine Reihe aus Kriegern auf. Ich kenne diese Kleidung. Es sind Krieger des Herrschers.

Wir sammeln ums und Dara und versuchen sie zu schützen. Es werden immer mehr Krieger und schon bald sind wir umringt von ihnen.

„So sieht man sich wieder, mein Sohn hätte besser Wort halten sollen und dich wegbringen, doch das ist ihm nicht gelungen. Ich wusste, dass er zu schwach ist, jetzt hat er den Preis für seinen Verrat bezahlt." Auf seinen Lippen liegt ein fieses Grinsen. „Es war ein leichtes ihn zu manipulieren, damit er dir die richtigen Worte sagt und du in meine Falle läufst." Korays Vater schreitet während seiner Worte auf sie zu. Dara ist schockiert, doch schreit sie ihm entgegen „Du hast deinen eigenen Sohn getötet. Du Mörder." „Ab und an muss man ein Bauernopfer erbringen. Damit die Königin fällt" Sie ist so erzürnt und feuert ihm einen Ball aus Licht entgegen. Das gab den Anstoß und die Horde bricht über uns herein. Es ist aussichtslos.

Immer mehr Angriffe treffen ihr Ziel und in kürzester Zeit stehen wir blutüberströmt und kraftlos da. Ciaran ist der erste, der zu Boden geht, eine tiefe Wunde klafft auf seinem Bauch und das Blut tränkt den Boden. Elyn entfährt ein entsetzter Schrei und sie eilt auf ihn zu. Somit ist eine Seite von Dara ungeschützt. Was den Herrscher veranlasst, selbst zur Tat zu schreiten.

Ich ziehe mein flammendes Schwert und stürme dazwischen. Gerade noch kann, einen vernichtenden Schlag parieren. Durch die Wucht wird er nach hinten geworfen, ich zögere keinen Augenblick und nimm Dara bei der Hand. Wir eilen die letzten Meter auf das magische Tor zu. Ich weiß sie will nach Hause und ich werde ihr mit letzter Kraft dies ermöglichen. Sie muss überleben. Wir verschränken unsere beiden Hände und die Kraft schießt in Regenbogenfarben hervor und ein Surren ist zu vernehmen. Augenblicklich erscheint das Tor. Ich blicke ihr in die Augen und sinke zu Boden. Die Schwärze umhüllt mich und ich nehme sie dankend an.

23.

Dara

Es ist so grauenhaft. Mein Bein schmerzt so höllisch und nimmt mir jeden rationalen Gedanken. Ich greife in meine Tasche und blicke noch ein letztes Mal zu meinen Freunden. Sie haben für mich alles riskiert und doch fühlt es sich an, als wären wir gescheitert. Heiße Tränen laufen über meine Wangen. Mit zitternden Händen lege ich die Kette an. Ich erblicke den Herrscher und sein Gesicht verzieht sich zu einer unansehnlichen Fratze, er stürmt los und will mich vernichten. Ich sammle all meine magische Kraft und schreie die magischen Worte die mir Koray sagte laut heraus „CEANGAIL A H-UILE DAD DRAOIDHEIL“ und mache einen Schritt in das Tor. Noch während ich hindurchgehe, höre ich einen Knall, als wäre der Blitz hinter mir in den Boden gefahren. Es bebt die Erde, alles um mich herum erstrahlt in einem grellen Licht und das magische Tor explodiert.

Fortsetzung folgt...

Epilog

Elyn

Ich liege in eine Blutlache die sich stetig vergrößert und das Gras um mich herum dunkelrot einfärbt. Ich blicke mich um und sehe leblose Körper. Der Geruch von Tod und Blut schwängert die Luft. Neben mir höre ich jemanden vor Schmerzen stöhnen, ich sehe ihm in die Augen. Diese wunderschönen dunklen Augen, die den meinen so gleich sind. Ciaran ist blass und kraftlos, ich sehe eine Stichverletzung in seiner Brust und einen Schnitt auf seinem Bauch. Diese Wunden haben sein Hemd dunkelrot eingefärbt. Ich muss seine Hand nehmen und stöhne auf, ich dachte immer, Sterben wäre einfach doch nimmt es mir durch die Schmerzen jeden klaren Gedanken.

Noch einmal versuche ich mich, ein kleines Stück zu Ciaran zu bewegen. Er ist mein Bruder, meine zweite Hälfte, ohne die ich niemals wirklich ganz bin. Wir sind nicht nur Geschwister, er ist mein Zwillingsbruder. Tatsächlich schaffe ich es, seine Finger zu berühren. Sie sind genauso kalt wie meine. Fast Ironie des Schicksals, wenn ich nicht wüsste, dass diese Hexen ihre Finger mit im Spiel haben. Jetzt sterben wir sogar gemeinsam. Mit jedem Tropfen Blut den ich verliere, schwindet auch meine Kraft. Alle Magie dieser Welt ist weg. Nicht mehr existent.

Dara hat mit ihrer Macht und dem Zauberspruch die Magie in den Welten ausgelöscht. Mich würde ja nur interessieren, woher sie diesen starken Zauber hatte. Meine Gedanken kommen wieder ins hier und jetzt. Ich will Ciaran meine Hand nicht entziehen, so richte ich mich etwas auf. Ich drücke mit der anderen und der letzten Kraft die ich noch in mir spüre auf die klaffende Wunde auf meinem Bauch. Sinnlos, denn es strömt immer mehr Blut durch meine Finger.

Mein Blick bleibt an dem sonst so wunderschönen Himmel hängen, es ist nicht mehr viel von seiner Schönheit über. Wie gern würde ich noch mal eine Runde Seite an Seite mit ihm fliegen. Asche und Glut schwebt in der Luft, der beißende Rauch bahnt sich vom brennenden Land rund um uns, seinen Weg. Ich weiß, ich habe versagt, ich habe mich falsch entschieden, wir alle haben es zu verantworten. Leider weiß man immer erst, hinterher ob es richtig oder falsch war.

Meine Sicht verschwimmt und alles wird schwarz. Eine wunderschöne junge Frau, in einem antiken weißen Marmorsaal erscheint. Die Göttinnen rufen mich tatsächlich noch mal zu sich. Aber nicht nur mich, auch Ciaran steht neben mir, unversehrt und das pure Leben.

Wie ich diese großkotzigen Weiber doch verachte. Klotho setzt auf einem goldenen Stuhl direkt vor ihrem überdimensionalen Webrahmen. Sie dreht sich leicht um und sieht über ihre Schulter direkt in mein Gesicht. Doch nicht sie spricht mit uns sondern Lachesis erscheint neben ihr "Ihr hattet die Wahl, Drachenkinder, wobei Koray ebenso mitverantwortlich ist". Atropos tritt hinter ihr hervor und durchtrennt einen bunten dicken Fadenstrang, der lose zu Boden fällt. Alle Farben verlassen ihn und er verliert den Glanz, er stirbt und mit ihm auch unsere ganze Welt. Klotho blickt den leblosen Faden an und seufzt, sie sieht ihre Schwestern an, die ihr ein wissendes Grinsen schenken, so zuckt sie mit den Schultern, dreht sich wieder ihrem Webrahmen zu.

Fassungslos blicke ich die drei an „Es tut mir leid“ stammle ich. „Nein es ist meine Schuld, ich habe Dara nicht vorbereitet, weil ich Angst hatte, sie könnte stärker sein als ich und mir so entkommen.“ Ciaran fällt auf die Knie und fleht um

Gnade. Tränen laufen lautlos über seine Wangen und tropfen auf den Marmorboden. Atropos und Lachesis blicken sich lange an, nicken jedoch zugleich Klotho zu. Diese nimmt einen neuen Faden auf und knüpft diesen an. Farbe und Leben kehrt zurück und ein helles Lachen ertönt. "Sehen wir, wie es dieses Mal läuft Drachenkinder, entscheidet weise".

Nachwort

Es ist vollbracht. Die Reise von Dara hat magisch begonnen und doch sehr unerwartet geendet. Aber ich kann euch sagen, es ist noch nicht vorbei. Der zweite Band ist schon dabei, sich selbst zu schreiben und es bleibt spannend. Irgendwie hat dieses Buch ein Eigenleben entwickelt. Ich hatte nur eine vage Vorstellung, wie es anfangen und enden würde. Den Weg, haben meine Figuren selber gefunden und beschritten so viel sei euch gesagt, das Schicksal wird sich noch wundern.

Ein großes Dankeschön geht an meine Testleserinnen der ersten Stunde. Ohne euch wäre ich mit Sicherheit nicht so weit gekommen. Also seit gespannt auch die Fortsetzung.

Eure Anna

Es geht weiter....

Die Fäden des Schicksals

luna perfekta

Anna Timantonius

Alles liegt im Chaos. Wer bin ich? Ich weiß es nicht, in meinem Kopf ist alles irgendwie verworren. Angeblich heiße ich Dara und wurde schwer verletzt gefunden. Ohne Ausweis oder Erinnerung. Sehr trostlos, dass Einzige was mich am Leben hält, sind meine Träume, irgendwie hab ich das Gefühl, sie wären wichtig und hätten etwas mit meiner Vergangenheit zu tun. Aber will ich es wissen .... Es wird sich zeigen.

Printed in Poland
by Amazon Fulfillment
Poland Sp. z o.o., Wrocław

88823888R00134